新装版

花の生涯（上）

舟橋聖一

祥伝社文庫

目次

青柳のいと

長い雨季の終り。

夕空は久しぶりに、伊吹山の山頂まで、くっきり晴れわたって見えたが、芹《せり》川の水は、見違えるほど水嵩《みずかさ》を増して居た。岸から二尺あるかないかで、水勢はいつになく鋭い。

さっきから、堤の上を往ったり来たりして居る浪人風の男があった。歩いたかと思うと、ふと立止って、水の面《おもて》に、目を注ぐ。そうかと思えば、首を上げて、涯《はて》しない大空を遠く眺めた。

堤の東は、袋町の花街である。ことによったら、堤を下りて、この廓《くるわ》の揚屋《あげや》に、登楼しようという客が、暫《しば》しの時を消すために、堤の上をそゞろ歩きして居るとも思われないことはない。しかし、よく見ると、人態風俗、廓通いの粋客とは、どうしても受取れぬ。

年の頃は二十七、八。細長の顔で、眉は太く長いのが特長だ。然《しか》し目は切れ長で、色は白く、鼻筋が通って居るから、理智的ではあるが、柔い相である。

堤のすぐ下に、軒を並べた娼家の窓から、たか女は、川の水嵩を見ようとして顔を出した時、堤の上の、その男の姿に目を惹《ひ》かれた。

見馴れない男だと思った。他国者にちがいない。物騒な時代だけに、藩士達は他国者の入国には必要以上に神経過敏となって居る。よく、あんなところを、ブラブラ、やっていられると、意外な気がした。

向うでは、まだ、こちらが見ているとは気がつかない。桜の立木の下に居て、ジイッと水面を見下ろしながら、何か深い黙想にふけって居るらしい。

トントン
と梯子《はしご》を上る音がして、化粧を終えたばかりの雪野太夫が入ってくるなり、

「おや、お師匠さん――何を見ておいでなさるの」

と、声をかけた。たか女は、この若いお職の太夫に、三味線をおしえるべく、一日おきに、多賀神社の磐若院から、袋町の廓まで、出稽古に来ているのであった。ついでに、和歌の道も、手ほどきをして居るのである。

「川の水が増してきたので、それをこゝから見て居ました――」

「うそ、うそ。あの堤の上の、浪人を見ていらっしゃるのでしょう」

「それでは、雪野さんも、気がついているのかいな」

「ついぞ、見馴れぬお侍。今夜は又、何かなければよいが――」

そういえば、浪人の目が、急にこの窓へ転じた様にも思われる。その目には、何ンとも

云えない冴《さ》えた輝きがある。たか女が、傍《そば》に雪野の居るのも忘れて、思わず男の目を見返した時、浪人は、驚いた風で、忽《たちま》ち川上のほうへ歩を移した。

たか女が、他国者と見た目に誤りがなく、その浪人風の男こそ、長野主馬《しゅめ》であった。白襟、黒羽二重に、剣かたばみの縮緬《ちりめん》の夏羽織。蠟色の大小を腰にさしている。

　彼が、芹川堤を、うさん臭く、往ったり来たりしたのは、目的のところへ行くのに、まだ少し明るすぎるからであった。もう少し、暗くなって、もののあやめを弁じない頃でないと、都合がわるいのである。

　というのは、今宵はじめて、埋木舎《うもれぎのや》に住む彦根藩主の末弟、直弼《なおすけ》に会う好機会にめぐまれようとしているからだ。

　主馬は、前から一度、直弼に会いたいと思っていた。これは主馬が伊勢の松坂に居た頃からの念願であったが、偶然、伊吹山の麓の市場村に住む医師、三浦尚之《ひさゆき》の家に、身を寄せたとき、三浦と直弼とが、茶友達であるのを知って、紹介の労を頼んだのであった。

　三浦は、一足先に出かけて行っている。彼は医者だから、大手をふって、埋木舎に出入しても、誰も咎《とが》める者はない。然し、見馴れぬ他国者の浪人が、直弼のところへ行ったとなると、藩の老職たちは、忽ち、目鯨《めくじら》を立てずにはいられないのだ。

（まだ、明るい。お城があんなに、美しい夕焼にかゞやいているうちは……）

　主馬は、白い天守閣に、落日が七色の焔《ほのお》の様に輝くのを眺めながら、つぶやいた。諸国を遍歴してきた主馬は、各地の城を見たが、この城の規模と型式には、心をうたれた。彼にとって大好きな城の一ッとなった。

——もう暫く、時を消すために、主馬は堤を下りて、廓の中へ入っていった。

(こゝを歩いている分には、誰にも怪しまれる心配はなかろう)

暮れかける頃の廓は、一入《ひとしお》、色めき立って見える。せまい小路をはさんで、立ち並ぶ娼家の名は、金亀楼《こんきろう》、八千代楼、清滝、春富楼、桔梗屋《ききよう》など——。いずれも、紅殻格子《べにがら》の奥のふかい、なまめいた色街のつくりである。

主馬には、伊勢で結ばれた妻があるが、この一両年、とかく病がちだ。そのせいというわけでもないが、さっき、堤の上と下で、目と目をかわした窓の女の顔が、意識のうちに、消えやらぬ……。主馬は、その俤《おもかげ》を追う様にして、軒を接する紅い格子の家々の前を、そゞろ歩いた。然し、その女には行き当らぬ。

するうち、夕靄《もや》が漂ってきた。

(もう、ソロソロ、参ろうか)

と、主馬は踵《きびす》を返して廓を出た。芹橋をわたって、川原町へぬけ、外馬場を廻って行くと、三味線をかゝえた女が、少し前を歩いて行くのが見えた。

男の足ゆえ、すぐ追いつき、そのまゝ追いぬくとき、女がふりかえった。ニッコリ笑った。その目もとが、たしかに、さっきの窓の女に違いない。

「あッ、そこは、ぬかるみでございますよ」と、たか女が云った。

ところどころ、青い叢《くさむら》のしげるその道には、長雨のあとの水たまりが出来て居る。主馬は、うっかりして、もう少しのこと、それへ足をおとすところだった。

「御親切、かたじけない」

と、会釈と言葉を返した。ついでに、

「お城へ参るには、この道でよろしいのかな」

「埋木舎《うもれぎのや》へお出でになるのでございましょう」

女は、並んで歩く様に、身を寄せてきて、云った。

「ホウ。よく御存じだな」

「今頃、お城に御用のある筈《はず》がございませんもの。さっき、お見受けしたときから、そんな気が致しました」

「見るから、うろんな男と見えた様じゃな」

「彦根では、他国の御方は、みな、うろんでございます」

「はッはッ。御身《おみ》の言葉は、一々、人の心をうがつ。御身こそ、今頃、どこへ行かれるのじゃ」

「家へ帰りまする」

「廓に住んで居らるゝのではないのか」

「芸を売って暮しては居りますが、まだ、心も身体も、売ったことはございません」

いつか二人は、油屋町から外濠に沿って歩いてくると、昏《く》れかけるお城の本丸が濠の向うに、薄墨色にかすんで居た。辻を曲って、年若い藩士が二人、歩いてきたのが、主馬たちを見て、俄《にわ》かに緊張する表情になった。通りすぎてからも、二三度、振返る様子だった。

「浪人者の仕合せじゃな」

「なぜでございます」

「はじめて会うた御身とも、こうして並んで歩かるゝもの」

「ほんに、藩士たちの窮屈そうなのは、見るも気の毒でございます」

「とりわけ、直弼様なぞは、うっかり外も歩けぬそうじゃが――」

「彦根の藩では、総領の御世嗣《せいし》だけがいゝ目を見て、御舎弟の殿たちは、家来たちより貧しい暮しをなさるとか。直弼様も、たったの三百苞の、捨扶持《すてぶち》しかないとのことでございます」

「時に、御身の御姓名が承《うけたまわ》りたい」

主馬は、城下の名物の一ッである「いろは松」のところまできたとき、立止って、やゝ気色ばんで訊ねた。するとたか女は、又しても、心の先きを読む様に、

「御安心なされませ。今宵のことは、誰にも口外いたしませぬ。名もない女でございま

す」

「いや。再会の機を得たいからじゃ」

「では、金亀楼でお待ちいたしましょう」

「いつ？」

「明後日」


土佐の国から移し植えたという「いろは松」は、外濠の縁に、四十七株のみどりをたゝえて居た。

主馬はその下に立って、三味線を抱えた女が、城壁のかげに消える様に見えなくなるまで、見送っていた。

（まさか、狐狸のたぐいではあるまい）

主馬は、わが目をいぶかった。が、只の女とは思われぬ。押して姓名をきかなかったのは、こちらの不覚だったが、答えても変名なら、どうもなるまい。この頃は、女の身で幕府方の隠密をやる者もあれば、男まさりに勤王志士を気取る者もあるそうだから、恐らくは、そうした変り種の一人かも知れないが、それにしては、少々垢《あか》ぬけがしすぎている。

――濃い宵闇が、城壁の向うから流れ出てきた。

「主馬殿か」

と、突然、声がした。三浦北庵尚之の声である。

「暮れおちるのを待って居ました」

「宗観様には、お待ちかねだ」

宗観というのは、直弼の号である。のちに、無根水《むねみ》とも号した。三浦は、わざと、あたりを憚《はばか》って、直弼の名を云わずに、雅号で呼んだのであろう。

主馬は、三浦のあとについて、松並木の道を歩いた。

「今、ふしぎな女に会いました」

と、主馬は云った。袋町の娼家の出会いからの経緯を話した。

「それは、拙者《せっしゃ》も初耳だ。袋町に、そんな女が居ようとは知らなんだ。美人か」

「花をあざむくばかりでござった」

「貴公は、国文の素養があるから、とかく、形容が多すぎる」

と、三浦は云った。

「しかも、先程、廓で見たまゝの姿で、三味線を小脇にかゝえ、外濠の夕闇を、歩いているには、驚き申した」

「貴公の行く先を埋木舎と見破ったのが、甚《はなは》だ怪《け》しからん様にも思われるな」

「宗観様のことも、いろいろと噂して居りましたぞ」

そんな話をしているうちに、まもなく、埋木舎の門前に到着した。三浦は、勝手知った耳門《くぐり》を押しあけ、主馬を門中へ引き入れてから、暫くそこへ待つ様に命じ、自分は、玄関の中へ姿をかくした。

なるほど、平凡な建物である。もっとも、三百苞の捨扶持では、贅沢の出来る筈もないが、それにしても、彦根三十五万石の御曹子の邸としては、あまりに粗末だ。

――玄関のすぐ前に、丸い石の井戸があった。清水がわいて居るらしい。主馬は、身をかゞめて、両手を洗った。

冷い水だった。心が引きしまるのを覚えた。

門に接して、古びた厩屋《うまや》があり、愛馬がつないであると見えて、蹄《ひづめ》で土を蹴る音がする。

「主馬殿――サア、お入り」

式台に立って、三浦の呼ぶ声がした。

表座敷の床の間の前に、直弼が端坐していた。主馬は、三浦北庵尚之のあとについて、次の間に控えた。

主客は型の如く、挨拶を交わした。

「かねて御目通りの儀北庵殿からお願い致しておきました処、はからずも今宵お召しに預りましたは、長野義言《よしとき》、一代の面目とも存じまする」

日頃、人に対して臆する色のない主馬が、今夜はひどくコチコチになっていた。そこへ、若い女中が、紅の袱紗《ふくさ》に、湖東焼の茶碗をのせて、あらわれた。

「サア、一服、おのみなさい」

と、直弼がすゝめた。主馬は遠慮したが、三浦もすゝめるので、一口、啜った。

「結構な服加減でございますな」

世辞ではなかった。島田に結った若い女中は、うやうやしく一礼して去った。

が、まだ、ぎごちない。主馬は日頃からの思いが胸に詰まって、何から話してよいか、自分にもわからぬのである。すぐ前には、直弼の温顔がある。悠揚として迫るところのない感じだ。和やかな春の日の海を思わせる。——

彼直弼は文化十二年十月二十九日の生れ。彦根城第二郭、「槻館《けやきごてん》」に呱々《ここ》の声をあげた。母は君田氏、名を富と云い、通称彦根御前と呼ばれる父直中の愛妾であった。だが、十四番目の末子のこととて、生れながらに、出世の望みを失わずには居られなかった。彼が、自分の住居に「埋木舎」なる名を附けたのも、わが身を埋木に擬したからだが、然し、風丰《ふうぼう》と云い、恰幅と云い、その一生を埋木に終るとは、到底、思えない。それだけは、主馬にもすぐピンときた。

「御身とは、同年の由だが——」

と、直弼が口を切った。それから北庵のほうへ、

「然し、北庵。こうして二人相対するとき、同年とは、よも見えまい」

「むろん、殿には、二ッ三ッ、御年上に見えまする」

と、北庵は扇いでいた扇子をとじて云った。

「以《もっ》ての外じゃ。世間の経験と見聞に於て、長野義言こそ先輩じゃ。いや、世捨人も同様の私とでは、雲泥の差というものじゃ。直弼、今宵から、義言が教え子に相なろう」

「何ンと仰《おお》せられまする。勿体《もったい》ないこと——」

「なまじ、藩主の子に生まれたお蔭で、二十八歳の今日まで態《てい》のいゝ囚われの身じゃ。滅多に外も歩けぬ始末だ」

と、直弼は自嘲する様に云った。酒肴が運ばれてきた。さっきの若い女中が、再び出て酌をした。

酒が廻ると、主客の間にも、うちとけた空気がかよった。

「御身は、頑固な政治嫌いと、かねて北庵から聞いて居ったが、ほんとうか」

盃を上げながら、直弼が、単刀直入に云った。

「はい。その点は殿とよく似て居りますかな」

主馬も亦《また》、率直に答える。

「左様。私も政治は大きらいだ」

と、直弼は云った。情熱的な長野の目が、キラリと光る。

「政治のために、一命をおとすなどは、真平御免だ。最近では崋山渡辺登の自刃など、まことに惜しい学才を死なしたものだ」

「長英《ちょうえい》も遠からず、殺されるでございましょう」

「みな、政治のためだ。あんなことで死ぬ位なら、私などは、こうした埋木の一生のほうが、どの位ありがたいか知れない」

「身命は、貴ぶ可《べ》し。ところがこの節は、大分、生命を粗末にするのが、はやって居ります」

「御身や私の様な青年で、政治ぎらいだの、命が惜しいだのと云っている者は、恐らく天下に、数える程もないだろう。然し、たまには、これもいゝ。たまには、われわれの様な、無為を願う者の居ることも必要だと思う」

「然し、幕府役人の考えでは、三人集って話し合えば、もうそれを政治の策謀と見て差《さし》問《つかえ》ないのだということですから、今夜の様な政治ぎらいの集りも、亦一種の政治行動と云えるかも知れません」

　そのとき、二人の話を黙って聞いていた北庵が、

「ソレソレ、お声が高い。そうした考えは、幕府役人とのみ限りませぬ。彦根藩の老職たちこそ、一々、鵜《う》の目鷹《たか》の目でござるよ」

「いや、いくら藩の隠密共でも、まさか、埋木舎の中までは入って参らん。こゝに居るのはみな、子飼の者ばかりだから、声高にお話あっても、大丈夫だ」

と、直弼が答えた。

「もっとも、幕府方も天朝方も、互いに描いた虎を見て恐怖しているのですから、その位にやらんと、安心が出来ないのでございましょう」

と、主馬が盃を北庵にさしながら云った。北庵は女中の酌を受けて、

「然し、この頃は、子供までが、勤王ごっこと云って、幕府方を鬼にするそうで——はッはッ——彦根などは、その鬼の手下だから、憎まれ者の随一です」

「いや、只今のお話をうかゞっただけでも、時の政治が、実際を離れ、別個の小天地を走っているのがわかります。そんなものに、取り憑《つ》かれて、一生を台なしにしてしまうのは、いかにも愚かなことでございますなア」

直弼は、長野の言葉に、同意する如く、しきりに肯《うなず》きながら、時々、盃を口へ運ぶが、あまり大酒は嗜《たしな》まぬらしい。

「志津——お客様にドンドン酌をしなさい。私が下戸《げこ》なので、わが家の者は、みな酌が下手で困る」

志津と呼ばれた女中は、サッと紅葉を散らしながら、主馬の側へすゝみ寄って、酒をすゝめた。

「いや、今宵はお目通りだけで十分。お酒まで戴《いただ》いては、冥利につきます」

と、主馬はしきりに遠慮するが、根が酒好きと見え、盃が満ちれば、ほさずには居られ

ぬほうだ。

「政治ぎらいでも、酒ぎらいではないらしいな」

直弼も久しぶりの酒機嫌と見え、温顔をほころばして云う。

「長野は、今一ッ、きらいなものがございます」

「何ンじゃ」

「この頃、浪士共がもてはやす詩吟というものが、大きらいです」

「それは御身の政治ぎらいから、根を引いて居るのじゃ——では、何を好まるゝ」

「何ンと申しても、第一は敷島の道。次ぎは詩を吟ずるよりは、まだしも琴三味線を愛します」

するすると、北庵が、主馬の袴のはしをつかんで引っぱった。あまり話が、砕けすぎるとでも思ったのだろう。

——直弼は三味線と聞いて、すぐ江戸を思い出した。去《い》んぬる天保五年、長兄直亮《なおあき》に召されて、義弟直恭と共に、諸侯の養子の候補者として、江戸に下った時、両三回、名妓のひく三味線をきいたことがある。この東下りで、弟のほうは、日向の延岡侯に見こまれて養子になり、能登守《のとのかみ》となって一躍七万石の城主に出世したが、直弼は落第してしまった。そして、江戸在留、前後一年余で、再び彦根に舞い戻り、以前と同じ、素寒貧《すかんぴん》の埋木生活をくりかえさなければならなかったのである。

「待てよ。御身の云わるゝは、三味線が好きなのか、それとも、三味をひく女が好きなのか。そのへんが、はっきり致さぬ様じゃな」

と酒興にかられた直弼は、更にくだけて云った。志津が又、主馬の盃へ、なみなみと、酒をついだ。

「正直なところ、女がよくないと、せっかくの音色もさめますなア」

「はははは。すると御身は、女好きか」

「北庵殿に叱られますから、そこまでは申上げますまい」

「何を、北庵を憚ることがあろう。云い給え」

「では申します。長野義言、婦人には惚れッぽくって困ります」

すると北庵は、扇子で膝を一ッ叩いて、

「いや、その通りじゃ。御女中方も、御用心召されい」

と云って笑った。

「然らば、殿にはいかゞでござる」と長野。

「そのことなら、女共に、きいてごらん」

「御尤《ごもっと》も。では志津殿に伺いましょう」

そんな冗談は、埋木舎ではないことなので、志津は答えるどころか、その場に居たゝまれぬ様に、真赤になって、襖《ふすま》の外へ逃げ出した——はじめて一座には、なごやかな哄笑の渦がながれた。

意気投合した主客は、三日二晩、夜を徹して語りこんだ。そして、暁方から二タ刻ほど、睡眠をとる。大体、直弼はその程度の眠りがあれば、十分な程、健康にめぐまれていた。

然し、あまり丈夫でない主馬のほうは、連続の不眠が祟《たた》って、げっそり、疲れてしまった。

「殿、さすがに少々草臥《くたび》れました。今日はこれで、御免蒙《こうむ》りましょう」

と、主馬は甲をぬいだ。

「弱いぞ、義言《よしとき》――私にはまだまだ、語る可きことが、沢山、のこって居るが――」

「殿の御精力には、敵《かな》いませぬ。一休息を賜わり、地力をつけて、今一度、推参することに致しましょう」

「はッはッ。それもよかろう。気が向いたら、何度でもたずねて参られよ。こちらは、いつでも待って居る」

直弼は玄関まで送って来て、そう云った。

主馬は、一礼して、埋木舎の門を出た。その前は、青みがかった外濠と城壁だ。一昨日の時刻と、丁度同じ頃であろう。たゞ、違っているのは、夕月が、天守閣の上にまっ黄色に光っている硝子絵《ガラスえ》にでもありそうな景色だけだった。

会ってよかったと思った。会った甲斐《かい》があったと思った。少くとも、自分は一度で直弼に惚れこんでしまった。彼のほうでも、自分に十年の知己《ちき》を感じたには違いない。でなければ、たとえ十四男坊にしろ、一国一城の御曹子が、三日二晩の精力を、一人の男との対話に傾倒する筈がない。

二人の交わした話は、思想、経済、政治、外交をはじめとして、茶道、歌道、国学、漢学の多岐にわたったが、時には、女についても語り、或《あるい》は性の話題にも飛んだ。直観と洞察の力では、はるかに主馬を凌《しの》ぐ直弼も、世間智には、うといと見えて、女性のことは、とんと知らなかった。経験は浅く、女体の秘密にまだ無頓着であるらしい。

いつか、主馬はまた、芹川堤へかゝっていた。

一昨日よりは、少し水は退《ひ》いているが、川の色は、却《かえっ》てどす黒く濁《にご》って見える。

——主馬は、三味線を抱えた女との約束も忘れてはいなかった。金亀楼《こんきろう》という揚屋の名もまた、その女の美しい瞳の色も。

（大分、刻が移ったから、多分、女は多賀村へ帰ってしまったあとかもしれん）

主馬は、万一の失望を慮《おもんぱか》って、自分の心に用心の釘をさしながら、堤を下って、袋町の廓の中へ入って行った。

紅燈が、なまめかしく、またゝいている。目的の揚屋は、すぐわかったが、何ンと云って、彼女を呼び出して貰おうか、ハタと思案に詰まった。彼は花やかな色里の辻に立って、吐息をもらした。

すると、十二、三の小女が走り出てきた。

「多賀のお師匠さんに御用のある方でしたら、どうぞ、こちらへ」

と、主馬の耳へ囁《ささや》く。そして、客の上る正面口でない耳門風の出入口から、裏梯子へ案内した。

古い店とて、梯子段でも天井でも、まっ黒で、しかも、テカテカ、油光りがしている。

「このお部屋でございます」

小女は行燈《あんどん》の灯のほのかにさしている障子の前に立って云った。見るからに、普通の部屋とは思われない。どこからも日の当らぬ、陰気臭い小間である。

障子があくと、一昨日見たたか女が、行燈の灯かげに坐っていた。

「ごめん――」

「よくお出になりましたね」

「いや、御身こそ、よく待っていて下されたな。もうおそいから、多賀村へお帰りのあとかと案じて来た」

「でも、おそくとも、きっと来て下さると思っていましたから」

主馬は、あたりを見廻した。押入れもなければ、窓もない。三畳敷のうち一畳は、板敷である。

「こゝは、どういう部屋です？」

「折檻《せっかん》部屋でございます」

「なるほど」

彼はもういちど、あらためて見直した。

「では、この畳には、哀れな女郎衆の涙がしみて居るわけだな」

「涙どころではありますまい――生霊も死霊も、しみついて居りますよ」

たか女は、そう云いながら、行燈の灯をかき立てて、部屋を少し明るくした。さっきの小女が、茶を立てて来て、すぐ又、引下がる。

「こんな部屋へお通しするのは、失礼とは思いましたが、普通のお客様の様に、表から上って戴くのは、却て御迷惑と存じましたので。それとも、賑《にぎ》やかな表座敷で太夫さんでも呼びましょうか」

「いや、こゝで結構。普通の登楼客が、望んでも見せて貰えぬ部屋だから――」

「それに、馴れると、何ンともありません。私も、おそくなって、廓へ泊るときは、よく、この部屋へ寝かして貰うンでございますよ」

「では、時々、泊られるのか」

「多賀村まで、一里の余もありますから」

「それは大変だ。女の足では。——物騒なことはないかな」

「この間、あなたに尾行《つけ》られたときは、気味が悪うございました」

「何を仰有《おつしや》る。御身こそ、神出鬼没でござったぞ」

はじめて二人は、うちとけた微笑をかわした。

表から聞えてくる太鼓の音が芝居の下座《げざ》をきく様だった。


三日二晩の談論に、げっそり、目のくぼんだ主馬も、美しいたか女の前にいると、心の奥に春の泉がわきだすのか、頓《とみ》に疲労が恢復《かいふく》するのを覚えた。

「直弼様には、どんなお話を遊ばしましたか」

と、たか女は、うちわで風を送りながら訊いた。

「主として人生に就いて。政治のために、貴い人命を損ずる程、愚かなことはない、というのが、結論でござった」

「では、あなたも、武がおきらいで、文のお好きなお侍でいらっしゃるのか。実は、一目でそれと、お察しはしましたが——」

「証拠をお見せしようか」

「はい」

主馬は、突然、側においた一刀を引きよせた。が、たか女は眉一ツ、動かさぬ。

「この通りじゃ」

主馬はスラリと引抜いた。さすがに、女の瞳がキッとなる。

行燈のほのかな灯影に、一瞬、氷の刃と見えたのは、ひが目で、よく見ると、何ンのことはない竹光である。

「まア、それでは――」

「はッはッ。もっとも、これは武がきらいだというだけではなく、貧乏浪人が糊口のために無用の長物を売りはらったせいでもござる」

「今、刀をお取りあそばしたときは、ひょっとして、斬られるのかと思いました」

と、たか女は、鬢《びん》のほつれを掻《か》き上げるようにして云った。

「斬られる？　とんでもない。この竹光では、野良猫一匹、殺せぬではござらぬか。しかし、今、御身は、刀の前に眉一ッ、動かさず、ジッとおちついて居られた。女人には珍しい度胸と感心致したが――」

「度胸などはありませぬ。まだ、こんなに、ドキドキして居ります」

と、たか女は、主馬の手を取って、無造作に、胸の上にあてた。

うすい単衣《ひとえ》のすぐ下に、温く柔い女の乳房が感じられる。主馬は、動揺をかくせなかった。急いで手を引こうとしたが、たか女はその手を離す様子もない。

「わかりますか。こんなに鳴って居りますでしょう」

「…………」

「可怕《こわ》いばかりではない。文のお好きな、たのもしいお武家の前に出て、恥かしさに、心が躍っているのかも知れません」

ほんとうに、ドキドキ、脈うっているのがわかった。主馬は固唾《かたず》をのんだ。自分まで、妖しく胸が鳴り出しそうだ。

「度胸なンかないことの、生きた証拠でございましょう」

然し、やゝ仰向けに傾いた女の顔はほの白く、切れ長の目は、夢見る様に澄みわたっている。

やがて、

「ごめんなさいまし」

と、声がして、障子の外に、立つ人のけはいがした。

「雪野さんかえ?」

たか女は、乳房の下に押さえている主馬の手を離し、褄《つま》の乱れを気にして直した。ッと立って、障子をあける。立兵庫《たてひょうご》に結った雪野が、ほろ酔機嫌の目もともあでやかに、ジッと主馬を瞶《みつ》めた。

「こんな部屋では、お話の興もそがれましょう。私の部屋へお越しにはなりませんか」

「でも、お客衆の御邪魔になってはと思いましてな」

そう云って、たか女は、二人を紹《ひ》き合わした。それから、

「雪野さんなぞは、一度も折檻部屋へ入れられたことはないのでしょうね」

「ホホホ。この家で、その話は御法度でございますよ」

「どうなされます？」

と、たか女は主馬の顔を見た。

「いや、折角だが、この部屋のほうが、却て興深うござる。それに今夜は、殊《こと》の外《ほか》、草臥れ申した。早う横になりたい。それとも、太夫を買わずに、独り寝るのも御法度かな」

「こゝでよろしければ、今、蒲団をはこばせましょう」

さすがはお職をはるだけあって、雪野の権勢は大したものだ。おチョボに持って来させたお銚子で、主馬と盃を取交わすと、又静かに立って、障子の外へ消えた。

「美しい太夫さんでございましょう」

と、たか女が云った。

「目のさめる様な――」

「雪野さんの前へ出ると、私なぞは枯れ尾花も同様で――」

「いや、御身には御身の美しさがある。同日には語れない」

「茶道、生花、和歌、習字、みな達者にやられます」

二人が、暫く、雪野の話をしているところへ、蒲団が一組、運ばれてきた。三枚重ねの

敷蒲団に、うすい掻巻。贅沢な絹物である。

枕をもって、さっきのおチョボがついてきたので、

「雪野さんに、よろしく御礼を申上げて下さいよ」

と、たか女が云って帰した。

主馬は、袴をぬぎながら、伊吹山麓の志賀谷の茅屋《ぼうおく》に病臥している妻多紀子のことを思わぬではなかった。今夜でもう三晩、家をあけている――。妻は五歳も年上で脹満《ちょうまん》という病気なのだ。主馬は多紀子の俤《おもかげ》を追い払う様に、

「あゝ、慾得なしに、眠とう成った――では、御免」

と、着物をぬぐ背ろへ廻って、たか女は洗い立ての浴衣をきせ掛けた。ふんどし一ツの主馬の肉体は、痩せてはいるが色が白くて骨太である。

たか女は、枕元に近く、主馬のぬいだ着物や袴をたゝんでいた。

主馬は、ゴロリと寝て、黒光りのする天井を仰ぐと、太い梁《はり》が真ン中に通っている。

よく聞く話だが、廓から足ぬきをした女郎が、追手につかまって連れ戻されると、腰巻一ツで、折檻部屋の梁に吊るされて、朋輩女郎への見せしめになるとか。いかにも、裸の女郎を吊るし上げるには、頃合いの梁である。

「折檻部屋と云えば、槻館《けやきごてん》にも、御女中の御仕置部屋があるそうでございますね」

槻館というのは、藩主の別殿で、直弼の母彦根御前が住んで居たことのある家だ。

「では、折檻は女郎衆とばかりは限らぬのかな」

「もっとも、この部屋よりは、今少しましでございましょう」

「外から窺《うかが》うと、槻館の御女中などは、いずれも、気楽に、何ンの屈託もなさそうに見えるが――」

「女はみな、哀れな身でございます」

「埋木舎にも、一人二人、眉目よい御女中が居られた」

「長野さま。一度、私を埋木舎へお供させて下さいませぬか」

「三味線を弾いて、おきかせするかな。きっとお慰みとなるであろう」

「是非に――」

たか女は、袴の折目を正して、たゝみ終ると、大きなうちわを取って、静かな風を、寝ている人の胸に送った。

「御身は、どこへ寝らるゝのじゃ」

「私は、どこでも寝られます。雪野さんの控えの間でも、化粧の間でも――」

「では、お引取りなさい」

「でも、こゝは窓のない部屋で、さぞお暑いであろうから、眠りつくまで、うちわで扇いで上げましょう」

「お志はかたじけないが、はじめて会うた御身に、そんなことまで――」

「まア、早う、お休み遊ばしませせな」

たか女は、行燈の灯を細くした。それで、女の顔が、さだかには見えなくなった。

主馬は、目をとじると、さすがに睡魔に引きこまれるように、トロトロしてきた。

たか女は、ジッとその寝顔を見ながら、うちわの手を、動かしている。

(もっといろんな話がしたかったのに――)

一眠りしたら、男をゆり起して、話のつゞきをせがもうかと思った。

――暫くして、表の大戸をおろす音がした。近頃では、物情騒然たる折柄、半刻ほど早く締めることになっている。

主馬はふと、目をさましたが、依然として枕に近くうちわが動いているのには、驚いた。

「まだ、そこに居らるゝのか」

と主馬が声をかけた。たか女はうちわの手を休め、

「よもすがら、風を送って上げようと思って居ました。それとも、こゝに居りましては、眠りの御邪魔になりますか」

「左様さ。私もまだ若いのでな。一眠りすると、俄かに活気が五体に漲《みなぎ》って来る。そのすぐ側に御身の様な美しい人がついて居られては、なるほど、眠り難いかも知れぬ――」

「ほんとうは、あなたを寝かさないで、朝までお話がしとうございました――では、御免

下さいませ」

「どこへ行かるゝ」

「あちらへ参って、休みます」

「まア、そう云わるゝな。拙者如き痩浪人の側に、朝までついていて下さると云うものを、ムザムザ、追い返す程の木石でもござらぬわ」

そう云って、主馬は立上ろうとするたか女の手を摑んで引寄せた。

「それは、なりませぬ」

「なぜでござるか。これまでに近づいて、又、遠のかれるとは、殺生じゃ」

「叱《し》ッ――お声が高い。夜警の者が、歩いて居ります」

「御身は、拙者をなぶるのか」

「滅相な――」

主馬は、やゝ手荒く、女の胸を抱きよせようとした。自分でも、意外な程、情熱が亢《たか》ぶっている。妻のある身で、行きずりの女と、一夜の契《ちぎ》りを結ぶなどということが、いかに愚かな、あさましい行為であるかは百も承知でいながら、こうなると、理性と慾望が、別々に動き出す。それに、たか女が、最初からひどく誘惑的でいて、いざ、主馬が心を炎《も》やすと、急に水をぶっ掛けて逃げようとする態度には反撥を感じさせられた。猛然として征服慾にかり立てられる。

然し、たか女の抵抗は、普通の女の様な、非力な見せかけではなかった。厳しい袖の払い方にしても、何か護身術の一手や二手は、心得ているに違いないと思われた。

夜警の者が、廊下を歩いてきて、裏梯子を下りるまで、主馬とたか女は、暫し、求め合う手を休めた。

再び、しゞまが来たとき、主馬はふと、表口のほうで、何やら、ガヤガヤ人声がしているのを聞きつけた。

「今頃、登楼客のあるとも思えぬが――」

「あゝ、又、きっと、常備隊の廓詮議に違いありませぬ。行燈の灯を消して、私一人が寝ているように見せかけて、追っぱらってしまいましょう」

たか女が灯を消すのと一緒に、俄かに裏梯子を上ってくる数人の跫音《あしおと》がした。危いと思ったか、たか女は突然、板敷きをめくって、主馬を押しこんだ。

探索燈の光が、障子の外を、稲妻の様に走った。

ガラリと、障子があく。

「この部屋は何ンだ」

「へい。女郎の仕置をする部屋でございます」

障子の外には、金亀楼《こんきろう》の番頭の兵太郎が、かしこまっている。

「おや、誰か寝ているではないか」

「へい」

「張見世に集めた女郎共の外に、まだ、居るのか」

「へい――」

「うろんな者――蒲団をはげ」

と、常備隊の藩士が命じた。たか女は、さすがに寝てもいられないので、上半身を立てると、

「御不審を受ける様な女ではございませぬ」

と、きっぱり答えた。

「名前を云え」

「村山たか――この廓で三味線の師匠をして居ります者。時々は帰りがおそくなりますので、この部屋に、こっそり泊めて貰います」

「番頭、しかと左様か。この女の申す条にあやまりはないか」

「へい」

「偽りを申立てると、ためにならぬぞ――」

「…………」

「それにしても、申上げの人数と相違ありしは、不届至極だ。こりゃ、女を引きずり出

し、吟味いたさねば成らぬ」

「たかは逃げも隠れも致しませぬ。女の着替えをする間、その障子をおしめ下さい」

と、おちついて云う。藩士たちも、それに気押されたか、少し声を和げて、

「着替えなどするには及ばぬ。そのまゝで、介意《かま》わぬわ――」

「せめて、帯をしめる間――後生でございます」

と、こんどは嘆願する様に、たか女は白い手を胸に合わした。

この対話の間、主馬は板敷の下の、せまい格子箱の中に入って、息を殺していた。こゝは、仕置にかけた女郎をぶちこんでおく檻である。広さは、二三人を容れるに適しているが、頭がつかえるから海老の様に身体を曲げて、一ッ姿勢でうずくまっていなければならない。

格子には大きな錠前がかゝって居、その外は石垣で、月光がさしている。更にのぞくと、まっ直下ったところに、古井戸があるらしい。

主馬はハラハラしながら、常備隊とたか女との問答を聞いていたが、あまり事が面倒になったら、名告《なの》って出て行く外はあるまいと思った。別に自分は、勤王でも佐幕でもない、平凡な国文好きの素浪人だから、怪しまれたところで、大事には至らぬという自信がある。

「床の中に、この様な怪しからんものが、落ちて居る。男がいたに相違ないぞ」

と、叫ぶ声がした。

主馬は満身の力で板敷を押し上げようとした。然し、上から桟《さん》が下りていると見え、少し位押したのでは、ミシリともしない。

そのうちに、たか女は邪慳《じゃけん》に引き立てられて行くらしく、蒲団の中をあらためられたとき、主馬の扇子と、懐中薬などを入れた男ものの紙入が出てきたので、それも有力な証拠として、没収された。

主馬は、気の毒なことをしてしまったと思った。さっそく、直弼に申上げて、彼女の罪を許して貰わねばならない。常備隊の下役人達は、一人の容疑者の検挙に、功名をあせって、似ても似つかぬ虚妄の構想を描くことが、得意である。主馬の落とした扇子を機縁にして、たか女を、一ぱしの勤王女志士にする位は、朝飯前であろう。「法の濫用」は、今も昔も、木ッ葉役人の十八番である。

「不審の女を吟味した上で、事によっては、主人番頭共をはじめ、廓組頭取にも、出頭を命じ、厳しい取調べを致さぬとも限らぬ。追って沙汰あるまで、一同、他出は禁止じゃ」

と、散々、おどかした上、今夜の獲物の只一つと、たか女に捕縄をうって、引き立てて行ったのは、はやくも、東天のあけそめる払暁であった。

——更に半刻程経って、主馬は格子箱から匍《は》い出すことが出来た。

雪野が、桟をおこして手を藉《か》して呉《く》れたのである。

「さぞ、御窮屈でございましたろう。ホホホホ、お顔に格子の痕がついて居ります」

「いや、思いがけぬ仕置にあいました。それにしても、たか女殿は、気の毒な――」

「サア、早く、こちらへお越しなさいまし」

雪野に手を曳《ひ》かれて、主馬は、渡り橋や裏廊下を通って、奥まった一室へ、案内された。

「こゝは、私の化粧の間。藩の奉行様でも、私に無断ではお入れ致しませぬ。昨夜もこゝへお休みだったら、あんな目には、お会いなされなかったでございましょうに」

化粧の間には、塗りの美しい盥《たらい》の中に、冷い清水が取ってあり、それで、顔を洗う様になっている。

もう、朝飯も炊けているらしい。何から何まで、行届いたもてなしに、主馬はむしろ、面くらった。

雪野は、熱い味噌汁を掬《く》みながら、

「牛の味噌漬もございますよ。召上りますかえ」

と、訊いた。近江には、牛肉の味噌漬があることは、主馬も知っていたが、まだ、食べたことはない。

「味ってみましょうか」

「ホホホ。一度召上ると、おいしくて、忘れられなくなりますよ」

こうしていると、昨夜の騒ぎがあったとは、思いもよらぬ、廓ののどかな朝景色である。

雲うごく

直弼《なおすけ》は、肥えているので、大変な暑がりやであった。

湖水の都彦根とはいうものの、山に囲まれた地形からいっても、九夏三伏の候ともなれば、さすがに、うだるような熱気である。殊に夕暮の一時は、ピタリと風が凪いでしまうので、汗かきの直弼は襦袢《じゆばん》の背中まで、ぐっしょり、濡れてしまう。

今日は久しぶりに藩主直亮《なおあき》が江戸から帰ってくるというので、直弼は馬で大垣まで迎えに行ってきたところである。

愛馬イブキを厩につなぐと、その足で風呂場へ入って、ザーッザーッと水をかぶった。

一口に大垣までと云うが、道のりは相当である。彦根を立って摺鉢峠を越し、番場、醒ガ井、柏原とすぎ、今須から関ガ原へかゝって、垂井の次ぎが大垣である。

――風呂を出ると、若い女中たちが、身体をふいたり、大うちわで扇いだり、大騒ぎを

して、着物をきせる。そこへ、側役の元持《もともち》喜三郎が、急いで入ってきて、

「只今、老職犬塚さまが、お見えになりました」と、取次ぐのだった。

「外記《げき》とは今、同じ行列にて、到着したばかりではないか。何ンぞ、火急のことでもあるのか。ともかく、お通ししろ」

「かしこまりました」

やがて、直弼が、奥書院へ入って行くと、犬塚外記が、いつになく緊張して、待っていた。外記はもと直亮の側役だったが、今では藩老の中でも、幅利きの存在であり、直弼とは、特に親しい。直弼のほうでも外記を呼ぶのに、

「おじいさん」

という敬称を以てしている。

「いや、さっそく、水風呂を浴びて、生きかえった。おじいさんもどうだ。まだ、旅装もとかぬ様だが、水を浴びないか」

直弼は、そう云って障子をあけ放ち、書院の際へ座をかまえた。庭には白い山梔《くちなし》の花が香っている。

「それどころではございません。昨夜、大垣にて一宿の際、容易ならざる大事を聞きましたので、実は、行列のうちからでも、人の耳目がござりませなンだら、早く、お話したくて、ウズウズして居ったのでございます」

「何の大事か知らぬが、世捨人も同じ宗観（直弼の雅号）には、些《いささ》かの驚きもないわ。将軍家が毒殺されようと、黒船が大砲を打ちこもうとも――はッはッはッ。近江の湖水までは、まさか着弾いたすまい」

外記は一膝すゝめて、

「そんな冗談を申上げに参ったのではございませぬ。何者かは存じませぬが、直弼殿に御謀反《むほん》の議ありとの密訴をした者がありまして、それで急に、藩公の御帰国と相成ったということで――」

「はッはッはッ」

と、直弼は磊落《らいらく》な笑い声を立てた。

「謀反をするには、英雄の野望を必要とする。私を英雄に祭り上げようとする者があるとすれば、怪しからんことだが――」

「何ンと仰有《おつしや》います。殿のお顔を見れば、誰しもすぐわかることで――立派に英雄の相を備えていらせられます」

「外記は、年をとっても、武勇伝が好きだからのう。剣難の相とまちがっては、たまらんぞ。私の主義信条は只一ッ。平和だけだ。謀反なぞ、思いもかけぬ……」

「ところが、人の口はうるさいもので、殿には、他国者の長野主馬とか三浦北庵とかいう男をお近附けあそばして、密かに藩政転覆を企てたという密訴があったげにございます」

「長野主馬？——彼こそ、謀反などには最も縁遠い男だぞ。彼の著わす所の『かつみぶり』や『袖かがみ』を読めば、すぐわかることだ」

「村山たかと申す女のことを、御存じはございませぬか」

「村山たか？　知らぬぞ」

「袋町の廓にて、遊芸の師をなす女。いつぞや、廓詮議の網にかゝって、暫《しばら》く留置かれましたるところ、長野より、殿へ密々に釈放の儀を願い出たことがございましたろう」

「なるほど。そう云われると、そんなこともあった様じゃな」

「村山たかの吟味申し口（自供陳述書）によりますと、長野と殿との間には、大分、数々の密約が取り交わされたことに成って居りますそうで」

「恐らく藩の奉行や調べ方がその遊芸師の女を、とやこう、面白がって、拷問にでも掛けたのであろう。女は痛い目に会わせれば、他愛もなく、嘘をつく。嘘いつわりの申し口では、手柄にもなるまい」

「然るにても、殿に御謀反のお疑いまでかけるとは、長野なる浪人も怪しからん奴でございますな」

「まア、おじいさん。そのうち一度、長野に会わして上げる。会えば、怪しからんもなにも、なくなるよ。安心してつきあえる男だ」

「とまれ、近日、藩公から、直々お尋ねのあった場合は、率直に、お胸のうちを申しのべられ、二心なきを誓って、一切を氷解して戴かねばなりませぬ」

と、外記は直弼を思うあまり、額に玉の汗をふいて、しきりに、諫《いさ》める。直弼は、又、はじまったと、ウンザリしている。前にも一度、そんなことがあった。そのときはもっと若かったので、無実の罪はたまらぬと、一思いに出家得度してしまおうと、彦根の北、長浜の大通寺（東本願寺の別院）の院主たることを望んだが、これは直亮によって許されなかった。外記は更に語をついで、

「ともかく、当分は茶会や和歌・俳諧のお集りにしても、人目立つことは禁物でございます」

「それは又、一段と窮屈じゃな。その様な思いをするなら、いっそ国を出て、大阪あたりの小商人にでもなるがましじゃ」

と、直弼は云った。

「いえいえ、こゝが御辛抱のしどころでございます。大きな声では申せませんが、藩公には、御子様がなく、それ故に、御舎弟直元殿を跡目にされましたが、その直元殿には、不治の病が、すでに――」

と云いかけて、更に声をしのばせ、

「両肺を冒したとやら……万が一の場合は、殿の外に、御世嗣はありませぬ」

「何を云うか、外記。御身の取越苦労も、そこまで考えては、過分と云うものじゃ。よし

んば万一の事があっても、私は世嗣などにはなり度《た》くない。そんなものは、願い下げだ。私は今の生活に、何ンの不平も不足もないのだ。とや角と、余計なことを考えるから、却《かえっ》て浮世が窮屈になるのじゃ」

「はい。殿のお考えは御立派じゃ。老臣、大いに汗顔の至りでございます」

と、外記は平伏して云った。

――直弼は、外記が帰ってから志津の酌で、二三杯のんだ。

「留守中、何の変りもなかったか」

「はい。昨夜おそく、長野主馬様がお見えになりました」

「何に、主馬が来たか。早く申せばいゝに」

「でも、お側に犬塚様がお出でになるのですもの」

「何ンと申して居った?」

「近頃、常備隊の面々から、大分、にらまれて居る様で、うっかり、埋木舎へも足ぶみが出来なくなられたそうな。いっそ、京都へでも居を移そうかと思っているが、何分、多紀の病気が一向に快くならないので、閉口して居りますと、すっかり、悄《しお》れて居られました」

「それは気の毒な――常備隊の連中も、勤王の志士ときけば、顫《ふる》え上るくせに、長野の様な痩浪人には、弱い者いじめをする。まことに、悪い料簡《りょうけん》というものだ」

「でも、犬塚様が仰有ったことに、村山たかとかいう女が、殿と長野様について、あらぬことを口走ったとやら。憎い女ではございませんか」

「ところがこの頃、藩の牢番役にきくと、取調べの際、石抱きとか、箱責めとか、この世のものとも思われぬ様な、ひどい責道具を用いるそうではないか。そして、勝手に、吟味申し口を作って、否応なしに、調印を取るともいう。村山たかも、大分、こッぴどく痛めつけられたらしいのだ」

「殿はなぜ、そんな女に肩をお持ち遊ばすのでございます？　どこで御会いなされました？」

と、志津が油断なく追及するのを、

「いや、一面識もない女だ。そんな女をひいきしてもはじまらぬが、たゞ直弼は、国の権力を笠に着て、やたらに威張り散らす木ッ葉役人が大きらいなのだ」

翌日――直弼がこの国の名物の新しい鮒《はす》の塩焼で、朝飯を取っていると、果して、藩主直亮から、召しがあった。

傍《そば》で、給仕をしていた志津のほうが、サッと顔色を変えた。

「お咎《とが》めでございましょうか」

「まさか――」

直弼は、悠々と鮹を食べている。

「そのまゝ、幾日もお城へお留め置になるようなことは、ございませんでしょうか」

「何を怯《おび》えているのだ。兄上はきっと久しぶりに、江戸の御話でもして下さろうというのだ。第一、槻館《けやきごてん》へ来いとのことではないか。あすこでは、公儀のおたずねなどある筈《はず》もない」

「それで、やっと安心いたしました」

と、志津は胸を撫でおろした。

彼女は藩の足軽秋山勘七というものの娘で、十六歳の時埋木舎へ上って家婢となったが、今では直弼の寵を得ている。もっとも、井伊家の慣わしで、足軽の娘では、妻になるどころか、妾にもなれないので、前途を思うと、彼女の心は暗然となる。勘七もそれを苦にして、誰か名のある藩士の養女にでもして貰って、せめて娘に側室の地位を望みたいと、焦慮している。

「志津――御身も心配性だな。私の周囲は、気の小さい者ばかりの集りだ。何かというと、ハラハラしている」

「殿様が、あンまり、気持がお強いので」

「これでも強いのか。驚いたな。私は又、自分程、遠慮がちに暮している者はないと思っているのに。もっとも、直弼の茶室には貴賤の別なく、町人と武家の段階すら設けない。

藩老と左官屋・大工と他国の素浪人とが同席もする。世間では、それを直弼の自由を望む心のあらわれとは思わずに、只、我儘《わがまま》者よと、譏《そし》るのであろう。私が悪いのではない。世間がバヵなのだ──」

「それと知りながら、つい、粗相を申上げました。お許しなされて下さりませ」

と、志津はあやまる。直弼は気を変える様に、

「それより、この鱒は美味かったぞ。この魚は、何ンといっても夏に限る。そのうち、朝妻村へ、鱒釣りにでも出掛けるかな」

直弼は二匹の鱒を、きれいに平げた。それから、

「紋服を──」

と、命じた。

志津が召使う婢《はしため》に、佐登というのが居て、着物や裃《かみしも》のことなどは、佐登がやる。志津より若く、志津に劣らぬ縹緻《きりよう》よしである。

その佐登が紋服を持って出たついでに、志津に云った。

「只今、長野主馬様が、裏口からお見えになりました。目のさめるような美しい御方と御一緒に──」

志津が団扇の手をやめて、

「それでは、きっと、村山たかを連れて参られたに違いありません。殿には今、大事なお

召しにて、御出ましのところ。今日はお目にかゝる暇がないと、おことわりなさるがよろしゅうございましょう」

「かしこまりました」

と、佐登が立ちかけるのを、直弼は呼びとめた。

「待て――こゝへ通せ」

「でも、殿、御召しの刻におくれては――」

志津は、なぜか、目の色を変えている。

「然らば、女の者は控えさせ、主馬のみでも、こゝへと申せ」

佐登がかしこまって去ると、志津は直弼のぬいだものを、たゝみ出した。やがて、主馬が、縁をわたってきた。

「殿――突然の推参、平にお許し下さい」

「婦人を同伴したそうだが、誰じゃ」

「はい。いつぞや、釈放方を願い出ました村山たかが、一度、御目通りを願って、御礼を申しのべたいとのことで、本日、同道いたしました」

「今は、出がけにて、心急《せ》くまゝ、目通りは次の機会に致そう。それとも、帰るまで待って居てくれるか?」

「はい――」

「いずれとも、そちたちの都合よきよう、取計らえ」

「殿には何か、火急の御用でも？」

「藩公の急のお召しじゃ」

「では、ひょっとして、主馬にかゝわるお疑いから、殿の御身に？」

「主馬もそう思うか」

「とすれば、御不例と申して、代りの者をお差し向けになりましてはいかゞ？」

「悪く考えれば、当分、禁錮を仰せつかるかも知れないが、まさか、切腹までのことはあるまい。兄上も、直弼が、人一倍身命を惜しむことは、よく知ってござるから」

「若《も》し、お疑いがとけぬときは、いつでも、この主馬をお召捕り下さい。尋常にお縄にかゝり、身の潔白を申し立て、それでも氷解のないときは、殿のお身代りに、刑を受けまする」

「いやいや、案じるな。それより志津、まだ鮒《はす》があったら、主馬にも焼いて、賞味させよ」

「はい――」

志津は頷いたが、直弼の言葉の中にあった「切腹」の二字が気にかゝって、浮かぬ顔に、今にも、涙がおちてきそうだ。それにしても、殿に思いもよらぬ無実の疑いを及ぼしたり、断りもなしに得態の知れぬ女を同道してきたりする長野主馬が憎くてならなかった。

「では、行ってくるぞ」

直弼は側役二人と小姓をつれ、照りつける夏の日の中へ歩み出た。

埋木舎のある尾末町から、佐和口を入ると、左側に御厩屋《おンまや》がある。そこから内濠に沿って、直弼は緩い歩調をつゞけた。

本丸、鐘の丸が、夏の日に白く光っている。

直弼は、絶えて久しく登城したことがないが、さすがに父祖の血と汗のにじんでいる彦根城を仰ぐと、胸奥の引きしまるのをおぼえる。

彦根も今では三十五万石の雄藩だが、この城の出来た直孝の時代は、まだ二十万石で、更にこの城の創築にとりかゝった頃は十八万石であった。だから、櫓《やぐら》にしても内外の濠にしても、すべて十八万石の規模で造られている。子供の頃、よく直弼は人目を盗んで、こっそり、天守閣へ上って行ったものだ。そこから見る近江の湖水の眺めは、いかにも雄大であった。殊に、夕焼雲のたなびく夏の夕まぐれが美しい。

白い夏雲が、刻々に変化する七色の色感は、虹の幕をひろげたようだ。すぐ下には、彦根の街が一目に見える。芹川がまっ直に流れて、湖水にそゝいでいる。その反対側には、茄子紺《なすこん》に染まったような伊吹山の遠望から、石田三成の拠ったという佐和山、弁天山、磯山とつゞく山々。天守の窓に靠《もた》れて、若き直弼は山紫水明の眺めに飽きることを知らなかった。

槻館は、お城の中山道を下り、黒御門をくゞって、黒門橋をわたると、すぐ正面にある。

亡くなった母の、遠い面影。

直弼は、この御殿へ来るたびに、先ず心にうかぶのは、それである。藩老の中には、彦根御前を、妖婦の様に云う人もある。父直中の、生き肝を取って食ったなどと悪声が放たれたこともある。が、そんな人では、決してない。母は、その誹謗《ひぼう》に耐えられなくなって、寿命を縮めてしまった気の弱い女人だった。父の妻妾の中では、一番純情で、一番誠意をつくした人であることは、外記の話でもよくわかる。それなのに、今でも人は、直弼のことを、彦根御前の毒血をひいた驕慢《きょうまん》児などと、蔭口をとばしているそうだ。

「御免——弟直弼、お召しによって、急ぎ参った。藩公にお取次ぎ下さい」

「どうぞ、お通り下さい」

直弼は、側役たちをのこして、一人、式台を上った。小姓の案内で「楽々の間」へ通された。

この部屋からは、伊吹山を見る角度が一転して、まっ正面に、白雲を割って、濃い群青を流したように、聳《そび》えている。

茶菓がはこばれたあと、紋服の着流しで、直亮が、長廊下をわたってきた。

「おゝ、兄上」

「昨日は御苦労であったな」

五尺とは離れぬ所に、兄弟は対坐した。

「夏の道中は、さぞ、お疲れも多いことでございましょうな」

「左様——疲労も甚《はなはだ》しいが、諸式高値の折から費用は嵩《かさ》むばかりじゃ。江戸を立ったのが、七月二十三日。先ず、程ガ谷泊り、次ぎが小田原、沼津、江尻、金谷、浜松、御油と泊り泊りに日を重ねて、都合十泊——もっとも、若い頃は、八泊で強行したこともあったが——鉄三郎。兄もいつのまにか、年を取ったぞ」

「はッはッ。何を仰せられます。まだ、白髪一筋、おありなさらぬではございませんか」

鉄三郎というのは、直弼の幼名である。

「水野越前守の御治績は、どういう評判でございますか」と、直弼がきいた。

「毀誉褒貶《きよほうへん》、相半するというところであろうか。天保の改革は、すでに頂天を極めたりとも云われている」

「梨園の名優、市川海老蔵が追放されたそうでございますな」

「ふん。そんな話じゃ」

「越前守忠邦殿には、先ず以て富札を禁じ、農夫が、平常、蠟燭を灯すを禁じ、毎村髪結店あるを罷め、村落に江戸菓子を売るを禁じ、美麗なる女服の販売、人情本の発兌《はつだ》、十両以上の石燈籠、八寸以上の人形の売買を禁じたとのことですが、ほんとうでございますか」

「御身はよく知っているのう」

「そのほか、俳優と市民の雑居を禁じ、又、女髪結を罷め、蘭字を以て看板に用いることも、お差止めとなったとか」

「いや、水野殿の細心周到なのには、驚くばかりじゃ。髪床の暖簾に彩色するのまで、いかんと云われる。町人の男女共、羽二重、縮緬《ちりめん》、繻子《しゅす》等は、帯にするも、襟にするも、袖口にするも一々之れを罰するという有様じゃ。江戸の盛り場で、衣服の裏に、縮緬をつけていた若い女が、突然、幕吏に取りかこまれ、帯をとかれ、着物を剝がれ、むき玉子のようにされて、路上で、その縮緬の裏を裂き取るまで、さらし者になったという話もある」

「それは気の毒千万な。さぞ、恥かしい思いをしたことでござろう」

「水野殿に云わすれば、その位の見せしめをしないと、奢《おご》りたかぶる町人共の贅沢は、改まらぬと云われるのじゃ。事実、町人の風俗として表が木綿で、裏や袖口に、羽二重、縮緬を用いるのは、公然の秘密の如くなっている。若い女共には、却てそれを見栄と思うものもある。老中とすれば、お上を畏れぬ女共は、片っぱしから、衣類を脱して、恥かしい目に会わせたいところであろう」

「そんなお話を承るにつけて、全く、政治は恐ろしい」

と直弼は吐息した。直亮は稍《やや》、辞色をあらためて、

「時に、今日来て貰ったのは、ほかでもないが実は、嗣子《しし》直元の儀だが、御身も知る通り、年来の病弱で、甚だ心痛の種じゃ」

「暫《しばら》く、御機嫌を拝しませんが、蔭ながらお案じ致して居りました」

「そこで、直元に万一のことある場合に就いても、あらかじめ考えておかねば相成らぬ。然るに、私には、一子もない。舎弟らは、御身を除いて、悉《ことごと》く、他家を継ぐか、家臣に養わしめて、臣籍に列してしまった。そこで、このたびの帰国を幸い、御身の肚裏を訊きたいと思うのじゃ」

「直弼は生来の迂愚《うぐ》で、肚裏もなければ、腹蔵もありませぬ。それよりも、直元殿の御病気は、やがて、御全癒の日、近いのではございませんか」

然し直亮は声を低く、四囲を憚るように、

「それが、容易ならぬ難病との診立《みた》てじゃ。この頃は、寝ついたきりで、食慾もすゝまない。江戸を立つ日にも、親しく見舞ってやったが、まるで、骨と皮ばかりじゃ。こゝだけの話だが、余命は幾何《いくばく》もないだろう」

「そんなにお悪いのでござるか。御病気のことは、一寸、外記からも、聞いては居りましたが、それほどとは存じもよりませなンだ」

「就いては、直弼」

「はッ」

「この際、御身を直元の養子にして、不慮の場合に備えるのが、道と思うがどうじゃ」

「…………」

「若し又、直元の養子では気に入らぬということであれば、私の直々の世子に立てても、差しつかえないぞ」

「直々の世子？　では直元殿は？」

「病態重篤の故を以て、世子たるを廃するのだ」

「では、直元殿には、御廃嫡《はいちゃく》――」

「病気には、勝てぬからのう」

「とんでもございませぬ。たとえ、いかなる難病とて、直元殿御存生中に、廃嫡の儀などは、道に背きまする。兄上の御深慮とも覚えませぬ」

直弼は、やや亢奮《こうふん》して、声をはり上げた。

「相変らず、御身は義理固いことを云う。然し、世子が不治の病人で、いつも寝てばかりいられては、とかく、不都合が多いのだ。溜間《たまりのま》の御勤めにしても、世子が欠けていては、すべてに、事が渋滞いたす」

「お言葉にさからう様で、汗顔いたしますが、直弼には、藩公の世子たる自信も貫禄も備わりません。田舎者の直弼が、溜間詰《づめ》の様な、派手な舞台に立てるとは、夢にも思いませぬ上に、第一、彦根藩の老職たちが、承引するわけもありません。この儀ばかりは、平に、平に――平に、御容赦を」

と、直弼は、二膝ほど、すべり退って、頭を低く、平身した。――二ッ返事で承知するものと思った直亮は、些《いささ》か意外の面持で無言のまゝ、暫く、直弼を眺めた。

直亮は、いくらすゝめても、どうしても承知しないので、世子廃嫡の話は、あきらめる外はなかった。――それにしても、常識的に云えば、三百苞の捨扶持で、一生埋木の生活をしなければならぬ十四男坊が、突如、三十五万石の藩主たる地位を予約されるという幸運は、棚から牡丹餅がおちてきたも同様の筈である。まさに雀躍《じやくやく》して、その知遇を感謝すべきである。それをまるで、一顧の価値もないように、あっさり、ことわる直弼の気持は、諒解に苦しむほかはない。どうかしている。

偉いのか、愚かなのか、常人の尺度を以てしては、測りきれないものがある。

「御身の答えと、世間の批評とは、大分、違って居るようだぞ」

「はッ」

「世間では、御身が、長野某なる浪人と相交わり、密かに藩政を論難し、老職らの蒙を啓《ひら》く意思があるように沙汰して居る。若し、それが本心なら、将来、藩主たる絶好の機会を、ムザムザ、取り逃がすにも当らないではないか」

　針を包んだ直亮の言葉は、さすがに直弼の胸を衝《つ》いた。

「いやいや。それは世間の物好きな風説と云うものでござる。私として、藩の御仁政を、批判したことなどは一度もございませんし、藩老の方々に対しても、御苦労千万とは思え、不平などは嘗《かつ》てないことを、この際、明言致しておきます」

「それを聞いて、私も満足におもうが、世間が御身を、そう見たがるのも、無理のないところだ。今後も、十分、注意して、とかくの噂のないように頼むぞ」

「慈愛深い御心づかいを拝しまして、直弼、感佩《かんぱい》いたします」

と、畳に額をつけるようにして云った。話がすんだので、酒肴がはこばれた。

「御身は、妻を迎える気がないとのことじゃが——今でもそうか」

　酒が廻ると、直亮は少しくだけて云った。

「と、きまっても居りませんが、格式張った祝言などは無用でございますな」

「実は、江戸にて、嫁の口を頼まれているものがある。年恰好も、丁度、似合だが——」

「身分の低い者でございますか」

「いや、丹波亀岡の城主、松平紀伊守信豪《のぶひで》の息女、昌子《まさこ》の方といわるゝ御方じゃ」

「それは、ちと、釣合いませぬなア」

「そんなことはあるまい」

「お実家が偉いと、女房はつい、亭主を尻に敷くそうではありませんか」

「世子の儀も承引するものと存じて居たので、紀伊守殿に、大体のところは、内諾を申してきたのじゃ」

直弼も、これには、肝を冷やした。

こんなにも、話というものは違うものかと、直弼は、暫くは茫然とした。外記や主馬の思惑では、きっと厳しいお咎めがあり、場合によっては、帰宅を許されぬようなことも、起りうるという見方であった。殊に志津などは、切腹まで考えて、顔色を変えたほどである。

それなのに、直亮の話は、先ず、世子廃嫡から、直弼を相続人として迎えようという好意。そのために、歴《れっき》とした配偶者まで内定し、すべての御膳立てをして呉れて、その上で、直弼の同意が求められているのである。

——直弼は、現在のところ女中の志津のほか、接触のある女性は居ない。ところが志津は足軽の娘で、側室にもなれない身分である。直弼も男だから、たまには、夢中になって、我れを忘れる程の恋がしてみたいと思うこともあるが、何しろ、埋木舎へとじこもっていて、めったに外も歩かない位だから、恋をするにも、機会にめぐり合わさないのだ。

近頃、読んだ井原西鶴の「浮世草紙」などを見ても、恋のためには、男も女も、易々として、大事な生命を捨てている。八百屋のお七が、美男の吉三のために、放火の大罪を犯しながら、臆する色なく、火あぶりの極刑を受ける物語を読むと、恋とはこのように、理性を絶するものかと、胸をうたれる。

志津は彼を愛している。

然し、お七が吉三を愛したような冒険と犠牲と情熱があるとは思えない。たゞ、それが主従の間をつらぬく至上命令として、直弼の云うなりに身をまかせたのが、はじまりである。そこに、肉体の接触がつゞき、今では、おたがいに、惹かれるものがないとは云えない。

けれども、男が女に惚れ、又、女が男に惚れるというのは、それは何か、違うものがあるのではないだろうか。ごく月並な経路で一緒になった夫婦間の、通り一遍の性愛には見出すことの出来ない、もっと強烈な火薬の光りのようなものが、あるのではないか。それを浴びると、理性も外聞も気取りも失って、おたがいに、武者ぶりつく様に抱合わずにはいられないもの、――そういうものがなくて、どうして女が、男のために、放火罪まで犯す気になるだろう。

（惚れるということは、何か不思議なことである）

そして自分はまだ一度も、惚れるという不思議な作用を経験したことがないと彼は思った。

志津に対しても、愛してはいるが、惚れたとは、云えないのである。

直弼は、それを思うと、この上、松平家などから正室を迎えることは、更に手も足も、金縛りにされるような気がする。で、彼は云った。

「兄上。畏れながら、その縁談の儀も、平に平に、御容赦下さい」


直弼は、夕方近く、埋木舎へ帰ってきた。犬塚外記をはじめ、宇津木翼、青木千枝、元持喜三郎たちが、表座敷に詰めかけて、彼の帰宅を待っていた。

玄関へは、志津が出迎えた。泣いている。

「御無事でお帰りあそばして、何よりのことに存じます」

志津は、袂で涙をはらった。

「はははは。何も案ずることなぞは、一ッもなかったぞ」

「犬塚さまはじめ、皆々様が、御心配なされて、待ち侘《わ》びて居られまする」

「何に――皆のものが、私の帰りを待って居たのか――大仰な」

と、直弼は、面を曇らせた。玄関を通って、表座敷へ入ると、一同の平伏する前に突っ立って、

「直弼、只今、立戻ったが、御身らの云う如き不安は、毛筋ほどもなかったぞ。御身らが、直弼の身の上を案じて呉れるは、有りがたいが、案じすぎることは、却て迷惑と知る

がよい。何事にあれ、過ぐるは及ばざるに等しい。忠義に過ぎるも、過ちの因。懐疑に過ぎるも、縮尻《しくじり》の因じゃ。徒《いたず》らに、ものの影に怯えて、遠吠えするような態度は、爾今慎まねば相ならぬぞ」

と、一息に云った。外記たちは、その威に圧せられて、容易に頭も上げ得ない。

「兄上とは、久闊《きゅうかつ》のこととて積もるお話をしただけじゃ。御身達の杞憂するところとは、似ても似つかぬ話題であったぞ」

「…………」

「その上、酒肴のおもてなしに預ったので、直弼、久しぶりに、些か酩酊いたしたわ」

「畏れ入りましてござる」

と、外記が一同を代表する形で答えた。然し、外記は、直弼に何ンと叱られようとも、彼が無事で帰ってきたことにホッと安堵の胸を撫でおろしている。なぜなら、藩老たちの、おもてに柔く、裏面に毒を蔵しているのを、真近に見ているのは、彼だけだからだ。

——それから直弼は、独り、茶室に入って、自分で一服、立てた。

釜の前に正坐して、柄杓《ひしゃく》をかまえると、無念無想の一瞬がすぎる。

彼の茶室は、表座敷から奥書院へ入る途中の通路に当っている小室がそれである。粗末な部屋だが、庇《ひさし》の深い、陰翳の濃いつくりで、みずから、澍露軒《じゅろけん》と名附けていた。

法華経の中にある、

「甘露の法雨を澍《そそぎ》て、煩悩の焔を滅除す」

から取ったものだ。

一服のんでから、一同の立ち帰ったらしい様子に、あらためて、彼は志津を呼び、

「長野と村山は、まだ待っているか」

と、訊ねた。

「待っておいでございます」

と、志津が答えた。

「然らば、奥書院へ通すがいゝ」

「主馬殿お一人でございますか」

「いや、二人じゃ」

「はい……」

志津は、いゝ返事をしなかった。というのが、一目見るなり、たか女の顔に、名状し難い圧迫を感じさせられたからである。

たゞ、美しいのとは、わけが違う。いわゆる美貌には、素直な、のびのびした美しさと、そうでないのとある。恐ろしさを伴うような美しさ。何もかも、吸いとられてしまいそうな美しさ。

もっと端的に云えば、男という男を迷わすに足りる美しさ。

たか女の美貌には、それがある。そして、側で見ただけでも、すでに主馬が、彼女の美貌に迷わされていることがわかるのだ。その反対に、たか女のほうでは、果して、主馬が好きなのかどうかは、はっきりしない。いつもその点を、意識してあいまいにしているように見える。

志津は、さっきから、それとなく、二人の男女の様子を観察して、そういうところが、たか女の曲者《くせもの》たる点で、その意味からも、直弼の目通りを許すべき女ではないと思っているのである。

――直弼が、普通の御曹子にくらべて、いかに謹直な青年であるかは、もとより、志津は承知している。然し、たか女の顔を見た刹那、志津は、謹直な直弼とて、この人には、迷うかも知れないという不安に、すぐ襲われた。

「何を、とやこうしているのだ。早く、連れ参れ」

主命である。これが若し、自分が正室だったとしたら、直弼が何ンと云っても、

「廓に出入りなどする、素姓も知れませぬ女を、お側近くお召しの儀は、たってお止り下さいませ」

と、強引に諫めることも出来ようが――。

足軽の娘だという卑下を自分に負っている志津は、已《や》むなく、主馬らの待っている中の間の襖を明け、膝をついて云った。

「只今、お目通りをお許しにございます。どうぞこちらへお通り下さい」

主馬は殆《ほとん》ど日のあるうち一杯、待たされていたが、側にたか女が居るので、退屈をもてあますようなことはなかった。もっとも、壁をへだてて、藩士らの耳があるので、二人は無言の行をつづけたのだが、それでも主馬は、満足だった。

主馬が先きに、たか女は、五歩ほどおくれて、中の間から、中廊をわたり、奥書院へ入った。やがて、澍露軒の細い戸口から、直弼の顔が、あらわれた時、たか女はそれに、憧憬と思慕の意識を罩《こ》めて、あの挑むような視線を放った。


「主馬――大分、待ち草臥《くたび》れたであろう」

と、直弼はやさしく云った。

「恐れ入ります。して、藩公とは、どのようなお話がございましたか」

「縁談の儀と、世子直元殿御重病の趣きを伺ったまでじゃ」

「それは又、意外な――」

「直元殿に代って、私を世子に直したい旨《むね》の御希望もあったが、縁談共々、はっきりおことわり申上げてきた」

と、直弼はありのまゝを話した。

「どうして、お引受けにならなかったのでございますか」

世子直しを承引すれば、黙って井伊家三十八代の当主たる地位を約束されたことになる。主馬は、いかにも勿体ないことをしたと云わぬばかりの顔だった。

「こりゃ主馬にも似合わしからぬことを云うぞ。たとえ、御不治とは申せ、世子御在世中に、笑談にも左様な儀は、口にいたすべきことではない」

「ははッ」

長野は、そう云われて、返す言葉がない。直弼は、あらためて、たか女のほうへ、目を向けて、

「村山たかは、其方か」

「はい――」

「もうお咎めは、ゆりたのか」と話頭を転じた。

「十日程前のことでございました。殿のお言葉によりまして、思ったよりも早く、釈放と相成りました。さっそく御礼に罷《まか》り出るべきところ、御牢内の苦痛に、身体を大分、痛めまして……」

「拷問を受けたか――」

「はい。毎日、調べ所へ引き出され、息も絶ゆるかと思う程でございました」

「御身があまり美しいので、調べ方役人共が、面白がって、あれこれと、さいなんだのであろう」

たか女は、さすがに顔を赤らめ、直弼の強い視線に、辟易《へきえき》するかの如くであった。主馬が代って云った。

「藩の牢番役が、江戸伝馬町の大牢をうつし、刑の種類も、幕府の制にならって、過怠牢、永牢、揚屋入などと申し居るそうでございますな」

「このまゝ行くと、やがては天下に、牢獄時代を出現するかも測り知れぬ――」

「幸い、女牢は、仕置場も別でございましたが、取調べのある毎に、衣類をあらため、女の身として、随分、恥かしい目にもあいました」

「それは、甚だ怪しからん」

――直弼は、心中同情を禁じ得ないが、そういう苦痛に耐えてきたたか女の、ひたむきな性格に、直面して、ふと、胸をうたれた。それが、女の意思の力か、それとも、たぎりわく情熱の流れかは、まだ、わからないとしても。

「就《つ》きましては申上げます。私の取調べから、殿と長野様の間に、何か忌《いま》わしい謀事でもあったかの様な、吟味申し口が、書き上げられましたとやら……」

「…………」

たか女は、畳に手をついたまゝの形で、直弼を見上げた。

「私は直々には、其方の吟味申し口を見たわけではないが――若しそれが、真実、御身の口から出たものとすると、私も長野も、迷惑千万じゃ。苦しまぎれとは申せ、ありもせぬことを、喋るものではないぞ」

「申訳もございません。吟味申し口には、たしかに私の拇印が捺《お》してございます故、今更、とやかく申しても、埒《らち》があきませぬ事ながら、実は、最初のお調べの時、いきなり、白紙へ、指を押せと云われまして、うっかり、押してしまったのが、誤り。そのうちに、私の知らない申し口が出来上ってしまったのでございます」

たか女の、透き通るような声は、適度の媚《こび》と真情の波をうたせて、直弼の胸にひゞいた。

「先ず、そんなことであろうとは、私もほゞ想像して居った。が、当人の口からそれをきけば、すべてははや氷解というものじゃ」

直弼は、扇子で扇ぎながら、破顔して云った。たか女はむろん、主馬も共々、安堵の色を目にうかべた。

「有りがたい御諚《ごじょう》でございます」

「これで安心いたしました」

二人は、喜び合った。佐登が盃を運んできた。——志津がたか女のことにこだわって、わざと引籠っているのは、直弼にもわかったが、敢《あえ》て問いたゞすにも当らぬと思った。

「たか、一ッ、のめ」

「恐れ入ります」

「其方は、のめるか」

「はい。少々は――廓で太夫さんとおつき合いをしますうちに、少しは戴けるようになりました」

「それは面白い。私は下戸だが、長野とはよい相手だな」

佐登は酌をして廻った。たか女の、のみッぷりは、鮮かである。

「殿――今日は、若し、お詫びが、かないませずば、お手討を覚悟して、罷り出たのでございますよ」

「何に、手討とな」

「藩老方の密訴にて、万一にも殿のお身の上に、お疑いでもかゝりましたならと……」

「手討などという粗暴な行為だけは、曾て考えたこともない」

と、直弼は云った。父も兄も、一旦の怒りにまかせて、男や女を斬っている。その又昔の父祖たちは、みな、それをやってきた。一国一城の主ともなれば、それはもう、当然の権利の如く考えられていて、誰も怪しむ者はない。だから直弼が、まだ一度も、人を斬ったことがないのは、寧《むし》ろ、異例に属する。

やがて主馬とたか女は、連れ立って、辞去した。

直弼は、わざわざ、裏門まで送って行き、二人の足音が、いろは松の向うへ消えるまで、静かに立って居た。彼は客を送り出すときは、いつもそうした心掛けを実行した。

彼が、茶道の趣意を書きしるした「茶湯一会《いちえ》集」にも、

「主客共に退出の際は、余情残心を催すものであるから、客も露地を出るまでは、高声で咄《はな》すようなことは慎み、亭主は、客の見えなくなるまでも見送って居なければならない。中くゞりや、猿戸など、その外、戸障子を客にわかるように早々〆《し》め立てるのは、不興千万のことで、それでは一日の饗も無になってしまう」

と、床しい心境がつくされている。

直弼は、然し今夜に限って、静まらぬ心で、座敷へ戻った。——床が一ッのべてある。

佐登が、行燈を運んで来た。

「お志津さまは、お加減がお悪いとて、早うお寝みなされました」

「どうもあれは、すぐ、臍《へそ》を曲げるのう」

「お腰でもお揉みいたしましょうか」

「そうだな。では、暫く、やって貰おうかな」

直弼は横になった。暑がりでも養生家の彼は、夏も尚、腹へだけは、綿の入ったものを掛けて寝る。佐登はそのうしろへ廻った。

「たか女様は、ほんにお美しい女子でいらっしゃいますなア」

「そちも、そう思うか」

「はい。かねて、そんなお噂はききましたが、お話よりずっとお美しいので、おどろきま

した」

直弼は、佐登に腰のあたりを揉ませながら、快げに、目をつむった。たか女の顔が、泛《うか》んできそうで、はっきりつかめないもどかしさが、胸をくすぐる。

直弼は、今宵はじめて、好色なるものの、容易ならぬ正体を見たような気がする。

(人間は、好色ということを、うっかり、侮《あなど》ってばかりは居られないぞ)

そうも思うほど、たか女のふりまいて行った色香のなごりが、彼の心に、まだ、なまなまと、波うっているからだ。

「佐登、そちはどう思う。主馬はたかを愛しているかの?」

年よりは早熟の佐登も、主人の突然の質問には、何ンと答えてよいか、面喰っている。

「はははは。そちに訊ねても、無理であったな」

と、直弼は笑いにまぎらしたが、今頃、暗い城下町を、仲よく並んで帰る二人の姿を想像すると、恐らくは生まれてはじめての、妬心ともいう可きものに、煽られた。

やがて佐登が、別間へ引き退るときも、直弼は、まだ眠りつけない模様だった。

眉《まゆ》紅き人

京都、麩屋町《ふやちょう》通り、姉小路上る、「俵屋」は、長野主馬の定宿であった。今しがた、この宿に旅装をといた主馬は、東二階の一間に坐って、一服莨《たばこ》に火をつけたところである。

俵屋の主人、岡崎和助が、梯子をのぼってきた。

「これは長野さま、お久しぶりでございました」

——そういう和助は、普通の宿屋の亭主ではない。主馬とは、思想的にも入魂《じっこん》の間である。

「いやいや、あなたも、息災で何よりだ。いつまでも、お暑いのう」

「こんどは、何ンの御用で、御上洛？」

「実は、御身も御承知の如く、平田篤胤《あつたね》氏の『扶桑国考』は、幕命によって、絶版を命じられたが、爾来、国文学の流れにも、二流派を生じ、一ッは、あくまで、勤王の名分を明かにするための学問。他は、勤王も佐幕もない、純粋の国学。ところが、本居大平先生の門にも、この二流の対立が激しいので、拙者などは、やゝもすれば、異端視を受ける始末。それで、京都の同志と、ひそかに気脈を通じたい念願で、伊吹山麓から、出かけて参ったのだ」

これが表向きの理由である。

「それは、わざわざ、おえらいことでございましたな。まア、ゆっくり、お休み下さい」

——和助は、煙草盆や座蒲団に気をくばり、西日のさす窓のすだれをおろしたりする。

「時に、和助さん」

「へい」

「誰か、拙者をたずねては参らなンだかな」

「へい。どなたも……まだ……」

「では、ひょっとすると、誰か参るかもしれないから、その節はよろしく頼む」

「男さんかいな。それとも……」

「婦人の客じゃ」

「へい、へい」

「和助さん。妙な顔せいでも、よいではないか」

「然し、長野様には、珍しいことでございますからな」

「いや、別に、どうという間柄ではない。門弟の一人じゃ」

「お泊りか？」

「泊るかもしれぬ。また、泊らずに、帰るかもしれぬ」

「長野様も水臭い。和助は只の旅館の亭主ではない。惚れた女子なら、そうと仰有《おっしゃ》って下されば、何ンとでも、粋をきかして進ぜましょうに――」

大体をのみこんで、和助は主馬の肩をポンと打った。

「はッはッはッ。和助さん。こりゃア大きに――」

と、主馬は、耳まで赤くした。和助は更に一膝すゝめて、

「彦根で、馴れ染めたお方か？　お多紀さまには内証か？　ヤレヤレ又気のもめることが一つ出来ましたわい」

・

二日、三日と、日がたったが、待人はいつまでも、姿を見せない。

実際は、たか女のほうが、一足先きに、彦根を立っているのだ。磐若院の院主慈尊から、山科の叔母の家へ、大事な書類と、金子を届ける役をたのまれて、突然たか女が京へ旅立ったことを、主馬は金亀楼の雪野太夫から、言づてとして聞いたのである。それで急に、彼女のあとを追いかけずにはいられなかったのである。

――山科の家では、たか女は生憎《あいにく》、京都へ下って留守だった。それで、主馬は麩屋町の「俵屋」に逗留していることを伝えて貰うことにした。

それなのに、たか女からは梨の礫《つぶて》なので、主馬は毎日、じりじりして暮しているのだ。

俵屋の和助も、まるで、自分のことのように心配している。

主馬は、日のあるうちは、京の街をブラブラ歩いたり、本居学派の若い連中と議論した

りして時を消すが、その間にも今日は、今日はと、心はたか女のことばかりで一杯である。そして、その今日も、また、空しく暮れようとしているのだ。

「あゝ、今夜もこれでまた待ち呆けらしい」

「ほんに、どうなされたのであろう」

「和助さん。お恥かしいが、こんどだけは、主馬もおくれを取りました」

近附くかと思うと女は離れ、そして又、おいでおいでをされている。忌々しいとは思うのだが、その魅力は、捨てきれない。

「いやいや、女におくれを取るようでなくば、いっぱしの人物とは申せませぬ。宿屋商売などして居ると、男と女の機微だけは、よくわかります。偉大な人ほど、女にのぼせやすいものでございます」

と、和助は、半分は主馬を慰める目的で、そう云うのだ。

「ははは、和助さんには、誰しもが抜きさしのならぬ手証をつかまれて居るからの」

「まあ、気を長くすることでございますね。待てば海路の日和ありと、申すではありませんか」

「待つにも程がある。一日二日なら、ともかくも。こんなに待たされては、もう癪《しやく》に障《さわ》って、いっそ、来ても会わずに、追いかえしてしまいたい」

主馬は、煙管《キセル》を投げ出して云った。

「ところが、今はそう思っても、顔を見ると、そうは云えないものでございますよ。ところで、遠慮のないことを訊きますが、その村山さんという女子には、誰ぞ、前から、思いをかけている男でもあるのとは、違いますかいな」

然し、主馬は正直に、

「居るかも知れぬ。それ程、たか女は、拙者にとって、謎の女じゃ。そこにまた、魅惑もある。和助さん。国家有事の日に、一人の女の臀《しり》を追いかけ廻している主馬の心を、憫《あわれ》んで下さい。実は、——聞いて貰えるかな。こうして居ても、たゞ一ツ、気にかゝることがあるのだが——」

「何がお気がかりでございます」

「いや、それだけは申されぬ」

「云いかけて、おやめになるのは、御卑怯というものじゃ」

「恐らく、拙者の妄想でござろう。邪念でござろう」

「そんなことを承ると、和助めは、一層伺いたい。サア、お話し下さい。むろん、口外などは致しませぬ」

「いや、いや。これだけは、面《おも》はゆうて云えませぬ」

何度も云いかけようとして、主馬は口をつぐんだ。そんなことを考え、苦しんでいる自分が、いかにも、みじめに思われるからだ。

「では、うさ晴らしに、どこぞへ参りましょうか」と、和助が云った。

「宿の亭主が、客を外へ引っ張り出しては、商売の道が立ちますまい」

「然し、毎日同じような旅籠《はたご》の御食事では、大概のお客様が、ウンザリしていらっしゃる。たまには、外へお出かけになるのもいゝものです」

「流石《さすが》はさばけた御亭主だな」

たしかに、和助は、一風変っている。第一、国文好きで、和歌、俳諧を嗜《たしな》み、歴史にも明るい。その上、武士の横暴を憎む心が強い。まさか、玄関へはり出すわけにもいかないが、内証のきめとして、とかく殺伐の風のある薩長の浪士の宿泊は、ことわることにしている位だ。

主馬は、くさくさしている折柄、

「では、御供、致そうかな」

「と、きまったら、さっそく支度して参ります」

和助は、階下へ下りて行った。

主馬は、例の竹光の刀をとって、腰にさした。窓から見る東山の上空は、もう暮れおちて、かすかに、星がまたゝいている。

実は彼が彦根を出る前日、直弼に招かれて、

「先日、対面した村山たかのことだが、御身とは、何ンの行懸りもないのだろうな」

と、念を押されたことがある。主馬がふと、口から洩らした気がかりなことというのは、それなのだ。

直弼は、なぜ、そんなことを訊ねたのだろう。

そのときの主馬の答えは、あきらかに、自己を裏切っていた。

「はからずも、袋町にて行き合いましただけの女。赤の他人でござる」

と、きれいな口をきいてしまったのだが。

直弼は、それッきり、何ンにも云わなかった。然し、一言以て秘情を露わす。恐らく直弼は、はじめて会ったたか女に対して、浅からぬ興味と征服慾に、かられつゝあるのではないだろうか。

あのとき、なぜ、自分は、はっきり宣言してしまわなかったのであろう。

（御意の通り、拙者はたか女を愛して居ります。今ははや、たか女なしには、おのれの人生を考えることが出来ません）

そう、自己に忠実に宣言すべき機会を、直弼は、わざわざ、与えて呉れたようなものである。

それなのに、主馬は、心にもないことを云ってしまった。

主馬が、たか女との接触を否定したことは、直弼に自由な発言を許したのも同様の結果となった。直弼は、もう、主馬に一々断らずに、たか女に挑むことが出来る。少くとも、その権利を確保したようなものだ。

もっとも、主馬には、病める妻がある。妻がある以上、たか女に就いて、堂々と主張するわけにはいかない。これが若《も》し、昔の独身者時代なら、彼は直弼の質問を待たずして、たか女をおのれの妻だと云いきることは、容易だったろう。

（やはり、自分に力がないのだ。忍ばねばならないのだ）

——彼は、いくら待っても、姿をあらわさないたか女の心が、すでに自分をはなれ、十四男坊とはいえ、将来の地位を約束されている直弼のほうへ、ぐいぐい、惹かれて行くのも、無理がないと、考える。

それは、理智である。

しかし、激情は彼を、夢中にする。

昨夜も、俵屋の東二階で、たか女の名を、念仏のように吟《くちずさ》みながら、一晩中、寝もやらなかったのである。

——和助が、唐桟のひとえに、角帯をしめ直して、表口で待っていた。

「お留守にお客様が参られても、おかえし申さぬ様に、云いつけておきました」

「それは御造作でござる」

二人は、麩屋町の通りから、一旦、四条河原町へぬけ、下木屋町を更に下って行った。

やがて、「わらじや」の奥の茶の間に坐って、「鰻雑炊《うぞうすい》」で腹をつくると、又、東山通りを取ってかえして、祇園新地の「大幾」の暖簾をくゞった。

「誰を呼びましょうか」

と、和助が云った。

「いや、拙者には、別に馴染とてござらねば——それより、久しぶりに、いゝ音締《ねじ》めが聞きたいな。一度に、鬱気を飛ばすような……」

「それでは、あれがよかろうか」

和助は、その道に通じているらしく、某、某、などの名を、仲居の耳に囁いた。

やがて、三人ほどの芸妓と舞妓が、前後して、簀戸のたててある次の間から、入ってきた。

「大幾」のおかみ、大和屋いくが、入ってきた芸子たちを紹介した。

「サア、こちらが萩栄《はぎえ》さん」

「へーい」

と云って、主馬の横に来て、静かに坐ったのが、祇園新地で、今売り出しの芸子であるという。

「それから、そちらが、小色さん」

「へーい」

これはまだ、舞妓姿である。そのうしろの、政千代というのも、袂の長い衣裳を着て、われしのぶに結っている。

「みなさん、綺麗で、こりゃ目がさめるようでございますな」

と、和助が、三人の顔を見くらべながら云った。それで主馬も、横にいる萩栄の顔から覗いた。

「さすがは、祇園でござるな」

と云いながら、主馬は今少しで、手にもつ盃を取りおとすところであった。萩栄の顔が、殊に横顔が、たか女のそれに、そっくりという程よく似ているからであった。

「主馬さま、お気に召されたかな」

「久しぶりに、京美人に取りまかれ、盃を忘れるところでござった。まず一献《いっこん》、さしましょうか」

「いえいえ、わたし共にお酌をさせて下さりませ」

と、萩栄は、更にすり寄って主馬の盃に、なみなみと酌をした。

やがて、萩栄が唄い、小色と政千代が「淀の川瀬」を舞った。

〽淀の川瀬のなア
　景色をこゝに
引いてのぼるヤレ三十石船

〽清き流れを汲む水ぐるま
　めぐる誠は　みな水馴れ棹《ざお》

しばし、主馬はたか女のことを忘れ得たかのように、陶然として、妓たちの舞姿に見入った。

和助が、主馬の耳に囁いた。

「お気に召したら、どうでございます。おかみに頼んで、今夜はお泊りになっては」

「そうも参らぬが、和助さん。とてもよく似ている。瓜二ッなのだ」

「へえ、乙なこともあるものでございますなア」

「偶然とは云え、最初は肝を奪われ申した」

「それなれば尚のこと、今夜はゆっくりお遊びなされればよろしいに」

「いや何に――似ている人と語ろうより、来ぬ人を待ち侘びましょう」

と、主馬は、唄い終った萩栄に聞えないように、和助に云った。

風が出たのか、庭の燈籠が、瞬《また》いている。虫も鳴いている。

俳人蓼太《りょうた》の有名な句に、

「むっとして帰れば庭に柳かな」

があり、それから取った端唄に、

〽むっとして
帰れば門の青柳に
曇りし胸を春雨の
また晴れて行く月の影
ならば、朧《おぼ》ろにしてほしや

今、直弼は、たか女の三味線で、その端唄を習っている。

直弼は、以前から、蓼太のこの句が好きであった。かつて今戸の雪中庵に請うて、その一句を書いて貰った蓼太自筆の茶掛けを時折、澍露軒《じゅろけん》の床へかけて眺めるのを、楽しみにしている位だ。

そればかりではなく、直弼には、いくつかの自作の句があるが、どことなく、蓼太の影響が匂っているのを、否めない。

それ鞠《まり》の
行末《ゆくえ》やおぼろ

月一つ
蝶々の
炎えつく様《さま》や
緋の牡丹

そんな句がある。

和歌や俳句は、一人前にやるが、端唄をうたわせては、落第で、たか女が、何遍同じところを唄ってきかせても、すぐ、調子外れになる。

――実は、たか女は、山科で磐若院慈尊からたのまれた用をすますと、京都へは下りないで、そのまゝ、坂本から、近江の湖水を八挺櫓の早船に乗って、彦根に帰ってきてしまったのである。それで、主馬の伝言も、聞く暇がなかったのだ。そのうちに、直弼の請うにまかせて、この頃では殆ど毎日、埋木舎へ、三味線の出稽古に来るようになった。

犬塚外記は、それを苦々しいことに思っているが、或は藩老たちの疑惑の目をそらすためには、一便法かも知れぬと、我慢している。然し、志津には、耐え難い責道具だ。あの三味線が鳴り出すと、耳に栓をかって、頭から蒲団を冠ってしまいたい様な気がする。

「どうも、うまく、いかんものだな。その最初の唄い出しの（むっとして）がむずかしい

ますよ」


の。そこに、おのずから情緒が出なければならんのだろうが」

「でも、殿には日ましに御上達でございますから、お稽古を致すほうも、張合いがござい
ますよ」

「お世辞にも、御身にそう云われると、私には希望がうまれる」

「ホホホホ」

「では、もう一度、――はじめから」

三味線の稽古が終ってからも、たか女は一向に帰る様子がない。いつまでも話がはずん
でいる。
そのうちに暮れてくるが、行燈もともさずに話しこんでいる。志津などは、直弼と共に
居て、半刻でも一刻でも、無言ですごすようなことが多い。ところが、たか女は、女には
珍しい程話題に恵まれている。国事のこと、政局のこと、学派のこと、芸能のこと、何ン
でも話相手になれる。
市川海老蔵（七世団十郎）が、この年の四月、江戸町奉行に検挙された話も、たか女は
より詳しく知っていた。彼は、手鎖の上、家主に預けられ、六月には、江戸十里四方追放
の刑に処せられたという。それをきいて直弼は、
「海老蔵が江戸で芝居が出来なくなったのなら、この際、彦根へ呼んで、一芝居打たせて

はどうかの」

と、真顔で云った。

「それが若し、実現しますなら、どんなに楽しいか知れませぬ。お志津さまやお佐登さんと、御一緒に見物いたしましょう。その代り、幕府からは、お咎めがあるかもしれませぬなア」

「一体、彼にどんな罪状があったのか」

「何ンでも、話によりますと、舞台でホンモノの甲冑《かっちゅう》を用いたことが、御老中様の倹約令に背《そむ》いたとやらでございます」

「舞台に実物の武具を使用するのは、写実を旨とする上から、もっともなことではないか。そんな詮議立てまでして、俳優を罰するとは、町奉行も、どうかして居る」

「そのほか、俳優の居宅なのに、長押《なげし》を造り、塗かまちを床におき、又、お庭先きに御影石の燈籠を立てましたのが、忌諱《きい》に触れたのだということにございます」

「深川島田町の、海老蔵の邸は、豪奢なものと、私もきいたが——まさに、王侯の富を凌ぐとか——」

「でも、彦根では成田屋が『勧進帳』を演じます芝居小屋がございません」

「いや、その節は、兄上をくどいて、彦根城大書院にて、舞わしょうぞ」

天保十一年といえば、その二年前である。海老蔵がはじめて、「勧進帳」を演じたとき、楽屋から揚幕まで、薄べりを敷かしたことで、僭上《せんじょう》の沙汰と非難された話は、彦根の人口にも膾炙《かいしゃ》していた。直弼は、梨園の名優ともなれば、その位の倣慢と専横は許されなければならないと思っている。

「所詮、水野越前守には、文芸も美術もおわかりにはならないのだ。天下の大勢が、どう動いているか。それを見極めもしないで、只、役者や絵師などばかり、いじめ抜いていられる。善政とは申されぬな」

そんな話をしていると、いつまでも興がつきない。——つい、おそくなって、たか女は多賀村まで帰れなくなった夜があった。

「佐登。たか女様を今夜はもう、おそいから、こゝへお泊め申せとの御意じゃ。お床をおのべして上げなさい」

と、志津が云った。

「はい。どちらへ？」

「佐登と一緒の部屋へ」

「まア——それではあまり……」

「むさくるしいとでも云うのか？——佐登。たか女様は、日頃、何をしている御方か、お前、知ってか」

「袋町の、遊芸の師――」

　と、云わせも果てず、

「そうじゃ。遊廓へ出入して、生業《なりわい》を営む者、身分の高い筈はない。足軽の娘と云われる私やお前のほうが、まだしも、筋目は正しいというもの。どこの馬の骨か、わからぬ女を、お客様には、あつかえませぬ」

「はい――」

　さっそく佐登は、引き退って、自分の部屋へ、客用の床を用意した。志津が、検分に来た。

「そんな上等の夜具を出さなくとも、よかったに――まア、仕方ない」と不興顔。

「まだ、三味線を弾いていらっしゃるようでございますね」

「よく飽きもせず、同じことを弾くものだね。でも、あの人の根気のいゝには、おどろきましたよ」

「でも、とてもいゝ音ですわ。私などがひきますと、ボコンベコンでございます」

　と、佐登が笑って云う。志津は囁く様に、

「今夜、隣りへ寝て、お前、油断してはダメですよ」

「え？」

「きっと、夜中になるとあの女は正体をあらわすに違いないから」

「おゝ可怕《こわ》」

「お臀から、尻ッぽがはえれば狐だし、油を舐めれば猫だし、ソッと寝床を抜け出すようなら、夜鷹だよ」

「お志津さま。私ゃ、そんな恐ろしい方のお側に寝るのは、いやでございます」

「ホホホホ、佐登が若し、私に忠義をつくす気なら、今夜は寝ず番をおしなさい」

「はい」

「気のつかれぬように、夜鷹のあとを追って行って、どのお部屋へ忍び入ったかを突きとめるのだよ」

「はい」

「それから、ソッと私を起しに来てお呉れ」

「狐だったら？」

「狐だったら、かまわずに、お臀をまくって、尻ッぽを出し、赤ッ恥をかゝしておやり」

「はい――」

佐登は、聞くだけでも、真赤になった。あんな美しい女の臀に、金毛九尾の尻ッぽが生えているとしたらどんなだろうと、想像するだけでも、息がつまりそうになる。

佐登が奥書院へ入って行くと、たか女はまだ、三味線をひいていた。佐登は、縁側のはしに控えて、一くさり、ひき終るまで待って居なければならなかった。

丁度、たか女の坐っている真うしろに当るので、金毛九尾の狐の話が、思い出された。佐登は、子供の頃、父親につれられて、多賀神社にお参りしたとき、雑木林の蔭に、一匹の狐を見たことがある。はじめは、野良犬かと思った。が、佐登と目が合った瞬間、狐はサッと尾を翻《ひるがえ》して、林の奥にかくれた。目もとまらぬ程の早業だったが、そのとき、犬よりは胴が長く、しかも、しっぽが、フサフサと、いかにも豊かに見えたのを、憶えている。

多賀神社の奥の山には、まだ狐が棲《す》んでいて、山に食料がなくなると、よく里へ姿をあらわしては、民家の鶏を取ったりするという話は、前にも聞いていたが、はじめて見る狐の姿は、何か得体の知れぬ、薄気味の悪い動物であった。

「狐は足音を立てないから、傍へ来るまで、わからないのだ。それで、うっかり、手にある弁当を盗まれたりもするのだ」

と、父が語った。ほんとに、あの毛の多い尾を翻して、樅《もみ》の木の葉かげを飛ぶのに、ガサッとも、ゴソッとも、音をさせなかったような気がする。

今、三味線をひいているたか女のうしろ姿は、お臀が小さくて、その間に、まさか、あんなにフサフサと毛の生えたしっぽがあるとは思えない。

お志津さまのほうが、ずっとお臀が大きいと、佐登は思った。

合の手がやんだとき、

「申上げます」

と、佐登は手をついて云った。

「何ンじゃ」

「たか女様のお寝間の御用意が出来ましてございます」

「左様か――」

直弼は、思わず、時の経つのを忘れていたので、そう云われると、ハッとした。

「では殿。お寝みなされませ。明日は何をお稽古致しましょうか」

たか女は三味線を袋に入れながら名残り惜しげに云った。

「佐登が、それ、眠たそうな目をして待っている」

と直弼は、口もとを崩した。佐登は、そんな戯談口をきくときの直弼が大好きだった。

藩士たちが、とかく、煙ったがっている人とは、どうしても思えない。

「お佐登さん――では、御案内を」

と、たか女が云った。

中廊下を、佐登が先きに立って歩いて行くと、暗い衝立《ついたて》の裏を、誰か知らぬ人影が横切って消えた。ふと気をつけると、たか女は足音を立てずに歩く。

白い障子をあけて、

「こちらでございます。失礼でございますが、私がお傍へ寝かして戴きます」

それから佐登は、自分の洗いたての浴衣を出して、たか女にすゝめた。

「こゝはお佐登さんのお部屋ですか」

「はい。むさくるしい所で——」

「とんでもありません。袋町へ泊るときは、もっとせまい、陰気な部屋へも寝ますもの」

たか女は、佐登の見る前で、浴衣に着かえた。が、チラッと、白い胸乳の上を覗かせただけで、あとはどこも見せずに、着てのけた。やがて二人は、枕を並べた。

「お志津さまの御寝間は？」と訊く。

「奥書院と中の間をへだてた西の間でございます」

「では、行燈をお消しください」

「はい」

灯が消えると、雨戸のない高窓から、月光が落ちてきた。

暫くして、たか女が云った。

「お志津さまは、私がよほどおきらいと見えて、いつ参っても、ついぞ、お顔を見せにならぬ——」

佐登は、何ンと答えていゝかわからぬので、黙っていた。

「それで、なるべく、伺うまいと心にかけて居るのですが、殿の御所望とあれば、にべなく、お断りも出来ませず——ほとほと、困っている矢先き、今夜のように、泊めてまで戴いては、いよいよ、お志津さまに、憎まれますなア」

「そんなことはございませぬ。すべては、殿の御意次第でございますもの」

「それにしても、お佐登さんが、よくして下さるので、助かります」

「まア、どう致しましょう」

佐登は、暗い床の中でも、たか女にそんなことを云われると、身うちが熱くなるようだった。

然し、今の対話を、若し、志津に聞かれたら、大変な騒ぎになるのは、知れている。佐登は、出来るだけ声を忍ばせなければならなかった。

そのうちに、たか女は、早くも、眠りに入りかけたらしく、スヤスヤ、寝息を立てた。ソッと見ると月光の反映で、その顔が、凄《すご》いほど美しい。

佐登は、志津の命令をうけているので、今夜は、朝まで、不寝番をしなければならないのだ。

——戸外は風があるらしく、竹の葉のそよぐ音がきこえる。

ソロソロ、佐登も眠くなってきた。

が、睡魔におそわれるのは、たか女の五体から発散する妖気のせいかも知れないと思うと、寝巻をまくって、われと我があったかい内腿のあたりを思いきり、つねってみた。それで暫くは、眠気が飛ぶ。

眠ったと思ったたか女が、

「まだ、およらないのですか」

と云ったので、佐登はおどろいた。

「はい」

「どうして」

「あまり、お美しい方のお傍に寝ては、心が亢《たか》ぶると見えます」

「私も今夜は、寝たかと思うと、すぐ目がさめます。少しお話をしましょうか」

「長野主馬様は、まだ、京都からお帰りがないのでございますか」

「いつとも知れませぬ。京で、いゝお相手でも見つかったのでしょう」

「実は、先達、殿様から、――佐登、そちはどう思うか。主馬はたかを愛しているかの？

とお訊ねがありました」

「まア、それはほんとのことかいな」

と、たか女は思わず、声高く、

「で、何ンとお答え申上げましたか」

「それが、困って居りますと、殿様はお笑いあそばして、そちに訊ねても、無理であったな、と仰せられたぎりになりました」

「黙ってお出で遊ばしても、流石《さすが》に深く見ていらッしゃる」

「余計なことを、お喋りいたしまして、どうぞ、お許し下さりませ」

と、佐登が枕から頭を上げようとする時、廊下のほうに足音がして、

「お志津様からの御申しつけでございますが、こちらのお話が耳につき、ゆっくりおよれぬとのこと。どうぞ、お静かにおねがい致します」

と、老女のとめが、障子の外まで、云いに来た。

「これは、えらい粗相を申しました。お志津様にお執做《とりな》しを――」

と、たか女が答えた。

再び森《しん》となった。針の音一ッ、きこえない。

いつのまに、眠ったのか、佐登は暫く、不寝番の役目を忘れた。

ふと目をさますと、たか女の姿が、隣りの床から消えていた。

忽《たちま》ち、胸うちが苦しい程に、動悸がうち出した。

急いで飛び起きたが、あわてて又、お志津様に気取られてはまずいので、ジッと、心の静まるのを待った。

夜はとうに丑《うし》満つをすぎ、はや、払暁に近いようだ。見ると、枕もとに、手まわりの品を入れた信玄袋も、ぬいだ着物も、それから、鴨居にかけた三味線もそのまゝなので、朝早く家へ帰ったのではよもあるまい。

とすると、たか女は、今どこにいるのだろう。

厠《かわや》なら、もう、戻ってきそうなものだ。

佐登は不寝番の役目の手前からも、たか女の行方を突きとめなければならなかった。

中の間は、四方に採光の窓も障子もないので、召使達は、「くらがりの間」とも呼んでいる。

佐登は、そこまで行って、又引っ返し、手燭をつけて、こんどは西の廊をわたって行った。

突然、杉戸があいて、女の白い顔が出てきた。白いというより、青白く、一夜のうちに、げっそり、頬まで落ちくぼんで見えた。

「佐登！」

と、低いが、きびしい声で云う。

「お志津さま――申訳ございませぬ」

「よくも、たかの手引をしましたね」

志津の目は、手燭の灯に、赤く炎えるようだった。

「滅相な――」

「いゝえ、それに違いない。そなたは私の恩を忘れて、よくもあんな下司《げす》女に、私を売りましたね」

いつも優しい志津とは、まるで人が変ったようだ。佐登も、叱責は覚悟していたが、こんな風に、実態を歪曲して、とんでもない角度から、非難されるとは、思わなかった。手燭をもつ手が、ブルブル、顫《ふる》えた。

「お志津さまの御恩は、忘れる暇とて、ありませぬ」

佐登は、精一杯の気持で云った。

「では、なぜ、云いつけに背きました」

「眠るまいと、努めたのでございますが」

「今更、そんな云訳は、聞きともない」

「…………」

「サア、こっちへお出で」

と、志津は、西の廊のはじの雨戸を一枚だけ、戸袋へ入れると、グイと佐登の手を引いた。

二人は、中庭へ、勢い、はだしのまゝ、飛出さなければならなかった。

はや、しのゝめと見えて、青柳のある方の空が、うす白く、微光を帯びている。

夜露にしめった庭石の上に、志津は立ったまゝ、激怒を胸に、炎えたぎらせた。

その周囲には山梔《くちなし》の白い花が、一面に咲いている。冬ならば、置く霜とも見えよう。夜明けの微かな光の中で、たゞ一群の朧《おぼ》ろの白だ。

「たかは、私の云った通り、正体をあらわしたではないか」

「では、やっぱり、九尾の狐でございましたか」

「狐でもない、猫でもない。夜鷹じゃ」

「夜の鷹とは？」

佐登はまだ、夜鷹という俗語を知る時がなかった。

「佐登。そなたは、それと知りながら、夜鷹を、ソッと放ったのであろう」

そう云ったかと思うと、志津はおのれを制し切れないように、いきなり佐登の右の頰を、発矢とばかり、平手打ちした。

ピシリ
ピシリ
と、頰が鳴った。

痛いとは思わない。ただ、目がくらみ、瞼《まぶた》のうらを、光りものが、横ぎった。なぜ、自分は、たか女が夜中に、寝床を抜け出しただけで、こんなに折檻されなければならぬのだろう。

志津のほうが、息遣いを荒くしていた。

「佐登――取りかえしのつかぬことになったのだよ」

「…………」

佐登は、今の動揺で、口がきけなかった。

「そなたが、不寝番を怠ったばかりに、殿様を、たかに寝取られてしまったのだよ」

志津の目には、涙さえ、浮かんでいる。

「ほんとうでございますか」

「嘘を云って、どうなるものか。私は、たしかに、この目で、あの杉戸のかげから、たかが、廊下を歩いて行く姿を見かけたの」

「まア……」

「そなたの浴衣を着て——だから私は、はじめは、そなたかと思った位だった。私は、呼びとめようとして、はじめて、女の丈が、そなたより高いのに気がついた。髪の形は、まごうかたなきたかであった」

「それから、どうなされました」

「女はすべるように、足音も立てずに、歩きました」

「狐は、足音を立てませぬ」

「そして、奥書院の重い戸襖を、スルスルとあけました」

「では——」

「その先きは、私にはわからない。無心に、スヤスヤと眠っていられるに違いない殿をゆりおこして、何をしたか。あの白い手で、殿のお首を縊《くび》ったかもしれませぬ……」

「おゝ、可怕《こわ》」

——顔は、眉目よき女でも、腹から下には、鱗《うろこ》があって、殿の五体に絡みつき、口からは、チョロチョロ、赤い舌を出し、毒気を吐いて、殿を悩ましているかも知れぬと、佐登は想像した。

「夜が明けたら、私はもう、このお屋敷には居られませぬ。お暇を戴いて、父の許へ帰ります」

と、志津が云った。

「お志津様が、お暇を取ると仰有るなら、佐登も、お屋敷には居られませぬ」

「そなたは、殿様のお覚えもよく、たかにも気に入られているようだから、私に心中立てするには及ぶまい」

「お志津様。情ないことを仰せられますな。私は、お志津様附きの召使いではございませぬか」

ピシッと平手打ちをくうよりも、針を含む嫌味のほうが、どの位、痛いか知れぬ。佐登は、耐え切れずに、ワッと泣いた。庭の中には、朝の微光が、波紋のように、少し宛《ずつ》、拡がってきた。

青ざめた志津の顔にも、遠い光がうつっていた。

「お気の晴れますまで、もっといくらでも、佐登を折檻して下さいませ」

と、佐登は泣きながら云った。

「そなたを打っても、殿を取りかえすことにはなりませぬ。あのように思いやりが深く、行いも正しい殿が、たかのあらわれて以来は、まるで人が変ったように、毎日、端唄などを吟《くちずさ》まれて――正気の沙汰とも覚えませぬが、それというも、私の心が行届かぬためと思えば、どうして、ノメノメ、お屋敷に居られましょう。いっそ、死んでしまいたい程じゃ」

「滅相もないこと。今に、殿様もきっと正気附かれるに違いありません。その時まで、ジッと辛抱あそばして下さいませ」

「いえいえ。今夜のようなことは、二度でも三度でも、くりかえされるに違いありませぬ。この先き、もっともっと、耐え難い恥を受けるは、知れています。そんな目に会ううちに、私のほうが、先きに、狂気するかもしれぬ」

「お志津様――」

「殿様は、あの通りの一本気でいらっしゃるからは、やがては私に、出てうせろと仰せられるに違いない。そのときは、佐登。生きてはいられませぬ。面あてに、お庭の松の木に、縊《くび》れて死のうか。裏の井戸に、はまって死のうか――」

志津は、自分の言葉に釣られるように、再び、目尻を逆立てた。

「お志津様としたことが、そのような悲しい真似をなさらずとも、佐登が代って、たか女様に、お屋敷を出て貰います」

「そなたに、何が出来ましょう」

「若し、どうしても、聞入れて戴けずば、一思いに、お命を――」

と、云いかけたが、あたりを憚って口をつぐんだ。志津は又、荒々しく、

「生意気な――そなたに、たかが殺せたら、足軽の娘でも、大老様の北《きた》の方《かた》になれましょう。不寝番も、よう勤まらぬものが、あの強《したた》か者の息の根をとめるなどと、うかつに広言を吐くものではありませぬぞ。もうよいから、早く、部屋へ戻りなさい」

「はい」

佐登は泣く泣く、裏木戸を廻って、井戸端で足を洗った。ついでに顔も洗うと、志津に打たれたところが、はじめて、ヒリヒリと、夜明けの冷い水にしみた。

もう、ほのぼのと明るかった。朝餉《あさげ》を待つのか、厩でイブキの嘶《いなな》く声がする。

再び佐登が、自分の寝間に戻ったとき、たしかに、閉めてきた筈の障子が、二寸程あいていた。

息をとめ、その隙間から佐登は覗いた。何事もなかったように、たか女は静かに眠っていた。右を下にして、左の肩を、うすい掻巻から覗かせた恰好で。

寝ている女の、柔い襟足の線というものは、いかにも、なまめいて見えるものだ。

佐登は、音を立てぬように、棚の下の抽斗《ひきだし》をあけた。奉公に上るとき、父の形見として貰った懐剣が、そこに入っている。佐登はそれを取出して、高窓から落ちてくる朝の光

に、すかして見た。

微塵《みじん》の曇りもない。志津はさっき、佐登にあの強か者が殺せるかと、罵《ののし》ったが、今なら、これで一思いに、刺そうとすれば、自分にも出来ないことではない。

佐登は、懐剣を、懐ろ深く秘めて、再び床の上に戻った。

たか女は、何ンにも知らずに、昏々《こんこん》と眠っている。佐登は、その寝顔を見下ろすような位置に片膝立てて、暫く、ジッと、瞶めていた。志津が、自分に殺せるものかと云ったのは、殺して呉れという謎なのかもしれない。殺せという直接の命令を出さないで、殺させるには、そう云って佐登の心を煽るしかないことを、志津は計算に入れている。――佐登は、たか女の柔かそうな肩から背中への筋肉が、うすものの衣一枚に覆われているのを見ながら、ふと、懐疑に沈んで行った。然し又、たか女の高い鼻から口もとのあたりへ視線を転じると、今宵はじめて、殿の寵を得た女の幸福が、妬《ねた》まれてならぬのでもあった。

寵とは何?

愛とは何をすることか?

それはまだ、佐登には詳しくわからない。

――一際高く、イブキの嘶く声がした。佐登は、懐剣を帯びたまゝ、西の雨戸を一枚繰った。それでも、たか女は、寝返り一ッ、うつ様子もないのだった。

丁度、直弼が、厩からイブキを引出してくるところである。

──低く流れる朝霧が、井戸のまわりに、濃く淡く白の紋様を描いている。

「殿──お早いお目ざめでございますな」

と、佐登は声をかけた。

「爽かな朝の湖畔を、一走り、駈けてくる」

「お供もなしに？」

「朝乗りに、供は面倒じゃ」

そう云うなり、直弼は、ヒラリと馬上の人となる。イブキは、嬉しそうに、前足を上げて勇んだ。

朝明けの空の色に、若い直弼の顔は凛々《りんりん》と光って見える。佐登は惚れ惚れして、その顔を仰いだ。

「ハイ、ハイ」

直弼が、手綱を引きしめ、はやり立つイブキを押さえて、埋木舎の正門から内湖のほうへ乗り出るのを、佐登は、井戸の傍まで行って見送った。

秋の湖水

天保十三年から十四年へかけて——

江戸は今、水野越前守忠邦の独擅場であった。殊に、前将軍家斉《いえなり》が卒去して以来は、その子家慶《いえよし》の遇を得て、水野が革新的な経綸《けいりん》を行う可き時機が到来したのである。

時に、忠邦は四十九歳の働き盛りであった。直弼とは、約二十年の開きがある。

直弼は、心の一部で、忠邦を畏敬している。然し、他の一面で、彼の施政方針を憎まずには居られなかった。

先ず、長兄直亮は、水野によって、大老の職を罷《や》めさせられている。もっとも、これは表面にあらわれたことではない。表面の理由は、どこまでも、大老職のような激職は、時々、休息を要するから、暫《しばら》く、溜間詰《たまりのまづめ》へ退かれて、他日のために英気を養われたがよいという、お為めごかしであった。

直亮は、自分でも、半ば、左様に信じている。だから、溜間詰へ退いても、別に、不平を顔に見せたことはないので、人々も、さしてこれを怪しまなかったのである。

溜間詰とは、略して、溜詰《たまりづめ》ともいう。

親藩及び譜代《ふだい》の大名で、江戸城内黒書院の溜間に席を有するものを云い、毎月二十日、二十四日に登城して、溜間に出庭、老中に謁し、将軍の御機嫌を伺うを例とした。又事あるときは、老中と討議し将軍に上申することも出来た。そして、常に老中の上座に着するのが定めであった。世襲として、松平、保科と共に、井伊家がこれに当っていた。然し最初の中は、老中に対しても、睨みの利く存在であったのが、既に直幸、直亮の時代になると、唯、毎月数回登城して、老中に対面ずるだけの、閑職乃至《ないし》名誉職にすぎなくなり、所謂《いわゆる》優待の典を存するだけの、権威のうすい虚位となってしまっていた。

だから、直亮が、この閑職へ追われたことは、あきらかに、格下げであったが、直亮自身が、それをのんきに考えているので、はじめのうちは直弼も水野の深い魂胆をさぐることは出来ずに居た。そのうちに、水野が縦横に手腕をふるい、着々として、天保改革の実績をあげるに及んで、

「さては……」と気がついたのである。

とすると、表面はいくら口実を作っても、真相は直亮が煮え湯をのまされたことになる。さぞ、無念であったろうと、そこは流石《さすが》に肉親の兄弟であるから、義憤も同情も湧《わ》くのである。

そんなことから、日頃、政治嫌いを標榜した直弼も、ますます微妙な江戸の政情には、疑惑の視線を注がずにはいられなかった。

然し、水野の身になって思えば、自分が徹底的な革新と粛正をやろうというのに、目の

上の瘤《こぶ》ともいう可き大老が居ては、万事に腕がふるえないのは、当然だった。直亮ばかりではない。水野にとって、煙ったい邪魔物は、その改革の手はじめに、悉《ことごと》く一掃された。

曰く、老中太田資始《すけとも》

曰く、若年寄林肥後守忠英

曰く、側衆水野美濃守忠篤

曰く、小納戸頭取美濃部筑前守等々。

彼らはみな、前将軍家斉の寵臣として、威福をほしいまゝにした連中である。水野はこれらに対して、

「お勤め方、尊慮に応ぜず」

という簡単な理由だけで、片っぱしから、馘《くび》にした。今の言葉で言えば、追放令の断行であった。しかも、それが細心の用意の下に、疾風急雨の如く行われたところに、天保政変の、鋭角的な印象があったのである。

異変を好む江戸の人心には、この革新は最初のうちは相当の好評を以て、迎えられたらしい。

昨日までの権臣は、今日の賊臣である。

駿河台御小納戸隠居の、中野碩翁《せきおう》（前播磨守）も、栄耀《えいよう》過分の咎によって、処分され

た。また、粛正の手は、大奥の女中たちの身の上にまで及んで、お膝元さえ、戦々兢々《きようきよう》たるありさまであった。

つゞいて、苛烈な法令が、雨の如く下る。そのたびに、一旦は彼を迎えた人心が、次第に、動揺・戦慄、そして、嫌悪感へと、移行せざるを得なかった。

農民風俗取締が出た。

大番頭《おおばんがしら》一同へ、質素節倹第一の布達が出た。

参覲《さんきん》延引禁止令が出た。

更に綱紀粛正は城中にも及び、献上物の鮮鯛を、暑中などの砌《みぎ》りは、御用に立たぬこともよくあるから、今後、十万石以上の大名に於ては、金弐千疋《びき》。五万石以下は、金五百疋の定めとして、代金を以て納めるようにという献上物調節令のようなものまで出た。

庶民にとっての驚きは、大名にとっての驚きであり、又、幕閣に仕える諸役人にとっても驚きであり、更には、千代田城中の、奥、大奥にとっても、まさに頭上に霹靂《へきれき》を聞く思いであったろう。

直弼は、その話を知って、既に水野の政治的生命が、そんなに長い筈はないと、見きわめていた。

（文学・美術を禁止し、俳優を追放するような愚を演ずれば、一時は人々を圧服しても、いつの日か、反動の潮を呼び、御老中は、万民宿怨の府と化すだろう）

彼は、そう観察した。

折も折、藩公に扈従《こじゅう》した犬塚外記が、急に江戸表から帰って来た。

「おじいさん。今日はゆっくり、江戸の土産話をしてお呉れ」

直弼は彦根城西の丸の文庫へ、実朝の金槐集《きんかいしゅう》の筆写のために、時々通っている途中、本丸広間で、藩老の木俣《きまた》や岡本と共に、政務を見ている犬塚外記を誘って、こゝまで連れ出したのであった。

「兄上の御元気はどうじゃ」

「はい。何ンと申しても、大老職にあらせられた時代とは違って、諸事、手持無沙汰とでも申しましょうか。無念ながら天下の実権は、水野様の御掌中に、しっかりと、握られてしまいました——」

「恐らく、そんなことではないかと思って居ったが——直元様の御病気は？」

「日ましに、御衰弱で、もう、一年とは持つまいと存じます」

「そんなにお悪いか」

「それにつけても、殿の御責任は、軽々しくはございませぬぞ」

「はッはッはッ。又しても、おじいさんの口小言がはじまった」

「実は、折を見て、申上げたい一儀がございます」

「それならば、言わずともよい。自分でもよく承知している」

「いゝえ、どうしても、申上げずには措《お》きませぬ。殿！」

と、外記は声をあらためた。

「殿には、この頃、廓の女を召し給うて、遊芸三味線を稽古あそばすのみならず、その女奴を寵愛せらるゝとのことではございませんか」

「その通りじゃ」

「拙者も、はじめ、それを伺いましたるときは、さすが智慧の豊かな殿のこととて、疑り深い藩老の目を避くるために、その様な作り遊惰の振舞を見せ、巧みに彼らの批判の根を断たれるものと信じました」

「おじいさんらしい、持って廻った観察というものだ」

「ところが、それが段々、怪しくなって参りました」

「左様！」

「若し、藩老の目をたばかるためなら、たか女の様な疑問の人を召すには当りませぬ。もっと、いくらも、三味線の師は居りましょうに――」

「だから、私が、たかに三味を習うのは、木俣や岡本の目を、くらますためでは決してないのだ。それは、おじいさんの独りのみこみなのだよ」

と、直弼は、磊落《らいらく》に笑う。外記は赤くなって、

「それでは、余計、いけません。将来、藩主となられ、溜間詰はもとより、やがては大老

職にものぼられるという殿が、氏素姓もわからぬ、廓出入りの女師匠などをお近附け遊ばしては——」

「外記にきくが、それでは御身は、女がきらいか」

と、直弼は、やゝ辞色を鋭く、訊いた。

「………」

外記は、即座のこととて、返答に窮したらしい様子だったが、

「数年前、愚妻に死別しまして以来、一人の女中を召抱え居るのみでございます」

と、正直に答える。

「それ見い。御身とて、最愛の夫人に操を立て、死後まで、独身では居られまい。爺のくせにその少婦を、くどいたのであろう」

「面目次第もございませぬ」

「はッはッはッ。おじいさんが、赤面し居る。私が、たかに心を奪われたのも、同じ理由だ。誰に致せ、好色ということを、侮《あなど》るわけには参らぬのだ」

「御言葉を返す様ではござるが、さればとて、人間は本能のまゝに動いて顧《かえり》みぬというわけには参りますまい。若し、万民これに倣《なら》えば、どうなりましょうか」

「御身も段々、越前守に似て来たな。百姓共が狂言、操り、相撲、浄瑠璃の類、すべて芝居同様の人集めは、堅く制禁たるべき処、近頃、猥《みだ》りに相成、神事、祭礼に事よせ、右ら

の儀催し候村々もあるやに聞え、右は風俗を乱し、耕作を怠り候基に付き、厳禁申しわたし候――これが、水野殿の御方針だ。百姓が、うっかり、相撲も出来なくなってしまったのだ」

直弼の声には、何か万民の怨嗟《えんさ》に代って、叫ぼうとするような、意気ごみが感じられる。

外記は、それを直弼の成長として、快くきくのであった。然し又、一膝すゝめて、

「この頃、埋木舎には、お志津殿の姿が見えぬようではございませんか」

「志津は鬱病の由で、暫く、実家秋山勘七の許へさし戻した」

「それは気の毒な――」

「志津も心立てのやさしい女だが、ちと、焼餅が多くて困る」

「お志津殿が、そうなったも、殿の御所行が、怪しからぬためでござる」

と、外記は思いきって、云いにくいことをズケズケ云ったが、直弼は外記のそういうところが、大好きなのだ。

「甘んじて、その非難を私は受けよう」

「では、もう一ッ、申上げますぞ。よろしゅうございますか」

「何ンでも申せ」

「殿の寵せられるたか女なる者は、長野主馬の情婦という噂でございますぞ。よもや、そ

れまで、御承知でござるまい」

「…………」

さすがに、サッと、直弼の顔色が、変ったようだった。彼は手に持つ金槐集を、机の上に棄てた。

直弼は、つとめて冷静に、外記をあしらって帰したが、心中はにわかに不安と嫉妬にかり立てられた。

長野がたか女を愛しているのではないかという懼《おそ》れは、前からも感じていた。で、それとなく、長野の気をひいてみたことはある。

然し、主馬はいつもきっぱり、否定した。たか女に念を押したこともある。たか女は、主馬を尊敬はしているが、いとしいと思っているのではない。第一、主馬には多紀という歴《れっき》とした奥様がおありなさるではないかという、きれいな返事だった。

それが、今、たった今、老臣の口から、

「たか女は、長野の情婦――」

と、極印を捺されてみると、直弼は、流石に、生色を失ったのである。

（憎《にッく》い者共――）

直弼は、西の丸文庫を出て、黒門口へ下りる坂の途中まで来て、思わず、口の中で叫ば

ずにはいられなかった。然し、

（どう解決したらいゝのだろう）

と、考えると、ハタと行き悩んでしまった。

普通には、重ねておいて、四ッにするのが不義者の掟である。直弼とて、十四男坊とは云え、いざとなれば、裏切者の成敗《せいばい》位は、天下御免の特権に擁護されている筈だ。

然し、かりそめにも、嘗《かつ》て主馬に対しては、

「直弼、今宵から、長野主馬が教え子に相成ろう」

と、師事を契った国文の先輩であり、又、たか女にしても、余技とは云え、三味線を習っている。云わば、二人とも自分の師匠である。今、彼らを討てば、直弼は同時に二人の師を失うことである。

（主馬を斬ることは出来ない）

と、彼は思った。

主馬は、彼にとって、たゞの国文の先生ではない。彼ほどの、とぎ澄ました叡智《えいち》をもつ男は、今のところ、直弼の周囲には見当らない。宇津木もいるし、三浦もいるが、長野には及ばない。今は痩浪人で、貧乏のドン底にいるが、あれで一人前の扶持にありつけば、国文の素養があるだけに、立派な貫禄が備わるに相違ない。そういう男の命を、一旦の感情からムザムザ、奪うのは、惜しむ可きことである。

（では、たか女だけでも、亡きものに？）

もうソロソロ、たか女が三味線の稽古に、多賀村から通ってくる時刻である。何ンにも云わずに、更くるまで稽古をして、人々の寝しずまった頃、庭へ引き出し、この嘘つき者を一刀両断するのは、何ンの造作もないことだ。世の大名達は、みな、それをやっているのだろう。やるとしたら、こういう時なのだろう——と直弼は思った。

坂が尽きると、彼は踵《きびす》を返して、又上りだした。

この坂の左右には、つくばね樫《がし》、白樫、榊《さかき》、矢竹、などをはじめ、はり桐、たらの木、乞食苺、うすの木、あけび、かくれみの、などが繁茂している。かくれみのは、血止め、きさゝげは解熱、つしまなゝかまどは、火災除けである。

直弼は、この坂の昇り降りには、心をつけて、草木の姿、あり方を見ることにしている。

然し、今日だけは、さすがに、眼中にとゞまらぬ。

直弼には、たか女を一刀両断する勇気も自信も、実はない。

彼女が若し、神妙に首の座に直ったとして、そうなったら、直弼は彼女が哀れに思えて、到底、首を討つどころではないだろう。たとえ、夢中で太刀をふり下ろしたところで、首のない女の胴体を、暫くでも見ていることは出来ないだろう。

殺す以上は、殺した死体を、土足にかける位の憎しみがなければならない。でなければ、極悪を成敗したという正義感の満足が必要である。その二ッがあって、辛うじて、人を殺したあとの、あと味の悪さを、ごま化しているのだろう。

直弼は、坂の途中の、うわみず桜の枝の下に立って、自問自答した。

「お前は、殺せないか」

「多分殺せないだろう」

「ではお前は、主馬に黙って女を呉れてやる気か」

「出来れば、そうしてやりたい」

「出来るか」

「わからない。出来るような気もするが、請合えない」

「それとも、何もかも、なかったことにして、あの女を今まで通り、寵愛するつもりなのではないか」

「それは、まさか、許されないことだ」

「どうだか。お前が、一番欲しているのはそれだろう。お前は、女を斬るにも、女を呉れてやるにも、あまりに惚れすぎている。あの女とは、絶対に別れられないだろう」

「別れるのが、つらいのは本当だ」

「段々、正直になってくる。あの女のどこに、そんなに惚れたのだ」

「わからない。然し、今まで接触した女中共にはないものがある。男の心を、溶かしてしまうものが——摩訶《まか》不思議だ。それが私には、得難い貴重物のように、思われることもある。そういうものは、人にわたしたくないものだ」

「それ、見ろ。実際は、一刻も早く、長野と手を切らせ、長野の情婦という世評を一掃して、自分の所有にしたいのだろう。それが、お前の本心にきまっている。然し、若し長野が、いやだと云ったらどうする。どうしても、たか女とは手を切らぬ、と云ったら、お前はどうする気だ」

自問自答は、いつまでやっていても、際限がなかった。

不決断のまゝ、直弼はいつか黒門橋をわたって、城外へ出た。とつおいつ、悩んだあげ句が、やはりたか女の顔を見たいのであった。会って、本当のことを、たか女の口から訊きたかった。

埋木舎の玄関には、佐登が控えていた。

「たかは?」

表座敷へ入った直弼は 裃《かみしも》 も取らずに云った。

「まだ、お見え遊ばしませぬ」

「いかゞしたのであろう」

彼は、見る見る失望した。その色が、露わであった。

「いつもなら、とうにお見えになる時刻でございますのに――」

長野が久々に京から戻ったことは、直弼も二三日前にきいたところだ。早速、飛んでくるかと思いの外、まだ、一度も顔を見せない。そこへたか女の不参となると、誰しも、二人の行動を結びつけて考えたくなるわけだ。――恐らく、たか女は、埋木舎へ来る代りに、今日は、志賀《しが》谷の高尚館（長野主馬の開講した塾の名）でも、たずねているに違いない――そう思うと、直弼の胸は、俄《にわ》かに波立ち騒いでくる。

「佐登――私は、これから、長野に会いに、志賀谷まで行ってくる。供は要らぬ。イブキを引出せと申しつけい」

「かしこまりました」

佐登が一礼して立ちかけるのを、再び呼び止め、

「それから、青木に命じて、多賀村の磐若院へ参り、たかの安否を問いたゞしてくるように――」

「はい」

直弼は、そう云ったかと思うと、プイと澍露軒《じゅろけん》へ入って行き、釜の前に端坐瞑目した。

佐登は、まだ若いが、直弼の心を読むことでは、人後におちない。今の二ツの話で、目下、直弼の悩んでいる心のあらましは、手に取るようにわかるのであった。

――たか女が、長野の情婦であるという風聞を、佐登はとっくに聞いていた。その噂の

出どころも、大方わかる。

或日、老女のとめが女部屋で喋っていた。

「こんど、おたかさんに、行水を使わせて、ソッと覗いて見ようではありませんか」

「何を見るのでございますか」

「お臀にどんな毛が生えているか」

「あれ——」と佐登は真赤になった。

「袋町でも、その噂でもちきりだそうですよ」

「…………」

「おたかさんが、蓮《はす》の湯へ入りに行くと、みんな、待っていて、ゾロゾロ、ついて入るそうじゃアありませんか」

佐登は、到底、聞くに耐えないで、女部屋から飛出してきたものだった。

たか女も、そのことは知っている。袋町の遊廓に、そんな噂の立って居ることは——。

「お師匠さん
お師匠さん」

と、今までは、顔を見さえすればゴマをすってた連中まで、その噂が立つと、急に、手のひらを返すようになった。

中には、オチャッピイな小娘などで、すれちがいざま、たか女のお臀を、ひょいと、撫でて行く者さえあった。はじめのうちは、たか女は何ンのために、そんなことをされるのかわからなかった位で。

一人ならず、二人三人と、そんな悪戯《いたずら》をされるので、たか女も許しては置けなかった。

「何をするの」

と、思わず、けわしい声で咎めると、娘たちは、

「キャッ！」

と、黄色い笑い声を立てて逃げた。

でも、その位のうちは、まだよかった。そのうちに、蓮の湯の女湯へ、たか女が入るのを待ちかねて、みんなが覗きにくるようになった。わざわざ、着物をぬいでいる後ろへ廻って見て、

「ないよ、ないよ」

と、聞えよがしに云うものさえあった。ざくろ口で待ちかまえているのもあった。たか女は、一度で懲《こ》り懲《ご》りした。こんな目に会う位なら、磐若院の野風呂へ入ったほうがまだしもいゝ。

佐登はその話をきいて、恥かしさに、ハラハラしながら、どんなに、たか女が、辛いだ

ろうと同情もした。

老女のとめの云うのには、町の噂は、もう誰でもが、たか女を多賀村に古く棲む女狐と信じている。着物の上から、お臀を触った位ではわからないし、蓮の湯へ入るときでも、妖術のかゝっている中は、尻ッぽを出さないが、一日に一度は正体をあらわすときがある。いくら狐でも、一日中休む暇なく、化けてはいられない。一日に一度、狐に戻るので、息がつける。そこを狙って、お臀をまくれば、フサフサと金色の毛がはえているのだと、まことしやかに、宣伝した。

噂というものは、早いものだ。悪い病気のように、ドンドン、ひろまる。無心であるべき町の少年少女にまで、そうと信じられた。たか女が歩くと、子供たちまで、

「コンコンが来た」

と、云って、可怕《こわ》がった。

雪野太夫だけが、その風説に反対した。

「根も葉もないつくりごと」

と云って、たか女のために、弁解した。それがなければ、とうにたか女は、袋町へ足踏みをしなくなっていたのだが。

伊吹山麓なる志賀谷——。

京から戻った主馬は、思いの外、妻の多紀の病状が悪化しているのを知って、狼狽《ろうばい》した。こんなことなら、もっと早く、帰って帰れぬ旅ではなかったから。

主馬は帰り次第、誰よりも早く会いたいのは、直弼であった。本居国学の二ッの対立に就いて、主馬一流の見通しを、具体的な論証と共に、直弼に聞いて貰いたいのだった。が、それさえ、妻の重病の前には、どうすることも出来なかった。

今日も、朝から高熱がつゞいている。

「北庵殿——どうでござるか。大分、様子が苦しげだが」

と、主馬は多紀の傍《そば》についていることすら不安になるので、時折、母屋に居る北庵をたずねずにはいられない。

「実は、貴殿の留守中にも、再三ひどい痙攣《けいれん》があったので、大いに心痛いたしたが、この分なら、持直すのではないか」

北庵は、上り框《かまち》の傍に居て、何かしきりに、薬の調剤をやっている。

「然し、足に浮腫《むくみ》のあるは、心の臓の衰えた証拠でござろう」

「むろん、楽観は出来ないが」

「さっそく、埋木舎へも、御機嫌伺いに参りたいが、それも成りませぬわ」

それを聞いて北庵は、調剤用の匙《さじ》をおき、

「主馬殿——御身が京へ上られた間に、一ッの変化があったのを、御承知かな」

「何も知りませぬ。どんな変化がありましたかな」

と、主馬は進んで框に腰かけた。

「たか女が、山科から坂本へとって、八挺櫓の早船で帰ってきたのは、直弼殿の思召しに拠《よ》るものとか」

「ホウ――それは初耳じゃ」

「いや、いや。もっと意外なことがござるぞよ」

北庵の目が、眼鏡越しに、ギロッとうごいた。

「何でも仰せられい」

「耳早い主馬殿のことだから、既にお聞き及びではないかな」

「何ンにも知りませぬ」

「いや、うかつに申出たが、云いにくいことで――やはり拙者には、よう申されぬ」

「それまで仰せられて、申されぬとは、生殺しじゃ。たか女のことかな。左様でござろう」

と、主馬は催促した。北庵も、坐り直して、

「実はな、それじゃ。彦根では、もはや、誰知らぬ者もない。直弼殿には、端唄の稽古に事よせ、連日、たか女を召し給うて、専ら御寵幸とのことじゃ。そのため、お志津どのには暇が出た」

と、主馬の顔色を見い見い、云った。

そんな予感のしないでもなかった主馬だが、それでも、二三度は、強か胸に応えるものがあった。

北庵は更に云った。

「多紀どのの耳に入っては困るが、たか女は御身の愛をうけている人だ。そうした身でありながら、殿の寵にも甘えている。化生《けしょう》の女ではないかという噂まで立つ筈じゃ」

「化生の身？」

「そうじゃ。殊に袋町界隈では、たか女の正身は狐という噂で、女子供が、臀をさわりに行くとやら、女湯へわざわざ覗きに行くとやら。誰となく、そう云い触らしたものらしい」

「ははははは。北庵どのには、相変らず、たわけ言がお上手じゃな」

「いやいや。拙者のたわけ言ではござらぬ。あの町一帯、誰知らぬ者もない。目下、その話で持切りじゃ。嘘と思わるゝなら、袋町へ行ってごろうじろ――」

「では、真実、そのような……」

「だからこそ、御身の耳へも入れねばならぬと思うたのじゃ」

「左様でござるか」

これだけは、予期しなかったので、主馬はがっかりした。自分を裏切って、直弼の寵を受けたたか女は憎いが、いかに口さがない廓者の放言にしても、たか女をつかまえて、狐狸の類となすとは、あんまりな人間侮蔑である。そういう流言を飛ばして、面白半分に騒ぎ立てる人情の軽薄さには、主馬はカンニンならぬものを感じる。

「さっそく、たか女に会いましょう」

「多紀どのの病気も打棄ててか」

「サア――」と、詰まった。

「たか女などいう怪しからん婦人のことは、この際一思いにおあきらめなさい」

「ハア」

と、主馬は生返事をした。というのは、たとえ北庵の言葉でも、人の話だけで、むかッ腹を立てるわけにはいかない。とくとたか女をたゞし、事の真相をきいてからでも、おそくはないと思うからだ。

北庵は、調合した薬を、渋紙に包みながら、

「殿様とて、いつまでも化生の女などに、たぶらかされておいでになる訳はない。そんな、二夫に見《まみ》えるような淫奔女《いたずら》は、碌《ろく》でもない最期をとげるにきまっている。恐らく、お手討にでもなるのが、オチであろう」

と、憎々しそうに云うのだった。そう云えば、いつか直弼が、たか女のことをふと洩らしたとき、自分がはっきり、ありのまゝにさえ申上げれば、こんなことにはならなんだで

あろうから、すべては自分が悪いのだと、主馬はおのれを責めずにはいられなかった。

柴垣の外で、俄かに、馬の嘶《いなな》く声がした。

主馬はその嘶きに、聞き覚えがあるような気がして、ッと立上った。

柴垣の外には、イブキの馬上に、直弼が手綱をしめていた。

「殿——」と、仰いだ。

「長野の住居は、これか」

「見らゝる如き茅屋《ぼうおく》でございます」

「妻女の病気はいかゞじゃ」

「京より戻りました処、思いの外に悪化して居りまして——どうやら、命旦夕にあると思われます」

「それは心痛のことじゃ。さっそく、見舞申そう」

直弼はヒラリと馬から下りた。主馬は恐縮して、病室へ案内した。

北庵も出て来た。多紀は、驚いて頭を上げようとしたが、直弼は、しきりにとめた。また、事実、起き上る気力は、病人には到底なかった。

「多紀とやら。生国は伊勢か」

濡縁にかけて、直弼はやさしく訊いた。

「恐れ入ります。伊勢国河俣郷宮前の生れ。滝野次郎左衛門将文の娘でございます」

長野が傍から、

「滝野氏は代々大庄屋役として、土着の郷士とは云いながら、紀伊、伊勢、大和三国の境、重畳たる山深い要害の地に、隠然たる力を持つ、名の聞えた豪家でございます」

と、披露した。

「多紀の兄者に、滝野蔵人という国学の先覚があるそうだが」

「殿のお覚えに預って義兄も満悦でございましょう。蔵人は、本居春庭の門に入り、更に本居大平にも名簿を送って、鈴屋国文の道を修め、平田一門の過激国学には、反対の立場に立って居ります。実は拙者も、蔵人のことを訊き、好んで宮前の角屋甚兵衛なる旅宿に逗留し、その蔵する古籍珍書を借りうけて、大分、勉強いたしました」

「それが縁で、多紀とも懇《ねんご》ろに相成ったか」

「これは、恐れ入りました」

直弼は、磊落に笑ったが、主馬にすればその思い出も今は昔の夢である。

甚兵衛を仲人として、多紀を蔵人から申しうけた時が、主馬二十五歳、多紀は三十歳であった。二人は相携えて伊勢を出で、尾張、三河、美濃とへめぐった。が、多紀の豊艶な女盛りは、短かった。蜜月の旅が、近江路へ入った頃から、既に、多紀は、身体の変調に気がついていた。

妊娠でもないのに、お腹が大きく突き出してきた。時々、悪血が下りる。夫婦のいとなみも、はゞまれた。

然し、主馬は今日、自分が国文学の師と云われ、高尚館という塾を開いたのも、みな、妻の努力のお蔭と信じている。それを仇《あだ》おろそかには思っていない。こうして直弼が親しく多紀の病室を見舞って呉れるのに対しても、主馬は人一倍感激し、涙なくしては居られないのである。

「多紀どの。暫く、主馬と懇談したい儀がある。湖水まで、轡《くつわ》を取って貰っても、差閊《さしつかえ》ないかな」

と、直弼は一応、病人に断りを云い、それから、イブキにまたがった。

北庵は青くなった。きっと、湖水の畔までつれ出されて、そこで、バッサリ、お手討になり、死体はそのまゝ、湖へ投げこまれるのではないだろうか。

病みやつれた多紀は、やっとのことで、縁近くまで匍《は》い出し、馬上の君を見上げた。自分のような、身分もない者を、わざわざ見舞って呉れた直弼の親切に涙は滂沱《ぼうだ》として下る。これで、いつ死んでも、思いのこすことはないと思う程だ。

「北庵どの。これを一首、さし上げて下さい」

と、多紀は硯《すずり》を引寄せて枕許の懐紙に、サラサラとしたゝめた。

「迷ひ来し憂世の闇を

離れてぞ
　心の月の光みがかん」

のちに、史家は、この一首を多紀の辞世として伝えている。

直弼は、それを読んで押戴き、馬上のまゝ、懐中した。

やがて、イブキは、志賀谷を出た。柿の木の多い街道を、急ぐともなく歩いた。快く、蹄《ひづめ》の音が、鳴った。

「主馬——多紀は御身を愛している。御身はほんに果報者じゃ」

「はい」

「あのような重病に喘《あえ》ぎながら、御身のことばかり気をやんでいる」

「それは忝《かたじけな》いのですが、時折、焼餅が亢じるので、持てあますこともござる」

「贅沢をおしゃるな」

やがて、馬は、青く澄みわたった海原のような近江の湖畔へ出た。

竹生島が、見える。

湖面は、鏡を見るようだ。

「久しぶりに、湖水を見ると、蘇るような気がいたします。まるで、大海でございますな」

「対岸が、見えぬので、一入《ひとしお》、その思いがする。どれ、こゝらで、一休み致そうか」

「ハイ、ハイ」

と、長野はイブキの頸を叩きながら、直弼の下馬を助けた。それから、湖畔にある形のいゝ老松の枝に、イブキを繋《つな》いだ。

直弼は、殆ど、漣《さざなみ》を寄せてくるスレスレの渚まで進んで、そこへ、床几を立てた。

「主馬――今日は御身の、真実の心底を聞きたいのだ。すべて、包まずに申してくれるか」

「何事でも」

「真相を云う者は稀《まれ》だ。人は、とかく美辞を語ろうとする。然し、それでは、いつまで行っても、解決には遠いのだ」

「主馬、もそっと傍へ進んで呉れ。遠慮のない話がしたいのだ。友達のように、並んで話そうではないか」

と、直弼は云った。

「ハハッ」

かしこまった主馬は、二膝三膝、寄り進んだ。然し、そう云って傍へ引き寄せておいて、抜く手も見せずに、斬りつけられる懼《おそ》れは十分にある。主馬の目は、油断なく、直弼の顔から離れなかった。

「実は、私は、一つの過失を犯したのだ」

直弼は湖水の彼方を望むようにして云った。

「その過失から、意外な迷惑の掛かった人もあろう。私は先ず、御身の前に、私の不明を詫びなければならぬ」

「藪から棒の仰せで、義言《よしとき》、甚だ当惑いたしますが――」

「御身とたかとが、すでに、わりない仲になっているとは、私はまったく、知らなンだのだ――」

直弼は、湖面から主馬のほうへ目を転じると、単刀直入に云った。主馬は、見る見る、真赤になった。

「たかが、一婦女子のこと。何卒、御放心下され」

と、平伏した。

「いや、そうではない。漢皇色を重んじて、傾国を思うと、白氏の詩にもあるではないか。娼女とて、傾城の名あるは、本朝のこと。たかこそ、西鶴や其磧《きせき》が好んで描く、才色共にすぐれし艶情の人と思うが、どうじゃ。その技巧は、偉丈夫の臓腑を溶かすにも足りる」

主馬は、何ンと答えていゝか、言語に窮する思いであった。

「御身とたかが、そうと知っていたら、私はたかに、懸想する由もなかった。これで、私も、行儀は悪くないつもりだ。人の庭の花と知って、立ち寄らば、盗人も同様であろう。私は、せめて遠くから、垣間見るにとゞめることも出来た。ところが、主馬。私がそれと気のついたときは、もう、その花を手折ってしまったあとだった」

「…………」

「よりによって、何たる運命の悪戯《いたずら》か。しかも、私は、たかを知ることで、はじめて、人生の至楽を覚えた。色慾の喜びが、いかに人の心をうるおし、その刺激はいかに強く人に生きる希望を与えるか。匹夫匹婦の恋と雖《いえど》も、どんなに深い夢が契られているかを思うと、たかを知るまでの私は、まことに木石にも劣るものだ。女といえば、共に語るに足りないと思っていたは、私の世知らずのせいだった。女体こそ、あのように美しい媚《こび》に満ち、男心を宙宇に吊るし上げるではないか」

直弼は、たか女を知るまでは、西鶴の浮世草紙や、近松の浄瑠璃にあつかわれている男女の色慾は、作者の想像によって誇張された所謂絵空事と思っていた。女のために、男が一生を棒にふったり、男のために女が逆上して、火をつけたり、夫婦になれないのを悲観して、男女合意で情死をとげたり、そういうことが、現実にありうるとは思えなかった。

それに、今まで直弼が知っている女たちは、狂言綺語で見るような濃艶な情調の人とは、縁遠い存在ばかりであった。主人直弼との主従の固くるしさは、閨房にあっても、一向に解放されなかった。たゞ、畏れかしこまり、時には、声さえもわなゝいている。直弼が、熱情を示そうとする抱擁のさ中でも、いたずらに怯《おび》えたり、うろたえたり、縮まったりしていて、心から彼を受け入れようとする様子がない。中では、志津だけが、やゝ、愛するに足りたものの、彼女とて、閨中の秘語に長じているとはいえない。

たか女に至って、はじめて、直弼の情熱に応える才と色と熱があった。

たか女は、場所と時に応じて、あざやかな変転を心得ていた。三味線を取れば、師となり、箕帚《きそう》を取れば、婢妾となり、閨にあれば、娼ともなった。而《しか》して、屈する色なく、臆する辞なく、思うがまゝに自由にふるまうのだから、直弼としても、しかつめらしい顔をしてはいられない。

否、彼は、たか女の温い柔肌《やわはだ》にふれることで、生れてはじめて、臓の奥ふかくわき出てくる春の泉を知ったのだ。掬《く》めども掬めども、泉はわく。

一日とて、会わずにはいられない焦燥と欲求。

他の男には、一指も染めさせまいとする排他と独占慾。

彼はそれも、はじめて知った。

——そのことが彦根中に知れわたっていることは、直弼は承知している。かつて、外記に答えた如く、あらゆる非難を甘んじて受けようと、肚をきめていたのである。

突然、その激情を、逆しまに押戻そうとする抵抗が、彼をふと、理性に引きつけた。長野とたかの関係である。

「主馬に訊きたい。御身は、たかをどう思っているのか」

返事がない。

「御身の返事によっては、私はわが心に封印を押さねばならぬ」

まだ、返事がない。

「御身とたかは、おたがいに、一生をかけた堅い誓いでも致してあるのか。私は、この通り、正直に話した。御身もありのまゝに申して呉れ。多紀亡きのちは、御身はたかを、正室に迎えるという約束でも出来ているのか」

それでも尚、返事がない。

主馬は、漸《ようや》く、面《おもて》をあげた。

「約束も誓いも致したのではございませぬ。たゞ、束の間も忘れられぬのでございます。主馬に、この心のあるうちは、殿の御不興を招くは当然。このまゝ、いずこともなく、飄《ひょう》然《ぜん》と、姿を消す外はないと存じます」

「妻女多紀の病めるをも、打棄ててか」

「已むを得ませぬ」

「私との、交情も破棄してか」

「心残りは、それだけでござる」

「いさぎよく、たかを私に、ゆずるのだな」

「はい。今更ら、女の変心を憎んでも仕方がないでございましょう。彦根にて結びました儚《はかな》い一場の春夢と思えば、あきらめもつきましょう」

「そう云って、私に油断させ、たかをさらって、駈落ちでもする気ではないだろうな」

「そのような不逞《ふてい》をもくろんだこともございます。然し、今となっては、後手でございます」

「もっとも、御身如き白面の青年は、どこへ参っても、女子に持てはやさるゝ。たか一人に、未練はあるまい」

「滅相な。容易に未練を断つことが出来る程なら、何も、拙者一人、彦根を去るには当りません。たか程の才女が、今の世に二人あるとは思いませぬ」

「きつい惚れようじゃの」

直弼は、苦《にが》い顔になった。たかについては、自分もそう思う。それなのに、主馬がたかを愛するのを快くは感じない。煩悩だからだ。嫉妬だからだ。

「然らば、御身はほんとうに、私とたかの目の前から、永遠に姿を消すのだな」

「御念には及びませぬ」

「高尚館に、漸く集ってきた門人共はどうする」

「已むを得ませんから、塾は解散いたします。もっとも、北庵や阿原忠之進が、あとを引継いで呉れるかも知れません。拙者は、もともとが風来坊でござれば、行き当りばったりに、わが種を蒔《ま》いて去るのが、運命《さだめ》かと存じます」

主馬は、そう云って、もういちど平伏した。両眼に涙を一杯ためている。渚をわたる秋風が、ふと、襟に冷たかった。

秋は、山から湖《うみ》へと過ぎて行く。

直弼は、突然、立上って、二三歩、主馬に近附いた。主馬がおどろいて、身がまえたとき、直弼は、主馬の両手をつかんだ。瞬間、汀《みぎわ》へ、投げつけられるのかと思った。体力では、到底、主馬は直弼の比ではなかったから。

ところが、痛い程、手を握られたまゝ、彼は意外な声を聞いた。

「主馬、御身は姿を消すには当らぬ。いつまでも、志賀谷に居て、鈴屋国文の師範を致せ。あらためて私も同人の名簿を送ろう」

尾花のわかれ

埋木舎の奥書院。

たか女は直弼の帰りを待って居た。

この一両日、急に冷気が強く、たか女は咳が出た。頭も重く、五体がけだるい。それで、朝から臥《ふ》せっていたのを、近習の青木千枝を以て、お召しときけば、寝てはいられなかった。

多賀村から、熱のある身体では、大儀だったが、それでも、どうにか歩いて来た。

迎えに出た佐登にも、

「どう遊ばされたのでございますか。お顔の色の悪いこと――」と、すぐ、見咎められた。

「殿様は、志賀谷の高尚館までお馬にてお出掛けに成りました。もうじき御帰館と存じます」

「長野さまに、何か御用でもお有りなのでございましょうか」

たか女は、力なげに云った。以心伝心、今日のお召しが、たゞ事でない感じは、最初、青木の顔を見たときから、グンと胸にひゞいている。

今頃、長野は、直弼の怒りのまゝに、胴首、ところを異にしているかも知れない。直弼の、腹を立てた苦《にが》い顔が、しきりに目に浮かんでくる。

　はじめて直弼の愛をうけるときから、たか女には、今日あることが、わかっていた。この寵が、いつまでも無事につゞくものとは、到底、思われなかった。それなら、あくまで、拒めばよかったのであるが、そう理窟通りには行かなかったのだ。

たか女は、あの直弼の熱情の逞しさにまきこまれると、日頃の理智を失って、不道徳を行ってしまったのである。その結果が、どんな悲しみに終ろうとも、否、死に導かれようとも、一瞬の戦慄の中に味う、えも云われぬ魅惑には抗し難かった。

　　君が一日の恩のために
　　妾は百年の身を過つ

　これは、白楽天のうたったところだ。たか女は、日頃、この詩を愛していた。たとえ、百年の生命を一瞬の情炎に焼き亡《ほろ》ぼしても、悔いないような、烈《はげ》しい恋を夢みていた。だから、長野のことが直弼の耳に入り、烈火の怒りを買った場合、死はすでに覚悟の前であったのだ。殺されてもいゝと思って、彼女は敢《あえ》て、偽ったのである。

　老女のとめが風呂をすゝめに来た。

たか女は、熱気のある身体に、入浴は毒と思ったが、どうせ、殺されるなら、身を清めておきたいという気もした。

「では、遠慮なく、浴びさせて戴きましょうか」

とめが案内した。廊を渡って行くと、秋の蝶が落葉のように、舞ってきて、足下に落ちた。

とめは、風呂場の戸をあけ、

「こちらは、まだ、殿様がお入りになっていませんから、そちらの盥《たらい》で、行水をなされませ」

と、指さした。見ると、井戸端へ通う簀《す》の子《こ》の上に、お湯をはった盥が一ッ、おいてある。ここまできて、いやとも云えないので、

「では、御免蒙《こうむ》ります」

と、会釈して、帯をときかけた。

もう去るかと思いの外、とめはいつまでも、そこに立っている。

「その戸をしめさせて戴きます」

と、たか女は、褄下《つました》をおさえて云った。

「年寄のわたしに、身体を見られては、何ンぞ都合のわるいことでもあるのかいな。ホホホホ」

とめは、お歯黒を出して笑った。

「でも、それでは不躾《ぶしつ》けでございましょう」

「御遠慮あるな、たか女殿。背中でも流しましょう」

そう云って、とめは、白い襷《たすき》をかけようとする。

「若い者が、お年寄のお背中を流すなら当り前。あべこべにおとめさまに、流して戴くなぞとは、とんでもないこと。どうぞ、お引取り下さい」

と、たか女は、やっとのことで、老女を戸の外へ押し出した。

とめは、期待外れの仏頂面で、西の間へ戻ってくると、

「ちょいと、佐登さん。あなたは、そんなことがないと云うが、やっぱり、あれはホンモノだよ」

と、云った。

「ホンモノって?」

「どうしても、わたしの前で、着物をぬがないもの。若《も》し、普通の女の体恰好なら、女の私に見せたって、都合の悪いことはないじゃアないか」

「滅多に人に肌身は見せぬが、女の嗜《たしな》みでございましょう」

「ホホホ。佐登さんも、おませを云うねえ。つい、この間まで、立ったり坐ったりに、よく、膝小僧を出したくせに」

とめは、憎々そうに云ったが、まだ、風呂場が気になると見えて、

「隠すとよけい、見たくなるものさ。一ッ、のぞいて来ようかな。あの女にしッぽが、あるか、ないか。佐登さん。あなたも一緒にお出でな」

「いやでございます」

と、佐登は首を振った。

連れの欲しかった老女は、仕方なしに、一人で廊を渡って行った。

ザーザーッと、湯が簀の子におちる音がしている。

（狐が湯を浴びている）

そう思うと、とめは年甲斐もなく、カッとなって、頬が火照《ほて》った。

老女とめは、爪先立って、西口の櫺子窓《れんじまど》からのぞきこむと、思わず、息を嚥《の》んだ。行水盥の中に、丁度、向うをむいて、たか女の白い背中が見えた。

むろん、しッぽなどのある可き筈もない。それどころか、こんな美しい肌、こんな形のいゝ身体が、又とあろうかと思われた。

老女は、直弼の母、彦根御前の全盛のころ、御厨《みくりや》に仕えた時代があって、したしくその背中を流しまいらせたこともある。彦根御前の美貌は、はるか江戸表にも、有名な程であったというが、今見るたか女にくらべると、比較にならない。

老いたとめでさえ、このように心がときめくのであるから、まして若い直弼や主馬が、

大騒ぎするのも、むりではないと思われた。それだけに、女としては、妬ましい。

（それにしても、美しすぎる。色の白いのも、人間ばなれがしている。やっぱり、化生に違いない。裸になっていても、妖術のかゝっているうちは、人間にはしッぽが見えないのだそうだ）

老女は、そう思いこんでみる。そして、悪戯をしてやろうと、踵を返して、中庭へ出ると、垣近く、背ののびた尾花を、粗々《あらあら》しく折り取り、数本を束にして、紐で結んだ。

再び廊を渡り、たか女のぬぎ棄てた着物の上へ、そのフサフサした尾花の穂をのせた。

「ホホホホホ」

とめは、自分でしたことが、自分でおかしくなってきて、笑いがとまらないのだった。

俄かに、玄関のほうで、人声がした。殿の御帰館に相違ない。

——戻った直弼の顔は、出かけて行った時より、明るく上機嫌だった。

「佐登、たかはいかゞいたした」

「さき程から、お待ちなされてでございましたが、只今、行水をあそばしていらッしゃいます」

「左様か。行水がすんだら、さっそく、こゝへ連れ参れ」

「少し、お加減がお悪いとやら、お顔の色もすぐれませぬ」

「それがなぜ、行水など致すのか。ともあれ、三浦北庵調合の頓服でものましたがよい」

「かしこまりました」

やゝ暫くして、黒髪を垂らしたたか女が、静かに入ってきた。

「ごめん下さいまし」

と見ると、手に、尾花の穂の束をもっている。

「たか。何を持っているのだ」

「着物の上に、このような、悪戯がしてございました。狐のしッぽの、あてッこすりと相見えます」

「怪しからぬ悪戯をするものよ。棄ててしまいなさい」

「はい」

激しく、庭元へ、袖をはらって、たかは投げた。


「もっと中へお入り」

と、直弼はやさしく云った。

「今宵は、一段とあでやかじゃのう」

「昼すぎまで、風邪気味にて臥せって居りました。元気のない顔をして居りますでございましょう」

「いや、いや。病人とは思えぬ顔色だが――もっとも、熱気があるので、頬が紅を帯びているのかもしれぬわ」

「志賀谷へお出かけあそばしましたとやら」

「耳早いのう。佐登かとめが、もう喋ったか？」

「お多紀さまの御容態は？」

「甚だ、重態じゃ」

「長野様には、お会いなされましたか」

「久しぶりに対面し、胸襟を打ちひらいて、語り合ったぞ」

「…………」

たか女は、自然と、頭の垂れ下がる思いであった。到底、直弼の顔を見る勇気は出なかった。

「二人は、湖のほとりまで、行った。渚に近く、床几を立て、世界はまったくの、二人きりであった。人は、真実を語ることは、むつかしい。巧言令色こそ、人と人の信義を損《そこな》い、理解を妨《さまた》ぐるものじゃ。私はよく語り、主馬も亦、大いに心中を吐露した。もっとも、いつもの話とは、少々、趣きを異にした話題であったが――」

「何ンのお話でございました」

うつむいたまゝのたか女の声は、細かった。直弼はそれには答えず、

「長野に就いては、藩の上下が、うさん臭い人物と見ている。中には、いずこからか忍び

入った隠密ではないかという風評もあるそうな。そのため、私に向ってまで、さまざまに、諫言《かんげん》立てする者がある。私も、時には、その忠言に耳を傾けた。信と不信が、交互にわたしを苦しめたとも云えよう。然し、それは、二人が、徹底して話し合わなンだためだった。今日の熟談によって、私は更に、彼と思想の上の共感を、はっきり知った。誤解していたことが、春雪の溶けるように、解決した」

たか女は、お手討を覚悟して、身を清めた位だから、今の言葉には、意外な響きがあった。仰ぐと、直弼の、いつもに変らぬ温容が、そこにある。

春雪の溶けるような解決——。

それは、一体、何ンだろうと、たか女は、胸を押さえた。

そのとき、佐登が、北庵の薬を一服、素湯と共に、運んできた。

「お風邪薬でございます。殿様からのお云いつけに依りまして——」

たか女は、直弼の親切が、五臓にしみわたるような気がした。

たか女は、袖屏風して、北庵の妙薬を頓服した。

「ちと、苦《にが》いであろう」

「はい——」

「佐登は、玄関脇に控えて、今日に限り、藩士の訪問は、悉《ことごと》く、断り申すよう」

「かしこまりました」

佐登は再び盆をさゝげて、障子の外へ去った。

「実は、たか。ふとした機縁からそなたとも、懇《ねんご》ろに致したが、御身との契りを続けるのは、甚だ無理ということが相わかった。これ以上は、横車を押すことにも成ろう」

直弼も、さすがに、心が波立つのか、煙管に莨《たばこ》をつめて、一服した。

「…………」

たか女は、答えない。

「或は、唐突の言葉と聞えるかもしれない。然し、これは熟考の果てじゃ」

「…………」

「むろん、なまじいの批評や諫言によって、わが心が豹変したのではない。私は今、別れようとしている御身に対して、尚、しきりに情愛を惹かれる。さればとて、いつまでも、優柔不断であるは許されぬ。二人は、今日限り、きっぱりとわかれなければならぬのだ」

――最後の言葉は、特に、力を帯びた。たか女は、頭上に磐石を加えられるような気持がした。

何によって、直弼は別れようと云い出したのか。それは、たか女には、はっきりとわかっている。わかっているだけに、返す言葉も抵抗もないのである。

「私は、おのれの人生途上に、御身と相会したことを喜ぶ。私は、御身によって、多くのものを得た。又、より深く知るを得た。御身と別れても、それは忘れずに、心中に保存したいと思う」

「……恐れ入ります。殿様。そのような有難い御意を伺えば伺うほど、わたくしは……わたくしは、お別れするに忍びませせぬ」

たか女は、両眼から涙とゞめあえず、声もうち顫《ふる》わしながら、漸く云った。

「では、訊くが、御身の言葉は、真実、心底《しんてい》のまゝをあらわすものか。それとも、此の期《ご》に及んで、尚、直弼をたばかろうと為すものか」

厳しい語気だった。それに対して、たか女も必死に、

「たばかるなどとは……女の智慧をもちまして、殿様のような御方のお心を、何条、偽わり得ましょうことか。わたくしは、たゞ人の真情に押し流され、知らぬ間に、激しい渦巻の中にはまってしまったのでございますもの。世上では、わたくしを、女狐の変化《へんげ》とやら云いふらし、殿様の肉をしゃぶりに入りこんだとまで云って居ります。私には、解《げ》せませぬ」

庭上には宵闇が漂ってきた。

「たか。御身は、別れ難いと云う。然し、いかに別れ難しとも、別れねばならぬ事情が起れば、已むを得ない。私と御身とは、今、それだ。今更ら、悔んでもはじまらぬのだ」

直弼は柔い表情の中に、厳しい追求を浮かべていた。

「…………」

「私は、今日、長野主馬が国典歌学教授所たる高尚館の一同人として、彼に名簿を送ったばかりじゃ。この一事を以てしても、私は御身と別れるが至当であることは、明瞭じゃ。私が若し、どうしても、御身と共に居りたいと思えば、彼の同人たるを、潔《いさぎよ》しとする筈もない。否、私にとって、彼は、邪魔なる存在じゃ。私は彼と、湖の畔《ほと》りに、決闘したかもしれぬではないか」

その結果は知れている。主馬の刀は竹光だし、直弼には、居合の術がある。

居合というのは、抜刀の術である。直弼が入門している流儀は、新心流と云って、人の踞《きょ》坐《ざ》する形に擬した人形を据え、気を修め、心を凝らすうち、やがて精神統一して、腕鳴り、木偶《でく》がおのずから恐れて奔り去ろうとする様に見えたとき、電光石火、立って斬り、斬り去れば、また坐して、静かに殺気をおさめる。

直弼はすでにこの流派の奥儀を極め、後には自ら、「七五三居相伝書」という兵書を著述した位だから、主馬の敵するところではない。

「若し、二人が、人知れぬ湖畔で、一女子を争い、遂に決闘に及ぶとすれば、これほどの愚行は、又とあるまい。私にとっても、亦、主馬にとっても、末代までの醜名となろう。されぱとて、御身の首をはねてみても、はじまらぬ」

「覚悟は致して居りました。この通り、髪までも洗い清めて……」

女が身を曲げるとき、洗い立ての髪の匂いが直弼の鼻をついた。

「熱気があるに、行水したのは、その心か。これは直弼が、読み及ばなンだ。したが、たか。直弼を血迷うて、惚れた女を斬る男と見た御身の読みも、うかつじゃぞ——」

「御意を承るうち、自分の心の至らなさに、冷汗を覚えて居ります」

「まあ、よいさ。お互いに、読み足らずして、この局に対したのだ。今や、すべてを、抛《なげう》つべき時だ」

直弼は、そこで、ふと、言葉を切った。すべての最後に、たゞ一ツ、たか女が、本当に愛しているのは、両人のうちいずれかという質問を、発してみようかという、激しい誘惑が、心の隅に、ムラムラと、炎え上ってきたからだ。

——老女とめが燈火を運んできた。

直弼は、然しすぐ反省した。今たか女に、その質問を発したところで、どうなるものでもない。よしんば、たか女が、長野より直弼を、より深く愛していると云ったとして、然らば主馬との誓言を撤回することは考えられない。

とめの運んできた朱塗の行燈のせいで、たか女の顔が、やゝうす紅の朧《おぼ》ろに見えた。

「とめ」

「はい」

「今宵は、たかは屋敷へは泊らぬ。おそくとも、磐若院まで、帰らねばならぬから、近習に送らせるよう、そのつもりで、誰かを待たせておくがいゝ」

「かしこまりました」

　とめが一礼して去るのを待って、直弼は床脇にある鼓をとって、

「たか。これを御身との別れのしるしに遣わそう」

「…………」

「既に、事は一段落してしまったのじゃ。今夜を以て、屋敷への出入りは罷《まか》りならぬぞ」

「では、時折の御機嫌伺いも許されぬのでございますか」

「むろんのことじゃ。別れるからは、夢にも会うまいとの決意が肝要じゃ。御身は女人ながら、かゝる進退は、いさぎよくせねばならぬ。私と長野の友情のために、心よく、身を退きなさい」

「もはや、何事をか申上げましょう。たゞ、この上は、せめて今宵一夜のお情にあずかり度いと思います」

「…………」

「惜別の炎が、胸をこがしまする。せめて、この火をしずめて下さりませぬか」

「それも、許されぬ」

　と、直弼は、たか女に云うのではなく、おのれの煩悩に対して、強く弾圧するように云った。

　それから、激しい調子で、鼓を打った。

その音の間に、たか女の泣声が交ってきた。玄関脇にいる佐登にもきこえた。只事ではないという感じは、すでに直弼の眉宇にも見えていたが、こゝまで急迫した気配を察しると、佐登は恐ろしさに、膝頭が顫えた。

佐登に出来ることなら、中へ入って、たか女の罪を執成《とりな》したいと思ったが、年若い自分には大分、荷が重すぎる。

が、さきには、志津が去り、今はまた、たか女が追われようとしている。そのあとは、直弼が、たった一人になってしまう。誰が、御機嫌を取結べるだろう。誰が、お伽《とぎ》に侍《はべ》るのだろう。

まさか、自分には出来ないことだ。到底——到底出来ないことだ。若しもの場合は、自分も亦、逃げ出す外はないだろう。

ふと、鼓の音が、とまった。

突然、又、激しい女の泣声がきこえた。

まさかに、直弼が打擲《ちょうちゃく》しているわけでもあるまいが、その声は裂帛《れっぱく》の音にも似ていた。短く途切れ、途切れては、又、きこえる。座に耐えかねてか、直弼が、庭のほうへ出て行く足音がした。

「エイッ」

鋭い声がした。

佐登は驚いて、玄関脇から、中の廊を走り抜け、庭の見える澍露軒《じゅろけん》の躙《にじ》り口から、身をかゞめて覗いた。

居合抜きと見えて、楓《かえで》の下の木偶の首が、鮮かにすッ飛んでいた。

直弼は、まだジッと刀を睨んでいたが、やがて、たか女のほうへ目を転じると、抜刀のまゝ、進んで行った。佐登は、息もつけなかった。飛んで行って、直弼の右手へ、渾身の力で、ぶら下がってしまう外はないかと見るうち、彼は、長押《なげし》にかけてある三味線をとるなり、再び庭へ出て、

「たか。私は今宵限り、この楽器を見るも嫌になった。もはや、目障りじゃ。御身との思い出を打ち砕くため、この三味線も葬り去ろうぞ」

彼は、白い胴を前に、転手を先きに、庭石の上におくと、刀は鞘におさめておいて、

「エイッ」

と、声を掛けた。

刀を抜いたのか抜かないのかは佐登の目には、わからない。が、次の瞬間、胴の革は、鋭く裂け、棹《さお》は三ツに砕かれ、転手は遠く、松の根方まで、飛び散っていた。

たか女は、身を顫わし、髪を浪立たせて泣いた。

「直弼。今宵から、歌舞音曲を、おのれに禁じる」

と、彼は自己に向って、強く戒めるように云った。

それから、袴を叩き、

「佐登」

と呼んだ。

「たかが罷り帰る。特に、駕籠《かご》をさし遣わそうから、その用意を――」

やがて、玄関前には、直弼乗用の、溜塗の駕籠が引き出された。

老女のとめが、ブッブッ云った。

「お志津さまは、お供もなしにお暇を出されたに、たか女は、御定紋のある御駕籠でお帰りとは、何ンという片手落ちだろうねえ」

パラパラと、秋の夜の時雨の音がした。

たか女は、まだ泣きながら、容易に立上る気振りもなかったが、佐登がすぐ背ろへ進んで行って、

「たか女様――お駕籠の用意が出来ましたから、どうぞ、お立ち召され」

と、袖を引いた。

直弼は小雨の中をまだ庭に立っている。

漸く、たか女は、駕籠へ乗った。洗い立ての、なよかな黒髪が、駕籠の外へこぼれる

と、嫋々《じょうじょう》たる柳の糸とも見えた……。

「お佐登さん――これをあなたに」

と、たか女は云った。

佐登は、急いで、駕籠脇へ進むと、柳に散る雨足が白かった。

「生き形見と思って下さい」

「はい」

渡されたものは、三味線の白い象牙の撥《ばち》だった。

「私の三味線は、破れました。胴も棹も転手も、みんなバラバラになってしまいました。撥のみでは、音を立てることも、かないませぬ。せめて、思い出の種にして戴ければと思いまして――」

「何より嬉しい、お形見の品。ありがたく頂戴いたします」

と、佐登は押し戴いた。

駕籠の扉《と》がしまった。雨合羽を着た駕籠舁《かき》が、静かに駕籠を舁《か》ぎ上げる。

――ギイと大門があき、やがてそぼ降る秋雨の中へ、女をのせた駕籠が消え去るとき、老女のとめが、裏口から出てきて、塩を撒いた。

「狐の嫁入りじゃアなくって、狐の暇取りには、星があるのに夜の雨が降るそうな……。これで、怨敵《おんてき》退散じゃ」

と、憎々しげに云った。佐登が、門の下で、いつまでも見送っている傍へ来て、

「何を貰いなすった？」

と訊く。

「撥――」

「そんなものは、捨てたがよい。禍いがのこるそうな」

「でも」

「狐の祟《たた》りは、恐ろしいぞえ」

然し、佐登は、折角貰った生き形見を捨てる気にはなれなかった。

書院へ戻ると、直弼が、一人、寂しげに縁側に腰かけていた。

まだ、木偶の首は飛んだまゝ。砕けた三味線は、庭石の上に、残骸をさらしている。佐登は、ふと、首のない木偶に、長野主馬を思い、砕け散った三味線に、たか女の姿を連想した。直弼は、そう思って、二つのものを打ち砕いたのではなかったか。

夜の雨に、濡れている三味線の胴の革が、たか女の肌のように、白かった。白も白、たゞの白さでない。妖気の漂う白さである。野良に死んでいる白狐の白さにも似ている白だ。薄暗い閨《ねや》に見た女の、胸乳の白さとも通うかのように……。

「お庭のものを、お片附けしてもよろしゅうございましょうか」

と、佐登は伺いを立てた。

「待て、今宵一夜、雨中にさらし置くがいゝ――」

そしてはじめて、直弼は手にした刀を置いた。

「たかは、駕籠にて帰ったか」

縁側の直弼は、佐登のほうへ向き直って訊ねた。

「只今、お見送り申し上げました」

「佐登。そちもこれを見い――直弼、一旦の怒りに任せて、三味線を打ち砕いたが、心静まって省みるとき、まことに、はしたない振舞と云う外はない」

直弼が又、意外なことを云い出したので、佐登は思わず、心の締まるのを覚えた。

「たかは、私を偽ったのだ。が、辛《から》くもその不快に耐えて、いさぎよく暇を遣わそうと存じたに、最後のところで、激情の赴くまゝに、木偶の首を撃ち、三味線を女の身代りに破り去った。怒りを物にうつすは、小人の常じゃ。私もまだ、まだ、小人の末を出ないと見ゆる。罪なきを罰する。苦々しい沙汰の限りじゃ」

「御心中、お察し申して居りまする」

「私は、日頃、茶道に心を用いているは、そちも知る通りじゃ。茶道では、怒りを物に移すは以ての外。品性劣悪の証拠となす。然るに、罪なき三味線を、居合を以て、打ち砕いたは、直弼一代の不覚というものじゃ。今、秋の時雨に濡れそぼつ姿を見て、忽ち、私は反省を呼びさましたが、時すでに遅い。直弼、未だ、修身が足り申さぬ」

と、直弼は、低い声を以て云った。

そこへとめが入ってきた。

「申上げまする。殿様お一人にては、お閨寂しいかとも存じます。就きましては、お志津様を、お呼び戻しあそばしてはいかゞでございましょう」

「何に？　志津を？」

「もともと、たか女様への御遠慮にて、身をお退きあそばしたるお志津様。たか女無き今は、その御心遣いもあるまじと存じます。お許しあれば、今夜にでも、お迎え申し参らせましょう」

「そのように、掌をかえることが、この直弼に出来ると思うか。聞く耳持たぬ。退れ――」

と、直弼は、語尾を大きく、叫んだ。とめは吃驚《びっくり》して、平伏して、退下した。

「人の心も知らぬ忠義立ては、無用の沙汰じゃ。私は独り暫く、この傷心を医《い》やさねば成らぬではないか」

「御身まわりのことなれば、何ンなりと佐登に御云いつけ下さりませ」

と、佐登は必死に云った。夜の伽以外のことなら、喜んで身を砕いても、直弼のために、仕えたかった。御用とあれば、雪中に筍《たけのこ》を探しても歩こう。刺客来らば、先ず、我が身を以て、庇《かば》い奉ろう……。

雨が、俄かに、勢いをましてきた。

「お片附けいたしましょうか」

と、もういちど、訊いた。

「いや、自分でやる」

直弼は、庭へ下り、雨中に破れた楽器を拾った。


一時、重篤を伝えられた主馬の妻多紀は、やゝ小康を得て、この頃では、厠《かわや》へも一人で行けるようになった。

然し来る冬の厳しさが思いやられる。伊吹山には、はやくも巓《みね》に白雪を見たし、所謂伊吹颪《おろし》の寒風は、身を切られるようである。

北庵も病気の逆行を心配して、

「この冬の間だけでも、伊勢の実家へ戻られては」

と、すゝめる。河俣郷の宮前なら、伊吹山麓とは、くらべものにならぬ程、温暖の土地である。

「駕籠をのりついで参れば、美濃を経て、伊勢路までは、何んとかなりましょう」

と、多紀も病人を抱えて苦労しぬいている主馬のことを思うと、北庵のすゝめに従って、この際、伊勢へ戻り、病気療養に精を出すのも一案と肯《うなず》かれた。宮前には、妹の直子もいるし、嫂《あによめ》たちも住んでいるから、志賀谷のような不如意はない。

然し、主馬は、今更ら多紀を、伊勢へ戻すには忍びなかった。伊勢を出るときは、駈落ちとまでではなくとも、殆どそれに近い形で、人目を憚って発足したのだった。それなのに、未だ、仕官もせず、僅《わず》かに高尚館なる国学の私塾をひらいただけで、食うや食わずの、貧しい生活を送ったにすぎない。

「宮前の方々に、拙者は会わす顔がない」

と、主馬は云った。

「何を仰せられます。あなたが病気をうつしたのでもございませぬに。このような業病に苦しむは、わが定めでございます。私こそ、あなたには申訳がない」

「いやいや、拙者の力が足りないのだ」

「私を、伊勢へお戻し下さりませ」

と、多紀は、袖を濡らした。

「では、北庵殿のおすゝめもあること故、一旦は酷寒を避け、明春、本復の機を待って、再び志賀谷へ迎えると致そうか」

「勝手気儘な多紀の願い、さっそくおきき届け下さいまして、ありがたい仕合せにございます」

――相談がきまったので、師走に入るとまもなく、多紀は志賀谷を立つことになった。主馬はむろん、駕籠脇に附添って、伊勢まで送って行くつもりである。もっとも脹満《ちょうまん》という病気は、慢性病だから、道中で急変があるとは思われぬが、それでも、不時の場合に備えて、北庵は、心の臓の妙薬や肺に効くという南蛮の貴重薬などを取揃えた。直弼からも、近江牛の味噌漬が、御見舞として、届けられた。

いよいよ、明日は出立という暮れ方であった。北庵が主馬を呼び出しに来た。そして袂を引くようにして、垣を廻ると、大きな栗の木のある土橋の所まで、連れて行った。

「主馬殿――御身に一目会いたいという人がそこにいる」

と、北庵は、栗の木の蔭を指さした。

「え？」

「御身も明日はお立ちじゃ。今宵位は、しんみり、別れの言葉を交わされたがよかろう。多紀どのには、埋木舎から急のお召しとでも執成しておきましょう」

と、北庵は、粋をきかせて云ったかと思うと、はやくも、土橋の手前から、踵を返した。

「北庵殿――尚之殿《ひさゆき》」

と、主馬は呼び返したが、既に北庵は、耳も藉《か》さずに、歩いて行く。

「長野さま」

すぐ背ろに、女の声がした。

「誰かと思えば――これは」

主馬は栗の木の下に、立っているたか女の白い顔を見た。少し、痩せたようにも見える。が、却て美しさは、以前に倍する。丁度、落日の淡い青味がかった光線を背景にしているので、目ばたきもしないようなその瞳の色は、観音菩薩にも似ると見えた。

「お久しぶりでございましたな」

「何しに参られた？」

「お許しを乞いに」

「拙者はまた、怨みを述べに来られたかと思うた」

「怨み？」

「埋木舎の主殿《あるじ》との深い縁《えにし》の糸を断ち切られた怨み言でも云わるゝ外に、御身には用のない主馬ではないか」

「すべては、天の定めではございませぬか。会《え》者定離《しゃじょうり》はこの世の約束。たかは、にべものう、捨てられました」

「好んで、男より男へと、浮気をするからの自業自得じゃ」

「そのことも知って居ります。でも、長野さま。女は所詮、弱いもの。殊に、立派な御方の前へ出ると、普段はシャンとしているつもりでも、意気地なく、崩れてしまうものでございます」

「………」

「愚かな男には、どのように、強く拒むことも出来ますが、すぐれた男には、他愛なく負かされてしまいます。それが、女の正体ではございますまいか。長野さまなら、きっとわかって戴けると存じたのでございますが」

主馬は、その言葉に、いきなり、眉間《みけん》を弾かれたような気がした。たか女が、主馬に一旦許しておきながら、月余ののち、直弼の寵にも甘えた秘密が、今の一言で、サラサラと解決できるではないか。

いつか、たか女は、栗の木蔭をはなれ、主馬に寄り添った。主馬のほうからも、数歩を彼女の傍《かたわ》らへ近づけたのかも知れぬ。

——伊吹山は、その裾野の七分を、漂う薄闇の中に没した。

たか女は主馬の袖をとらえて、

「明朝早く、伊勢へお立ちの由。いつお帰りでございますか」

「いつとも定めぬ旅じゃ。このまゝ、二度と近江へは帰らぬかも知れぬ」

「では、今宵がお別れでございますね」

「左様」

「たかを打棄てて、お立退きとは、あまりと云えば、つれない御仕打ち。私も、あとから、追いかけますぞえ」

「何を云わるゝのか。宮前には妻の実家もあり、御身にやって来られては、甚だ迷惑な」

「埋木舎からお暇が出た上に、長野様にまで嫌われては、たかはどうなるのでございます。是が非でも、伊勢まで、見え隠れに、お供いたします」

「無体なことを仰しゃるな」

「無体なは、御身様ではありませぬか。ほんとうは多紀さまがおいとしいのに、私を偽って……。そのあげ句、このような、つらい目にあわされました」

たか女は、袖で面を覆うて、よゝと泣いた。

主馬は、いつぞや、湖の畔りで、直弼の意中を聞いたときから、自分も亦、二度とたか女に心を許すまいと決心していた。直弼が立派に身を退いたのをいゝことにして、更にたか女と情痴の夢をくりかえすのは、直弼に対して甚だ申訳がないと思った。

たか女が、会いに来ても、会うまい。

たか女に何か云われても、答えまい。

どんなに泣かれても、心を動かすまい。

然るに、実際にたか女があらわれたとき、主馬の決意は、悉く、崩れ去ったのである。

会いもしたし、話も交わした。その上、今、こうして泣きつかれると、主馬の心には、異様な動揺が起る。

「長野様。あなたが、たとえ、別れると仰せられても、たかは決して、この御袖を放しませぬ」

「迷惑至極な――お放しなさい」

「いやでございます。いやでございます」

「お放しなされというに――」

「伊勢まで行きます。伊勢まで」

と、子供が駄々をこねるように、男の袖を振る時、ビリビリと、袖口のほころびる音がした。

「あれ。粗相して、多紀さまに叱られますわいな」

さっきは泣いていた女の顔に、今は、無邪気な程の、明るい微笑が昇ってくる。

「それでは一体、どうしたらよろしいのだ」

と、流石の主馬も甲《かぶと》をぬぐ外はなかった。

「今宵、お別れ際の、せめて一ト時の逢瀬を許して下さりませ」

「どこへ行こうと云わるゝのじゃ」

「どこへでも……」

破れた袖を、尚もたかは、堅く堅くつかんでいる。

たか女の云うまゝに、主馬は雑木のまばらな山裾の道を上って行った。

何分、志賀谷は、不便な貧しい村落であるから、この一ト時の逢瀬を楽しむに都合のいゝ料亭などのあろう由もない。さりとて、匹夫野人の如く、叢《くさむら》の中に没して、愛の囁きを交わすというわけにも行かない。

「どこまで行くのじゃ」

主馬は、どうやら、不気味な気もするのである。このまゝ、山深き谷間に連れて行かれて、思いもよらぬ相手に飛出されないものでもない。

「もう暫く、御辛抱下さいませ」

「このような細い径《みち》を、よく御存じだな」

それに、夜が迫ってくる。

ものの六町も上ったとき、主馬は目前に、古びた大きな山門のあるのが見えた。

「寺か？」

「はい」

「大分、荒れ果てて居る」

「以前は、磐若院の別院でございましたが、今は、誰一人、住む者もありませぬ。月に一度、多賀神社の社僧が、見廻りに参るだけでございます」

「山賊共が、巣喰うているようなことはないかな」

何しろ、武士のくせに、竹光をさしている位だから、主馬は至って臆病である。彼は恐る恐る、寺の本堂へ上って、ソッと奥を覗いた。たか女は背ろから、

「大丈夫でございますよ。誰も居りません」

「いやはや、蜘蛛《くも》の巣だらけじゃ」

「ホホホホ」

それでも本堂には、畳べりが敷いてあった。かえり見ると、戸外はもうまっ暗だった。

「これで、やっと、気がすみました」

と、彼女は云った。

「どうして？」

「あんなに御機嫌の悪かった御身様を、とにかくにも、この古寺まで、お連れ申したのですもの」

「矢張り、そなたの魅力であろうよ」

「アレ、月が出ました」

「十六夜《いざよい》か」

「いゝえ、今宵は立待《たちまち》の月でございましょう」

「源氏物語の夕顔の巻は、八月十五夜の月であったな」

「ほんに、夕顔は、光源氏に誘われて、この御寺のような荒れ果てた別業《べつぎょう》に、辿《たど》りつい

たのでございますなア」

「あれは、ほのぼのと白《しら》みかゝる頃であったな」

「〝いさよふ月に、ゆくりなくあくがれむことを、女は思ひやすらひ、とかく宣ふ程に、俄かに雲がくれて、明け行く空いとをかし〟あの一段は、殊に鮮かな行文で、幾度読み返しても飽きませせぬ――」

たか女は、ツと立上ると、本堂の欄にさがった古めかしい御簾《みす》を、堂の境の太い柱につるし直した。

「御身の案内するところは、いつも、けうとい場所のみじゃ。いつぞやも、金亀楼《こんきろう》の折檻部屋だし、今宵は又、狐狸か山賊の出入りするような古寺ではないか」

主馬は、四方を見廻して云った。

「伊勢物語」なる本に、

「昔、男ありけり」

という書出しで、その男が、事情があって会うことの出来なくなっていた女の許へ、何年かぶりで、夜這いしたが、女と首尾を合わせ、うまく盗み出して、真暗な夜道を逃げてくるうち、摂津《せっつ》の芥川をわたる頃、雷が鳴り、雨も強く降ってきた。男は已むを得ず、傍らのあばらな蔵を押しあけ、鬼の住む所とも知らずに女を奥へ押入れて、自分は、弓、胡《やな》籙《ぐい》を背負って、蔵の口に控えていた。はや、夜の明けるのも間もなしと待つうちに、鬼が

出て、女を一口に食ってしまった。女は、

「アレー」

と、悲鳴をあげたが、雷鳴に妨げられて、男の耳には入らなかった。

漸く、夜の明け行くに、蔵の中へ入って見れば、鬼に食われた女の姿は跡かたもない。男は、地団太を踏み、男泣きに泣きわめいたが、はやどうなるものでもなかったという話がある。有名な、鬼一口の段である。

主馬は、夕顔の巻の連想から、更に進んで、鬼一口の話を、思い出した。この話の主人公は、明かに、在五中将業平《なりひら》であり、女は業平の愛を得た艶麗な美人だったに違いない。雷鳴強雨の夜、蔵の中で知らぬ間に、鬼に愛人を食われてしまった業平の苦痛と絶望感は、この短い寸話の中に、躍如として伺える。

然し、今宵の主馬は、むしろ、主客顚倒《てんとう》である。たか女の手引きで、この古寺へ押しこめられ、鬼に食われるのは、女でなくて、男なる主馬自身のような気がしてくる。

ゴトリと、奥で不気味な音がした。

「何の音でござる？」

と、主馬は、耳を聳《そばだ》てずにはいられない。

「鼠が、台の上を走る拍子に、鉢でもおとしたのでございましょう」

「それなら、いゝが――」

「せっかく、久しぶりに、二人ッきりになったのに、なぜ、おぬしはそのように、戦《おのの》いてのみいらッしゃいます？」

たか女は、そう云うなり、胸をすり寄せてきた。

「これが当分のお別れではありませぬか」

「いつ又、会うとも知れぬわ……」

「されば、今少し、たかとも名残りを惜しんで下さりませ」

と甘えていう時、主馬は、たか女を強く抱き寄せていた。

夜目にも白い女のうなじを腕にまき、思うさま、口を吸った。すると、堰《せき》を切って流れるような女の陶酔が、その舌の元から、主馬の全身に、伝わってきた。

うす雪の竹

天保十三年閏《うるう》九月十三日。さしも天下を掌中に握った水野越前守が、突如、罷免《ひめん》された。

まことに有為《うい》転変の現実である。水野が、将軍家慶から、政治改革の功を賞すとして、太刀二口及び麾《さいはい》を拝領したのは、解任の僅か三ヵ月前であった。殊に、御麾は家慶の持料であったから、将軍に代って、庶政を司り、百官を統制せよという含みである。それほどの信任を受けながら、風雲逆行すれば、忽ち、失脚の悲運に際会すること、昔も今も、少しも変らない。

直弼は、それを彦根に於て、直ちに聞知した。大体、彼の予感は的中したのである。水野の改革は、厳格に失して、人心をとうに離脱していると睨《にら》んだ通りの結果となった。が、それにしても、あまりに慌《あわただ》しい。まさか、こんなに急とは思わなかったのだ。

然るに、水野自身は、既に、この事あるを承知してか、幕府からは、九月一日から十三日まで、風邪寒熱と称して、一日も登城して居らない。そこで、「明十三日、麻上下にて登城の事」という呼出状が来たが、それでも、癪気と断って不参すると、堀出雲守を通じて、「御勝手取扱いの義、不行届有り」との一片の理由だけで、あッさり、免職となったのだそうだ。

ところが、今までは、水野と云えば、泣く子も黙る程の権勢の権化であった人が、一旦、その地位を去ったとなると、勃然《ぼつぜん》として反動の波浪がおこるのは、当然で、その夜五つの刻、西丸下の水野の官邸には、和田倉門馬場先門などから、陸続として入りこんだ数千の町人武士がこぞって鯨波《とき》の声をあげ、しきりに、石つぶてが投じられたという話だ。

その上に、

○　金の麾
○　金銀打まぜの葵《あおい》御紋入り御兜《かぶと》
○　猩《しょう》々《じょう》緋陣羽織
○　脇差一口

等が没収となったばかりでなく、その政令法令は、他人にのみ厳重であって、自分は、毎晩、屋敷の中で、三味線をひかせていたことや、七万石高で、妾《めかけ》を十二人も召抱えたことや、下総印旛沼《しもうさいんば》掘割工事御手伝《てつだい》の大名へ渡す可き八十万両を、いつのまにか着服していたことなどが、悉《ことごと》く、暴露してしまったのである。


久しぶりに犬塚外記が、埋木舎へ伺候して、

「殿。これで、どうやら讐《かたき》が、とれました」

と云って破顔した。兄直亮が、忠邦によって、巧妙に大老職から左遷されたことの報復を云うつもりなのである。更に語を継いで、

「時代の急流は、今こそ、殿の足下へ、渦紋をなして、流れ来ようとして居りまするぞ。藩公に代って、台閣に上らるゝ日が、刻一刻と、迫っている。それを思うと、拙老も未だうかつには死ねませぬ」

やがて主従は、食膳に向い合った。

「極めて粗肴だが、遠慮なく、食べて貰いたい」と、直弼は、先ず盃をさした。

埋木舎の経済は、僅か三百苞の捨扶持によって成立っているのだから、正直な話、贅沢などの出来る筈もない。食膳に出るものも、平生から、随分お粗末だから、彼が粗肴と云っても、特に修辞ではない。時には、一汁一菜のこともある。

外記は、それを聞くと、直弼が気の毒でならなかった。

文化文政度の彦根役人帳に拠《よ》ると、

○木俣土佐　一万石
○庵原《いはら》幹之助　五千石
○長野伝蔵　四千石
○西郷軍之助　三千五百石

という順で、犬塚外記さえ千二百石、岡本半介が千石を貰っている。直弼の生活は、家来であるこの連中に、遙《はる》か及ばないのだ。

外記は、直弼が、今以て正室を迎えようとしないのを、経済的な理由に依《よ》るのだろうと推察している。で、盃を返してから、

「殿――何故に、奥方をお迎えにはなりませぬ」

「これは又、唐突な――」

「爺々の直言にて恐れ入りますが、実は、村山たかなる女を、御出入差とめののちは、夜の伽《とぎ》に上る者とてないとの由。さぞ、御不自由と、万々、お察し致して居るのでございま

す」

「ははは。これはお爺さんには、似合わしからぬ同情というものじゃ。女が無うてもこの通り、直弼は元気じゃ」

去年から見ると、直弼は更に一段と、堂々たる体軀《たいく》を備えてきた。精力も亦、横溢《おういつ》する如くである。

「そこで、愚老の思案いたしました処ですが、せめて、お志津様でも、お呼び戻しあそばしては、如何なものか」

「志津は、私を嫌うて、宿へ下がった女じゃ。今更ら、覆水は元に戻らぬ」

「ではござりましょうが、何も殿様を嫌う由もない。寧ろ、殿様に惚れすぎて、たか女のことを嫉妬したのでござりましょう」

と、外記なればこそ、云える率直さで、追求する。

「余人にあらぬお爺さんの執成しだが、直弼、当分はこのまゝで居たい。若し、志津に、丁度いい相手が見つかったら、嫁に行くよう、勧めてくれ」

外記もそこまで云われては、二の矢がつげない。やはり、殿は別れた女の幻を追っているのではあるまいかと、危ぶんだ。

佐登が、お銚子を取替えて、持ってきた。久しく見ぬ間に、大分、成長したのが、外記にもわかる。が、まだ、至って初々しい。

「姿なき女が、未だ、殿の御意中を領しているのではござるまいな」

——そういう外記は、さっきからの佐登の酌で、かなり酩酊《めいてい》している。

「姿なき女？」

「左様でござる。殿がお好きな白氏の詩に、唐の玄宗皇帝は、死せる楊妃を想うて、蓬萊《ほうらい》島に、太真を尋ねさせるではございませんか。又、紫式部が描く物語にも、桐壺の御門は、寵幸し給う一更衣の死を嘆くあまり、朝餉《あさがれい》もきこし召さぬとあるではありませんか。姿なき女人に、心を奪わるゝは、今までに、ためしのないことではありませぬ」

「お爺さんも、古事にはなかなか詳しいのう。その通り、死して海上の仙山に、生まれ替った太真は、生きている時の楊妃より美しいもののようじゃ。雪膚《せっぷ》花貌《かぼう》玲瓏《れいろう》たる美人が、衣をかゝげ、枕を推し、花冠を整えずして、堂を下り来る光景は、却てなまなましい色情をよびさます。

　玉容寂寞
　涙闌《らんかん》干
　梨花一枝
　春は雨を帯びたり……」

——直弼は、その詩の一齣を詠《よ》んでから、

「皇帝に別れた女も亦、泣いている」

と云った。

佐登は、それを聞くと、胸が焦げるような気がした。

自分の想像があたったからである。佐登は、今でも直弼が、たか女を愛しているに違いないと思っていた。

四五日前。老女とめが、黒門橋の袂で、ボンヤリ、たか女が立っているのを見たと云って帰ってきたときも、佐登は、ドキッとさせられたものだ。

（たか女は、まだ、お邸のまわりを、そこはかとなく彷徨しているに違いない）

然し、佐登は、再び、たか女に会いたいとは思わなかった。とめの語るところでは、淋《さび》しそうな顔はしているが、容色はますます、あでやかであるそうな。着るものも、履くものも、以前に劣らず、贅を尽してあったともいう。

（誰が、みつぐのであろう）

佐登には、解し難かった。やはり、生き形見の撥があるので、因縁の糸が切れないのではないか、とも考えた。

（殿様のお胸にも、それが、こたえるのではないか。女の、根強い一念が――）

――やがて、外記が云った。

「万一にも、殿に、そのような御懸念があっては成りませぬ。姿なき女などは、生霊にしても死霊にしても、いさぎよく払い捨て、新生面を求められてこそ、天下の大器となられる御運勢が拓けて参るのでございましょう」

外記が退下してから、直弼は佐登を伴って、澍露軒《じゅろけん》へ入った。

「今宵は、そちのお点前《てまえ》で、一服、戴こう」

と、彼は、云った。

佐登は、かしこまって、一旦、茶室を出たが、やがて茶立口から、右手に棗《なつめ》、左手に、湖東焼の白い茶碗をもち、静かに入って来た。

伽羅《きゃら》が香っている。

佐登は、釜の前へ坐って、居前を正した。右手で茶碗の右前を取り、左横を左手へうつし、更に、右手で右横をもちかえて、膝前少し向う寄りにおく。それから、棗を取って、茶碗と膝の中間においた。

ビシ——

帛紗《ふくさ》をさばく。ついで、棗を拭き、更に、帛紗をさばいて、茶杓をふく。

それから、茶筅《ちゃせん》を取って、棗の右側へおき、右手で帛紗の端《はし》をもって左手の食指と中指の間にはさみ、柄杓《ひしゃく》を取って、三段にかまえ、帛紗で、釜の蓋を取る。

静謐《せいひつ》が一室を領している。

佐登は、緊張のあまり、柄杓取る手がふるえそうである。その指先きへ直弼の視線が、ジイッと注がれているので、尚更、たまらない。

白い、やわらかい指先きが動いて、サラサラ、サラサラ、茶を点てる音がする。

やがて、茶筅湯仕《ちゃせんとうじ》。ついで、切柄杓《きりびしゃく》。

直弼は久しぶりに見る佐登の点前が、めきめきと美しく上達しているのに、驚いた。

白い、やわらかい指先きが動いて、サラサラ、サラサラ、茶を点てる音がする。

やがて、茶碗が直弼の前へ出された。

取って、廻して、一口、のんだとき、

「服《ふく》加減、いかゞにございます？」

と、佐登がきいた。

「結構なる服加減――大分、手が進んだではないか」

「恐れ入ります。重ねて、御一服は？」

「では、もう一服、戴こうか」

直弼が茶碗を返すと、佐登はそれを右手で取って、膝前へおき、湯を汲《く》み入れて、置柄杓をした。

「たか女が、黒門橋のあたりを徘徊いたし居るとか。そちは聞いているか」

佐登は、突然の言葉に、ドキンとすると、手もとが乱れ、危く、柄杓が流れるところであった。

「不調法を致しました」

と、佐登は頭をさげた。

「若し、たか女が訪れるようなことがあっても、玄関より中へは、決して通すまいぞ。いかように弁ずるとも、聞き入れることは出来ない。そのつもりで、よく、さとしきかしたる上、二度と、このあたりを彷徨致さぬよう、申しつけなさい」

「はい」

佐登は、然しすぐ茶筅を取らず、暫し心の静まるのを待つかのようであった。

その夜——

直弼は、いつまでも奥書院にいて、書見した。彼の座右には、

○林子平の海国兵談

○高野長英の夢物語

○渡辺崋山の慎機論と鴃舌小記

○佐久間象山の望岳賦

などが置いてある。

こゝ一年ほどの間に、彼の読書傾向が変ってきたことが察しられる。実朝の「金槐集」や西行の「山家集」に心酔したのは、もはや過去のことである。

これらの先覚者は何《いず》れも、衆に先んじて憂うるが故に、世に容れられなかった悲劇の主

人公である。子平は、筆禍を以て禁錮の厄に遭い、長英、崋山は縛《ばく》に就《つ》いた。そのうち、崋山は、当時、屈指の画家ではあり、知己交友も多かったので、その雪冤運動が相当に起ったものの、新しい知識を、そのまゝ、世を迷わす妄言としてしか理解出来なかった為政者の無智のために、自刃して、その生涯を閉じた。

象山に就いては、殊に直弼が興味と関心を寄せている男だ。機会さえあれば、一度、面談して見たいとまで思っている。江戸伝馬町の大牢に入っている長英とも、親しく会って話が聴きたい。それにしても、長英や崋山のような有識者を弾圧したり投獄したりする幕府役人の頭の低さは、直弼にとっても、苦々しい限りである。

直弼が、こうして書見している間は、佐登は、寝てしまうわけにはいかない。もっとも、御寝所に床はのべてあるから、これという用事が残っているわけではない。

秋も終りに近いので、虫の音も、衰えている。

ソロソロ、燈芯のなくなる頃だから、と新しいのを用意していると、庭のほうに、誰やらん、歩くけはいが感じられた。

「もしや……」

佐登は、胸を波立たせた。

黒門口を彷徨していたというたか女が、思いあまって、庭先きへ忍び入ったのではないか。そう思うと、手にしたものをうち棄てて、急いで雨戸を繰った。深夜である。

塗下駄を履き、雪洞《ぼんぼり》を手に、佐登は庭に下り立った。

が、庭には、誰も見えない。

中庭から、表門の傍まで歩を運んだ。イブキのいる馬房も、あらためた。別段、変化はない。

（やはり、自分の空耳であったのか）

佐登は、うすものの肌へしみ通る秋冷えに、思わず、身を顫《ふる》わした。再び、部屋へ上る。——燈芯を代えに、奥書院へ入って行くと、直弼は書を読みさしたまゝ、

「そちは、今、庭へ下りたが、何ンぞ怪しの物音でも致したか」

と、訊いた。

「何やら、雨戸の外に、人のけはいが致しましたので、お庭のうちを、あらためました」

と、佐登は答えた。

「人のけはい？」

卦算《けさん》を置き、直弼は暫し、耳を凝らすかのようであった。

「男か？　または女か？」

「女の、忍ぶ足音と聞えたのでございますが、お庭先きには、猫一匹も見えませず、所詮は、空耳でございました」

「女性《にょしょう》の身で、深夜に庭内をあらたむるとは、そちも心胆の強い性《さが》ではあるぞ。武芸の

心得はあるか」

「少しばかり、手裏剣《しゅりけん》の稽古を致したのみでございます」

「それは、何より、心強いな」

「御笑談を仰せられますな。殿の居合抜きは、藩士の誰一人、及びもつかぬ秘術と承って居ります」

直弼は、それには答えず、再び、象山の望岳賦を読み出した。こうして、時に、早朝まで、余念なく、読みふけることがある。

「そちは休め――」

と、彼は云った。

「はい。殿様は、まだ、御寝《ぎょし》あそばさぬのでございますか」

「そちが休めば、私も寝る」

「あまり、精をお出しなされてはお身の毒でございます」

「よし、よし」

「殿様がお目ざめのうちは、私も休めませぬ」

「なぜか？」

「御用を欠くは、わが身の咎《とが》と存じます」

「堅いのう。もはや、用はない。安心して休め――」

「はい」

「そちが毎晩、私より先きには休まぬを、よく存じて居るぞ」

「恐れ入ります」

「昼間もよく働く。その上、夜までも不寝番では、たまるまい。私は、昼間、居眠ることもあるが、そちはそれも叶わぬ。夜通し、私との根競べは無用に致せ」

そう云われて、然し、佐登は淋しかった。佐登は、直弼に、もっともっと、命じて貰いたいのである。どんな御用にも耐えて行きたい。佐登は、直弼が、

「飛べ」

というなら、二階からでも、飛び下りる気持で居る。

それなのに、お志津様が居た時より、却て直弼は他人行儀なことがある。あの頃は、よく、腰を揉めの、足をさすれのと仰有ったし、時には、赤い顔をするような面白い笑談さえ聞かされたものである。

仕方なく、佐登は座を下がった。——夜はすでに、四更をすぎる頃だ。

弘化三年一月。

直弼は三十二歳の春を迎えたが、折しも世子直元の死が、江戸表からの早飛脚を以て、知らされた。

彦根城下は、喪に服したが、笹の間詰の老職たちの往来は、俄かに活気を呈した。

埋木舎へも、朝から訪客がつめかけていたが、直弼は不例と云って、面談を避けた。いつも、訪ねてきたこともない中老や用人などまで、直弼に会おうとしている。

外記だけが、側へ通された。

「殿――御世子の逝去は、もとより愁嘆の極みではござるが、殿にとっては、まさしく、時節到来でございまするぞ。就きましては、時を移さず、江戸表へ御出向きなされては、いかゞでございましょう」

「お爺さん。それは所謂《いわゆる》時期尚早じゃよ」

と直弼は取合わない。

「何を以てでございますか――」

「藩公の御所存も伺わずに、江戸表などへ参って、人に何やら、物欲しげに見らるゝは、いかにも智慧がなかろう」

「然し、先年、藩公には、世子直しさえお考えになったのではありませぬか」

「私は、平に御ことわり申上げた」

「こんどは、御ことわり出来ませぬぞ」

「なぜか？　不肖、大藩を治むべき器とは思いもよらぬよ」

「大藩どころか、天下を治むべき大老職が、殿の出馬を待って居ります。既に、弘化元年には、和蘭軍艦パレンバンが長崎へ来たり、つゞいて昨年は、英国船が琉球に来て、貿易を強要して居ります。然るに沿海の兵備は、頗《すこぶ》る物足りませぬ。こんなことをして居ては、今に、取りかえしのつかぬことが惹起されましょう」

「お爺さんは、いつのまに、攘夷党になったのだ」

「いいえ、攘夷党というわけではございませんが――」

「私は、攘夷などということは、曾《かつ》て考えたこともない。若し、わが沿海に、貿易を望んで、外国船が来航するなら、彼を迎えて、こちらも市場を開けばよいではないか。彼の持つものを受け取り、我の有するものを与えれば、それで交易の目的は達しられる。何ンの不安も紛糾《ふんきゅう》もないではないか」

「その御所存こそ、爺々の申した如く、殿の御出馬が、天下に求められている所以《ゆえん》でございまする」

「天下、天下と申すなよ。天下はまだ、渺《びょう》たる直弼などの存在などに、目をつけて居らぬではないか。力瘤《こぶ》を入れているのは、おぬし一人よ」

と直弼は大いに笑った。

然るに、彦根城中笹の間詰の老職の間には、直弼を支持する者、せざる者、相半ばした。

日頃から、直弼を蔑視していた者は、今や、直弼が世子となり、次いでは直亮の跡を襲って藩公となる暁は、自分らの地位が危いという心配がある。

殊に岡本半介は、反直弼派の頭目であるから、この世子問題には、大いに反対の気勢をあげた。

木俣とか庵原《いはら》とかいう重職たちは、続々、早駕籠で江戸へ召された。岡本も直ちに出府して、藩公の諮問に答えた。

岡本たちの所存では、まだ幼いが、直元の妾腹の子を世子に立て、成人するのを待って、家督を譲ればいゝという建前である。直亮も、些《いささ》かならず、心が動いた風であった。

反対派の意見をまとめて見ると、直弼という人物は、他国者の浪人や一癖ある医師などを語らって、直孝公以来の藩風を重んずるところが浅い。三十二歳に至るまで、正室を迎えようとしないのも、おかしい。藩公が、松平紀伊守の息女を正室にしてはと仰せられても、頑として承引がなかったのは、藩公に対して、不穏の所思というものである。その他、出入りの者とては、左官、大工、坊主などに厚く、藩士の訪問に対しては、甚だ、冷淡なのも、含むところがあるのではないか。就中《なかんずく》、生国不明の長野主馬という貧乏浪士がくっついているのが、何よりも不明朗な感じを与える。

岡本は、それを躍起となって主張したが、それだけでは心配なので、腹心の勝又十四郎を呼んで、

「直ちに彦根へ罷《まか》り越し、埋木舎の主《あるじ》殿の身辺を密偵せい。直元殿御他界を機とし、伝

統ある井伊家の御系譜を紊《みだ》るが如き御所存を洩らし給わば、即刻、証人をあげ、詳しく上申致すよう。又、確たる証人もなく、御所行目にある時は……」

と、云いかけて、流石《さすが》に、その先きを口にすることは憚られたが、岡本は、たゞ、刀の柄を一ッ、揺すぶって見せた。

勝又は、かつて女のことで、相手の若侍を暗殺したことがある。それを岡本に助けられているので、岡本の命令なら、どんなことでも、嫌とは言えない事情にあった。

それに一度、成功しているので、暗殺の面白味も知っている。然し、こんどは、藩公の令弟で、しかも、居合抜きの名人ときているから、実際は勝又には、荷が重すぎるのであった。

「若し、仕損じました節は、その場を去らず、割腹して相果て、御迷惑は掛けませぬ」

と、彼は立派な口をきき、一夜の猶予もなり難いので、その日、夕さり、江戸を出立した。

人の噂も七十五日で、一時は、

「狐──狐」

と云いふらされたたか女も、またこの頃は、袋町の遊廓へ三味線を教えに通っている。

それに、金亀楼《こんきろう》のお職女郎雪野太夫が、今は押しも押されもしない袋町きっての全盛を誇っているのだから、勢い、たか女も、肩身のせまい思いをしないですむようになったのである。

その道の通人に云わせると、雪野太夫ほどの傾城《けいせい》は、江戸の吉原、京の島原、大阪の新町にも、滅多に居ないと云う程で、この頃では、江戸大阪の道中には必ず、彦根に寄って、雪野太夫を揚げてみたいという物好きまで出てきた。また、噂を聞いて、京大阪から、わざわざ一夜の遊びに通う客もある。

それで、長持がふえ、蒲団部屋もせまい位になった。

夜具にしても、去年あたりまでは表緞子《どんす》に、裏は浅黄縮緬だったのが、表は甲斐絹《かいき》、裏は紋縮緬を使うようになるし、手箪笥《だんす》や衣裳籠や枕箱は、みな、丸沢瀉《おもだか》の定紋のついた誂《あつら》えものばかりである。雪野太夫は、どちらかというと、小柄のほうだから、道中するにも表付、廻り総金蒔絵三枚歯の下駄をはき、帯は胸高、立兵庫には、べっ甲の櫛《くし》、笄《こうがい》を何本もきらびやかに差し交わし、眠っているのかと思うほど、静かに位《くらい》を取って、からくり人形のように、静かに歩くので、雪野太夫の道中と云うと、女子供まで、飛出して見物する程であった。

――この日、夕暮に登楼した一人の武士が、どうしても、雪野太夫に会わせろと云って、承知しない。太夫は丁度、長浜の問屋筋の若隠居で、古くからの馴染客が来て、三日ほど、居続けをしていた。

やり手のお鈴は、

「お武家さま。生憎《あいにく》と、太夫は揚げ詰の、古いお馴染さんが来ておいで故、二三日前に太夫あがりをした若路さんという別嬪《べっぴん》さんでは、いかゞでございますね」

と、しきりにすゝめるが、武士は、いっかな承引しない。

「太夫あがりの端《はし》傾城が、この俺の相手になると思うか」

やゝもすると、大声を上げる。太夫あがりというのは、天神《てんじん》の位から出世して、太夫に昇進したばかりの傾城のことを云う。その反対に、太夫をつとめた者でも、段々に全盛を通せなくなると、已むを得ず、天神に落ちる者もあって、このときは、太夫おろしと呼ぶことになっている。

「いくら、馴染客の揚げ詰でも、半刻《とき》一刻の座敷をつとめぬという法があるのか」

と武士があくまで粘るので、流石のお鈴も、もてあましたか、雪野太夫の部屋へ、ソッと呼び出しに来た。

――時は五ッ半。外は薄雪が降り出した。

やり手のお鈴は、雪野を梯子段の口まで連れ出して、囁いた。

「太夫さん。どうも困ったことになりましたよ。ほんの、ちょっとでいゝから、裏二階の梅の間へ来ては下さらぬか。若路さんでは、不足だといって、お武士《さむらい》がどうしても承知しないンですから」

「それじゃア、長浜のお客さんは大層、三味がお好きだから、おたかさんにお相手をして貰って、その間に、ちょっと、会いましょうわいな」

「おゝ、ありがたや。ありがたや。これでやっと、咽喉《のど》の痞《つかえ》が下りましたよ」

「でも、会うだけですよ」

と、雪野は念を押す。

「へい、へい。会って下さるだけでも、恩の字。お武士も、そこまで、無理は仰有りますまい」

「では、おたかさんに頼んでみましょう」

雪野は、裲襠《うちかけ》の裾をかいどって、その部屋の三の間に当る化粧部屋へ入って行った。

たか女は、つれづれと見えて、八文字舎本《はちもんじやぼん》を繙《ひもと》いていた。雪野がその話をすると、二つ返事で引きうけて呉れた。

すぐ、三味線をもち、長浜の客のいる部屋の障子をあけて入った。

「太夫さんからのお云いつけで、暫時、お相手をするようにとのこと。何をお弾きしましょうか」

長浜の客は、友禅縮緬の蒲団をかけた置炬燵《ごたつ》に手を入れていたが、すぐたか女と知って、

「これは、かねがね、御意得たいと思って居ましたに、又とない機会と申すもの。さっそ

くながら、端唄《はうた》の音締を――」

「はい」

たか女は、絃《げん》の調子を合わせ、「我がものと」を唄って弾いた。

〽わがものと
思《アイ》へば軽《かろ》き傘の雪
恋《アイ》の重荷を肩にかけ
妹《アイ》がり行けば冬の夜の川風寒く千鳥啼《な》く
待《アイ》つ身につらき置炬燵、実にやる瀬がないわいな

「いや、堪能、々々」

と客は目を細くして喜んだ。

ついで、三下りを一曲、客も亦嗄《しわが》れ声をはって、「書きおくる」と、「腹の立つとき」を唄った。――雪野が、なかなか、戻って来ないので、たか女は少し心配になった。長浜の客も、機嫌よく、たか女に跋《ばつ》を合わせてはいるが、内心雲隠れした太夫のことが、気になっているに相違ない。

――たか女が、弾く手をやめ、三味線を膝からおとすと、客が盃をさした。

たか女は、立って、窓の外の薄雪を眺めた。まだ、積るとまではいかないが、チラチラ、チラチラ、糸のような小雪が、舞っている。

「太夫さんは、どうなされたのでございましょうな。ちと、様子を見て参じましょうか」

長浜の客は、盃を運びながら、

「何に、廓で太夫を待つは、当り前のこと。江戸では、華魁《おいらん》はみんな廻しを取るから、朝まで待たされることもありますよ」

「廻しとは、何ンでございまする」

「一晩の中に、何人でも、客を取り、部屋々々を廻って歩くので、そう云います」

「いやでございますね」

「上方では、太夫は廻しを取らないから、品があって、いゝという人もあれば、女郎が廻しを取るので、女郎買いは一層面白いという通も居りますよ」

「どういうわけでございましょう」

「華魁が外の客に抱かれている間の、気のもめるのが、何ンとも云えないと云うンでしょう。腕のいゝ華魁は、廻しを取りながらも、実のあるところを見せます。それで、客は、嘘と知りながらも、達《たて》を引いて貰ったと喜びます。惚れてる華魁が、廻しを取って戻ってくるのを、ジッと待っている心意気は、いっそ、ありがたいもんです」

「男心なンて、そんなものでございますかねえ――」

「その代り、又、上方の太夫のように、一夜妻の心得で客に出る味も、格別ですね。気の荒い江戸の華魁にはない、女のやさしみが出て居りますね。その客に買われた限り、ほかのことは頭から追い出して、まごころで勤めるというのが、こちらの太夫のやり方でしょう」

「どちらが、お心にかないますか」

「サア。どちらも、それぞれに、捨て難い風情があると云いましょうか」

「時代が段々けわしい相を帯びて来ますと、そうした廓の情調も、追々なくなって参りますねえ」

「ほんに、その通りです。この間、新町でも、廓の中で、浪士が大勢、斬られたと云うことですし、物騒な話ばかり聞かされて、臆病者は腰が抜けますわ。袋町は、まだ、何ンと云っても、静かなほうです」

と語るうち、限りの太鼓の鳴る音がした。

この太鼓を以て、廓中は行燈の数を減らし、大戸を立て、茶屋の鳴物を止め、ぞめきの嫖客《ひょうかく》たちは、みな退散しなければならなかった。

「おや、太鼓が鳴りました。太夫さんを呼んで参りましょう」

そういって、たか女は、すっかり暗くなった廊下へ出た。梅の間ときいているので、その障子の外まで行き、ソッと雪野の名を呼んだ。

障子の中は、ほの暗く、六枚屛風を立て廻した影がうつっている。

「雪野さん――」

と、もういちどたか女が呼んだ。そして、暫く、廊下に佇《たたず》んでいると、やがて屛風のはしが動いて、立兵庫の影絵が、朧ろにあらわれる。

障子があいた。

「もし……」

「あい」

「長浜のお客さんが、お待ち兼ねでございますよ」

「大きに、お世話さんでしたなア。ちょっと待ってて下さいよ」

と、雪野は又、屛風の中へ入ったが、まもなく、裲襠《うちかけ》を着て、廊下のほうへ出てくるなり、たか女の手を引っぱるようにして、灯の消えた突当りの納戸部屋の板戸をあけた。

「あのなア――梅の間のお武家の客が、どうやら、曰《いわ》くのありそうな口ぶり故、今までかゝってしまいましたのさ」

「曰くとは？」

「埋木舎の様子が聞きたいと仰有ってじゃ。金亀楼《こんきろう》には、村山たかとて、直弼様の寵を得た女子が、三味の師匠をしているとか。その者こそ、埋木舎の間取りにも精通の筈。村山に、詳しゅう聞いてたもれ、などと執拗に云われるので、只事とは思われませぬ――」

それだけ聞くうちにも、たか女は、その侍客の目的が何ンであるかを、大体に於て、推察した。

世子直元の死は、廓でも三日間の歌舞音曲の停止があった程だから、誰知らぬ者とてない。そして、直弼の世子昇格は、一般の下馬評《げばひょう》である。同時に、それを妨害しようとする運動が、密々に進められていることも、すでに、風聞されている。

「その御武家は、きっと、刺客に相違ありませぬ」

と、たか女は言った。そして雪野の耳近く、

「人相は？」

「目の鋭い、捕方衆によくある顔つきでござンした」

「そのほかの手がかりは？」

「明晩は、又、江戸へ早駕籠で立たねばならぬ。今宵限りの逢瀬じゃと、しきりに、それをくり返し申されてじゃ。いやと云えば、殺されるかと思いました。死を決している人の口説《くぜつ》とも見えました」

「まだ、起きているのでしょうか」

「今しがた、眠りに落ちたようでござンした――それでソッと、忍び出てきましたのさ」

「顔を見に、行きましょう」

「危いこと。滅相な」

と、雪野はとめたが、たか女は振切るようにして、

「直弼様の御大事じゃ。捨てては置けませぬ」

音も立てず、障子をあけ、たか女は梅の間へすべり入った。

褄をかいどり、六枚屛風の影を廻って、ソッと中の床を覗きこむとき、寝ている客は、カッと片眼をひらいた。

「誰だ」

と、叫ぶ。

「燈芯を代えに参った仲居でございます」

「左様か──」

武士はそれで安心したのか、再び頭を枕につけたが、

「仲居にしては、ても美しい女子じゃな。ついでに腰でも揉まっしゃい」

「御笑談を──太夫さんに叱られますわいな」

「太夫には揚げ詰の客がへばりついていて、拙者は、お預けの待ち呆けじゃ」

「達引いて、今にきっと、見えますわいな」

「こいつ、口のうまい仲居奴──もそっと寄れ。愛《う》い顔見せい」

と、挑みかゝるのを、ふり払うようにして、屛風の外へ出た。またゝく燈の影の一瞥《いちべつ》で

はあるが、武士の顔の印象は、はっきりと脳裡に刻んだ。

　目の鋭い、捕方衆にでもよくある顔と、太夫の云った形容は、あたらずとも遠からぬ。眉間のせまい、頬骨の立った、どう見ても、好もしからぬ人品である。中でも特徴は、右の耳下のあたりに、黒い痣《あざ》のあることだった。

　薄暗い廊下の片隅に立って、雪野が待っていた。

「どうしました？」

　と、細い声で訊く。

「恐ろしい相の男じゃ。直弼様を狙っているに違いありませぬ」

　たか女はそう思うと、一刻も安んじてはいられなかった。

「何ンとしてでも、埋木舎へ注進して、御身辺の警戒を、厳しくお願い致さねばなりませぬ――」

「もはや四ッ半すぎ、これからでは、夜道が物騒じゃわいな」

「そうは云って居られませぬ。たとえ、命に代えても、万一のことがあっては……」

「では、店の若い者でも、連れておいでなさいまし」

「それも却て、人目につきます。こうしたことは、よろず、隠密に運ばねばなりません」

　たか女の決意は堅かった。

　折檻部屋の下の、――そこから、いつか長野主馬が落ちのびた非常口から、やがて、たか女は、雪野太夫に送られて、ソッと忍び出た。

「あの御武家を、太夫さんの腕で、なるべく、長く、引きとめておいて下さいな」

と、雪野に頼んで、けわしい石段を、跳ぶようにかけ下りると、忽ち薄雪の闇に没した。

埋木舎は寝静まっていた。
突然、表門の扉を叩く音がした。
ドン
ドン　ドン
最初にききつけたのは、直弼だ。枕から首を上げた。瞬間、
(柔い音だ。女だ)
と、判断した。そのまゝ、首を枕に戻した。やがて佐登が起き出して行くけはいがした。
呼びとめて、一言、云いふくめようかと思ったが、直弼は手億劫《おっくう》なまゝ、沈黙していた。
ドン　ドン
まだ、続いている。

佐登は、玄関から雪の中を、塗下駄で耳門《くぐり》まで歩いた。

「どなた様でございますか」

「夜深く推参して、まことに不躾《ぶしつ》けながら、殿様の急をお知らせしたいばっかりに……」

まぎれもないたか女の声に、佐登はカッと全身を逆流する血潮の音をきいた様な気がした。

「たか女さまか」

「お佐登さんか」

「殿様の急とは？」

「大きな声では申されぬ。この戸をあけてたもらぬか」

「たか女さまに限って、御門のうちへは、お入れ申さぬ様にとの、殿様の厳命でございます」

「えゝ？　私に限って……御門をあけてはならぬとか……」

「お気の毒とは、存じまするが」

佐登は心を鬼にしていた。

「已むを得ませぬ。では、お佐登さんに、こちらへ出てきては、戴けますまいか」

「はい――ほんとうに、お一人きりでございますな」

「若し御不審なら、耳門の上の、面通しの覗きから、ごらんなされませ」

そう云われて、佐登は念のために、表門の支え柱の雪をはらい、その上に素足をかけて、覗き窓から、表を見た。

たしかに、たか女一人に違いない。傘もささず、降る雪を頭からかぶって、白い顔は夜目にも白い。

佐登は、安心して、耳門の錠をあけた。そして一歩ふみだすなり、又、その戸を堅く閉じた。

「たか女さまには、傘も召されず、さぞやお寒いことでございましょうに——」

「何ンの、寒さを感じるどころではありませぬ。今宵、見馴れぬ御武士《さむらい》の登楼客が、ありまして……」

と、佐登の耳に一部始終を囁いた。

「それは一大事。明朝は七ツ半の御立ちにて、長野さまの高尚館へ御出ましの筈。七ツ半では、まだ暗い。途中が心許《こころもと》のうございます」

佐登はさすがに、この雪の中へ、このまゝたか女を追い返すには忍びなかった。

さりとて、直弼の厳命に背いてまで、自分の部屋へ連れこんでいゝものか。

「これからどちらへお帰りでございますか」

と、佐登は訊ねた。

「廓へ戻りますわいな」

「夜道の上に、どうやら雪も強うなって参りました」

「何に、これしきの雪」

たか女は、そう云って、外濠の水に降る雪を眺めた。チラチラ　チラチラ――まっ暗な中を、粉のように舞っているのだ。

「お泊めしたいのは、山々でございますが」

「御門の中へも入れぬ者が、どうして泊めて戴けましょう。お佐登さん。心配なさらずとも――」

「では、せめて、傘なりと……」

佐登は、たか女をそこに待たせて、傘を取りに耳門を入った。

台所へ廻って、傘立から、自分の蛇の目を一本取り、再び玄関へ廻ろうとすると、老女のとめの声がした。

「誰方じゃ？」

「はい、佐登でございます」

「今頃、何しに起きて居らるゝ？」

「あまり、犬が鳴きますので、只今、御門の外を、あらためようと思いまして――」

「それは御苦労千万」

ホッと、虎の尾をふむ心で、佐登は式台から下りた。

耳門を出て、傘をひろげた。

「どうぞ、これを」

「はゞかりさま。では、暫く、拝借させて下さい」

たか女の手が、傘の柄をつかむとき、髪に積もった雪が、サラサラとすべり落ちた。

「お佐登さん――殿様、御身辺の警護を、よろしくお願い致しますよ」

「はい――」

「ついでに、伺いたいのですが、殿様は未だ奥方様をお迎えにはなりませぬか」

「はい――」

「では、お閨のお伽は？」

「どなたも」

「独りをまもって居られまするか」

「これ以上、殿様については、お訊ね下さいますな。私がお喋りの咎《とが》となります」

「ほんに、これは私としたことが不調法でございました。もう何ンにも聞きませぬ。お休みなされませ」

蛇の目が動いて、やがてたか女は、外濠のかどを、いろは松のほうへ、遠去かって行った。その足音の、すっかり聞えなくなるまで、見送ってから、佐登は部屋へ戻った。着物をあらため、然るのち、直弼の寝所の外に控えた。

「殿様――」

と、佐登は低く呼んだ。

「何事か」

直弼は、手燭《てしよく》の灯の、ほの紅くさしている障子のほうへ目を注いだ。

「只今表御門へ、見知らぬ方の急の御知らせがございました」

「近う入れ」

「はい……」

障子をあけ、手燭をかゝげたまゝ、居ざり入った。

「刺客が、殿様のお命を狙い居るとのことでございます」

「刺客が――これは異なこと聞くものかな。刺客などの附け狙うは、有為の人じゃ。私のような無為の男を、狙ってみて、何になろうぞ。佐登、そちは寝惚けているのではないか」

「いゝえ。確かに、この耳で聞きました」

「然らば、刺客が門違《かどちが》いをして居るわ」

「とのみ油断はなりませぬ。世間の噂では、世子直元様御他界のため、御世嗣の儀につき、藩老方に暗闘もあるとか。明朝の御立ちは、お取りやめ下さいまし」

佐登は平伏して云った。

「何に。志賀谷へ行くを取りやめいと、云うか」

「はい」

「これは怪しからん。長野とは、明朝六ッ半までには、きっと参ると約束したのだ。今更ら、変改《へんかい》は相成るまい」

「と申して、刺客の入りこみ居りますを承知の上で、御警護も少く、朝まだきの御道中は、何よりお危うございます」

「そちの心配は、直弼も喜んで聞く。然し、私を狙う刺客などの入りこむ道理がない。見知らぬ者の注進こそ、直弼を偽り、たぶらかす流言というものじゃ」

「でも……」

「そちまで、たぶらかされているのじゃぞ。しっかりせい」

「はい」

「そのような怪しい言葉を種に、又、一芝居打とうとて、こたびは早や惑わされる直弼でもない。捨ておけ——」

佐登は、寝ている筈の直弼が、自分とたか女の話を、まるで立聞きでもしたように知っているのには、驚いた。

「雪は、積もったか」

と、直弼が訊いた。

「はい。高下駄の歯を埋めるほどでございましょうか」

「道理で大分冷える。薄着して風邪など引くな。早う、戻って休め」

「では、どうあっても、朝のお立ちは？」

「くどい――」

と、佐登は叱られた。

翌早朝。まだ暗いうちに、直弼は雪を蹴って、イブキの背にまたがった。

佐登は恐ろしさに、身うちが顫える思いだった。能《あた》う可《べ》くば、お供について行きたかった。果して御無事に、志賀谷まで行きつけるものか。刺客は、往路に機を逸しても、更に帰路を襲うこともあるだろう。再びお目にかゝるまで、佐登は生きた空もない程である。

「殿様――くれぐれもお気をつけて」

「行ってくるぞ」

イブキは、口に泡を含んで、いきり立った。

「ハイ、ハイ」

蹄の音。尾を左右にふりながら、表御門を出て行く背ろに、佐登はいつまでも立ちつくした。

雪はやんでいる。

芹川堤にかゝる頃、東の空が少しずつ、白《しら》んできた。雪晴れの朝の雲は、こよなく美しい。直弼は寒風を面《おもて》に浴びながら、爽快の気に、大きく胸を膨らました。

プスッ――

馬の頸と、直弼の腹の間を縫って、逸弾《それだま》が走った。その拍子に、手綱が切れて、左手が宙に浮いた。

驚いたイブキが前足を立てて、棒立ちになる。

すぐ前の、杉の古木の幹に、覆面の男の姿が見えた。

「馬鹿者」

直弼は一喝した。敵は、仕損じたりと、飛道具をかなぐり捨てたが、直弼の気に肝を奪われたか、幹を楯に、進み出ようとする気配もない。

直弼は、再び馬を御しつゝ、刺客の前を悠々と過ぎた。

「卑怯者奴――キサマを捕うるはいとも易いが、下らぬ詮議立ては、好まぬ所じゃ。誰に頼まれての飛道具か、それも不問に附そうぞ。いつまでも彦根に止まると、為めにならぬわ。怱々《そうそう》、退散いたせ」

「…………」

覆面の男は、刀の柄に手をかけたが、五体がすくむような気がして、鞘をはらうことが出来ないのだった。ジリジリ、ジリジリ、堤の下へ、後退して行く。

やがてイブキは、サッと雪煙りをあげながら、芹川堤を走り出した。撞《どう》と、男は尻餅をついた。

「参った。参った。あれは大した男だぞ。大した器量だぞ。銃口《つつ》の前に、ビクともし居らぬ。この勝又如きが、何人束になってかゝっても、彼を暗殺することなどは出来るものか――昨夜は、女郎に振られ、今日は、まんまと、仕損じた。仕損じたら、腹を切ると約束した手前、このまゝ、逐電《ちくでん》する外はないわ」

雪のあとの濁流を望んで、彼はそう呟いた。それから、覆面をはぎ取って、川に捨てた。

登城すがた

弘化三年二月。江戸表の藩公直亮の直筆が、早飛脚を以て、国許へ伝達された。老職たちが、みな江戸へ召されているので、犬塚外記が開封した。

書面の内容は、衆議の結果、世子は直弼と内定したこと。就いては、即刻、江戸表へ下るよう。但し、仰山《ぎょうさん》な行列は以ての外であるから、なるべく軽装にて、供廻りも少人数たるべきこと。途中、浜松附近で、藩老木俣《きまた》と行き合うであろうから、万事はその折、面談されたい。

――喜びのあまり、外記は、城中大廻り縁を、その所謂《いわゆる》お墨附を押戴《おしいただ》いたまゝ、グルグル、廻って歩いた。そして、取るものも取敢《とりあ》えず、埋木舎へかけつけた。

直弼は、相変らず、澍露軒で、佐登に茶を立てさせていた。

「殿、殿。もはや、茶の湯をなすときではござらぬ。いよいよお召しじゃ。流石《さすが》に、岡本輩も、時勢の要望には勝てなかったと相見えます。藩公自らの直筆の御書面じゃ――」

と、外記は声をはげましました。

「まア、待て。今、一服、結構に茶の立つ所じゃ。そちらの部屋で待って居て呉れ」

「然らば、お次ぎにて控え居ります」

意気ごんできた出鼻を挫《くじ》かれた思いであったが、然し、直弼と茶道では、到底、外記の力及ばぬ所と知っているので、素直に次の間へ引下がった。

やがて、澍露軒を立出でた直弼は、外記の持ってきた書面を一見して、既に自分の江戸行が決定的であるのを知った。

「人間はおのれの意思通りに歩いているつもりでも、いつのまにか、時代の潮に行く手をきめられてしまう。今更ら、私が江戸表へ行くのはいやだと云い張っても、どうもなるまい。そちは行けという。岡本は刺客までつけて、私の世子相続を妨げようとする。その何れもが、私の意思とは別物の、時の流れに対する主張じゃ。こゝにある軽装にてという兄上の御注文も、反対派への御考慮からであろう。まことに、忝《かたじけな》い。私は、三浦十左衛門と青木の二人をつれて、支度の出来次第、立つと致そう」

と、直弼は答えた。

「それは、早速の御承引にて、祝着至極。あらためて、御慶申上げます」

「この通り、人間は弱いものじゃ。あくまで、世子たる器量もなしと思い居ったに、一片の秘書来たりなば、忽《たちま》ち、豹変して、江戸下りを諾するに至るとは——。唯々諾々《いいだくだく》とは、このことじゃ」

「目出度い御鹿島立ちの前に、何をクョクョ仰せられます」

「お爺さんには、愚癡《ぐち》とも聞えよう。ハッハッハッ。然し、これだから、人間は信用がならぬのだ。武士《もののふ》の信念と雖《いえど》も、環境には軽々と支配を受けるわ……」

佐登が、直弼の旅支度をしているところへ、外記が、入ってきた。

「江戸表よりの飛札にて、旅装はなるべく簡便とのことじゃ。左様承知して御支度召されよ」

そう云って、佐登の傍らへ、座を占めたが、俄《にわ》かに辞色をやわらげて、

「実は、今、殿と折入ってお話申上げて来た一儀がある。聞いてたもるか」

「はい。何ンでござりますか」

「ほかのことでもない。殿には未だ正室をお迎えなさらぬ。御独り身じゃ。就いてはこのたび江戸表御出府にも、御身辺の御用を達すこれという人も見当らぬ。せめて再び、秋山志津殿でも召使われてはいかゞと、おすゝめ申上げた」

「では、お志津さまを江戸へおつれあそばしますのか」

「いや。それがどうも、殿のお気にはかなわぬそうな。と云って、江戸の女子衆などに、お手がついたのでは、いかにも面目ないことじゃ――」

「殿に限って、そのようなことはございませぬ」

「いや、いや。江戸の女は、手管のあるしたゝか者が多いげじゃ。世知らずの殿が、うっかり、はまったら、それこそ、傾国傾城の轍《てつ》をふむまいものでもない。そこでそなたに頼みじゃ」

「何ンのお頼みでございます？」

「殿のお伽《とぎ》に侍るは、そなたを措《お》いて外にないのじゃ」

「あれ、又、そんなてんごうを――お措きなされませ」

佐登は真赤になって、外記の視線からのがれようとする。が、外記は、一膝、にじり寄って、

「藩の者は、とうにそなたに、お手がついているものと思っていた。あの男盛りの、精力

の溢る殿が、側女《そばめ》もなしに、暮していられるなどと、誰に話しても、ほんとうには致さぬわ。そこで、拙者はそなたに頼みたい。どうせ、世間でそう思っているなら、まこと、殿に抱かれて寝ても、大事ないではないか」

「殿は、この佐登など、眼中におありなさらぬのでございます」

「では、若し、眼中にあらば、そなたは応と云やるか」

「もう、そのお話は、おやめなされませ。それはたゞ、御老職の一人合点と申すものでございます」

「一人合点とは、手きびしいのう」

「殿は、たか女様のような才色兼備の女性《にょしょう》でなければ、お気に入る筈がございません」

外記は、更に声を低め、

「若し殿が、御承知の上での話なら、そなたは、何ンと答え召さるか？」

外記は今、直弼に直言してきたばかりなのだ。——秋山志津の復縁が、可能でないなら、佐登を以て、側格となす外はござるまい。まさか雄藩の世子たるものが、齢三十路を過ぎながら、正室、側室のないのはともかくも、側格すらなしとならば、世間では片輪者ぐらいの風評は立てかね申さぬ。

「殿様には、何ンと仰せられましたか」

佐登は、小さい胸に早鐘をつきながら、訊いた。

「もとより、望むところじゃと仰せられた」

「嘘、嘘――殿様が左様仰せられる筈はありませぬ」

と、首をふる。

「いや。殿が仰せられたによって、外記がわざわざ、参ったのじゃ」

「では、ほんとうでございまするか」

「ふふふ。そなたも、えらく嬉しそうではないか――」

もっとも、直弼が望むところと云ったとは、外記の修飾が手伝っている。然し、佐登は、その一言で、今まで何年間か、彼に献身してきた功が、ことごとく報いられた思いである。

「と事きまらば、早速にも、今宵より添臥申上げねばならぬぞ。明々後日はめでたき鹿島立ち。大垣までお送り申して、そこにて一泊の上、再び彦根へ戻り、十日ののち、そなたも江戸へお立ちあれ」

「では、私も桜田のお邸へ」

「そうじゃ――」

「何やら、恐ろしい心地が致しますな」

「政事多端の要路に立たれる日も近い。側近にて、朝夕に御機嫌を伺い、お慰め申すが、肝要じゃぞ」

「はい」

「わかったな」

「はい」

「されば、今宵からじゃぞ。これにて外記は罷《まか》り帰る。老人に世話焼かすな」

と、外記はしきりに念を押し、橋渡しの大役を仕畢《しおお》せて、満足そうに、帰って行った。

その夜――

直弼は、いつもと変らず、書見している。

佐登は取敢えず、お寝床を敷いては来たが、これからどうしていゝのか、さっぱり、わからない。まさか、御老職に一杯かつがれたのではあるまいが、添臥とはどうするのか。

若し一度で、きらわれたら、何ンとしよう……。

それにしても、自分のほうから、進んで声をかけるわけには参らない。いつもの如く、直弼が朝まだきまで、書見をつゞけるとしたら、せっかくの外記の橋渡しも水泡に帰する。第一、自分が、寝巻に着かえて待つものかどうかも、全然知らないのだ。

「ホン」

と、直弼が咳払いした。

それで佐登は坐ったまゝ、飛上るかと思うほど、膝がふるえた。

そして、事もなく、夜が明けた。佐登は、

(殿様は、やはり私などは、眼中にないのだ)

と思った。それでいゝ、それでいゝのだ。

すべては、外記さまの思いすごしであろう。

然しまた、何ンとなし、物足りぬ気もするのだった。

午下り、外記が見えた。ソッと忍び足に、佐登の部屋の障子をあけて、

「どうであった」

と訊かれる。

「御老職に、かつがれました」

「何ンと？」

「殿様には夜一夜、象山先生の御本に、余念もなく、熱中あそばされてでございます」

「何に、朝まで象山が著書に読みふけり、そなたのお召しはなかったか」

「はい」

「いや、それならば拙者がそなたをたばかったのではござらぬ。拙者こそ、かつがれ申したわ。もう一度、進言仕ろう」

と、外記はすぐに表座敷に取って返した。

「殿――殿――」

直弼は、脇息に靠《もた》れたまゝ眠っていた。

「象山などというかゞわしき俗学者の、どこがお気に召されましたか」

「はははは。お爺さんには珍しく、上気したような顔をして居るぞ」

「子平、崋山、長英などの書に親しまれると聞きましたが、いずれも幕府よりお差止めの著書のみでござる。殊に江戸表では、御詮議も厳しい折柄、容疑の種と相成っては、お為めでござらぬ」

「又しても諫《いさ》め立てか。書見位は自由にして貰いたいものだ」

「それにしても、昨夜、佐登に伽をお云いつけになりましたか」

「おゝ、それそれ。つい、書見に興を催すまゝに、伽のことは、うっかり忘れた」

「されば、佐登には、朝まで待ち呆けでござったとか――気の毒な」

「では、当人の耳にも入れてあるか」

「むろんのことでございます」

「爺さんの、世話好きなこと」

「何しろ、まだ世知らずの乙女。いつ、殿の御声がかゝるかと、全身を炎《も》やして、待って居りましたに」

「そう云えば、よもすがら、寝もやらぬげであったが、――」

「殿――今夜は、是非とも、お忘れなく」

「ところが今夜もダメじゃ」

「はて、何ンでダメでござるか」

「今夜は、高尚館で、国学の同門たちに、暫くの別れを告げる。長野とも、徹宵物語るつもりじゃ。お爺さんも、よかったら、一緒に来ないか」


雪後の清浄な朝。

直弼は彦根を立った。特に、軽装で、という江戸からの指図に従って、家臣の服を用い、青木や十左衛門と共に、甲乙のない駕籠に乗った。

大垣までは、長野や北庵が送ってきた。外記は彦根境まで送ってきて、そこで、密かに佐登とすりかわった。

長野の「鶯蛙日記」と称する覚書風のものに、
弘化三年、丙午年、二月朔日。柳王舎の君（直弼のこと）御発駕。

大垣御本陣まで御送り申すべき旨仰出され候に付、三浦尚之同伴、昨夜、彼の地に到り、御着後、御沙汰により御本陣に参り、終夜御物語あり。御行末の事共、仰せ置かれ、御留別の御歌、並びに御菓子壱重ね、之れを賜わる。

と、記されている。

この時の留別のお歌というのが、

つひに又逢はん美濃路のわかれとて
駒も涙もすゝみ行くなり

の一首であった。

漸く、夜の白《しら》む頃、直弼は寝所へ入ったが、いつもの通り、お召替を手伝って、次の間へ退ろうとする佐登へ、

「もはや、一睡する間とて、ない。七ッ半には大垣を立たねばならぬ。そちとも、これにて暫くの別れじゃ」

と、声をかけた。佐登は、こらえていた涙が、一度に、わき上ってきた。

「さて迷惑な。宵には、長野にも泣かれた。門出には涙は禁物ではないか」

「はい――」

佐登は、思わず、袂で顔をおさえたが、堰《せき》を切った涙は、止むとも見えぬ。いつか、直弼の手が、女の肩を抱くように、引き寄せていた。

「再び、会えぬというわけでもあるまいに」

「…………」

「大垣にても、私が知らぬ顔をなせば、尾張までも、三河までも、ついて行けと、外記が申したであろう」

「はい」

「ハハハハ。さればとて女の長旅は怪しからん。そちはこゝで帰るべしじゃ。もっとも、唯では帰さぬぞ」

そう云うなり、直弼は佐登を強く膝の上へ抱き上げた。

突然であり、予期しなかったので、佐登はもがかずにはいられなかった。島田の根が崩れる。――直弼の五体にも熱い愛情が、漲《みなぎ》ってきた。

佐登も明けて二十一歳である。志津が暇を取った頃は、まだ若かったので、直弼に若しくどかれたら、どうしようと、恐ろしさのほうが先きに立った。どんなお勤めでもいとわないが、その御用だけは、おことわりしようと、決心していた。

然し、今では、直弼が求めるなら、全部を投げ出して悔いないと思っている。直弼の愛情が、自分の肉体の中にまで及ぶのを待っているとも云える。

佐登は、まだ、具体的には、男女の肉体の接触を経験したこともなし、それに関する知識の持合せもない。然し、かつて親しく、志津やたか女の身辺に侍したこともあり、彼女たちの閨房のすがたを見るともなく見たことはある。その当時、佐登は壁ごしに聞えてくる彼女たちの甘ったるい秘語に対して、いまわしく、耳を塞いだものであった。が、今はそれさえふしぎとなやましい刺激となって佐登の心をゆすぶる。

　それなのに、直弼が、たか女と別れて以来何年もの間、孤閨をまもり、かつて一度でも、佐登の身体を求めようともしたことがない。それで、佐登は、

（やはり、愛していては下さらないのだ）

と、半ば、諦《あきら》めてもいたのである。

　去年の秋、同じ足軽の息子との間に、縁談が持ち上ったことがある。兄たちは、みな、のり気だった。然し、佐登は自分が直弼の側女となれないまでも、他の男のもとへ、嫁いで行く気は、毛頭なかった。直弼のお手がつかなければつかないでもいゝから、一生お側にいたいという程の、はりつめた気持だった。――だから、こんどその話を、突然、外記から聞いたときは、全身が顫え出すほどの感動だったのだが、それから、もう四晩にもなるというのに、直弼は知らん顔の半兵衛をきめている。それで佐登は正直な処、物が手につかぬ程の待ちどおしさになやまされていたのである。

「なぜ、逃げる。いやか」

　と、直弼は、女の背中を強く抱えたまゝ云った。

「いゝえ」

「私はそちを、江戸表へも呼ぶつもりだ」

「はい」

「長く、私の面倒を見て呉れよ」

「勿体ないことでございます」

「なぜ、顫える。私が可怕《こわ》いか」

「いゝえ」

「仕置をしようというのではないぞ」

「あまりの嬉しさに、身が顫うてなりませぬ」

「それも、そちの初々しさというものじゃ。暫く、私の胸に抱かれて、顫う心を休めたがよい」

「夢のようでございます」

「そう云いながら、ソレソレ、なぜ、そう、藻搔《もが》くのか」

「息がとまりそうでございます」


二十一歳で、はじめて男の愛を受けた佐登は、息も絶ゆるほどの、せつない火花を、閉じた瞼のうらに見た。

封建の世では、女は男に愛されるのが、女の手柄であった。まして相手は、雄藩の世子である。拒む理由はどこにもなかった。

それなのに、

「なぜ、藻掻く。なぜ、顫う」

と、きかれると、佐登は悲しかった。然し、その悲しさも、いつのまにか中断されて、火花はうら若い乙女の肉体の節々の線を走りめぐるかのようである。そして炎えた。指のなか、爪のうらまでも、炎えつゞけた。

――やがて直弼は、女の顔から胸を離した。暫し、亢ぶる佐登の呼吸の静まるのを待っていた。

「佐登――私はこのまゝ、そちを江戸へ伴いたいぞ」

「……………」

「もはや、戦《おのの》くことはないぞ。それとも、私のしたことが可怕いのか」

「いゝえ」

辛うじて、首を振った。

「可愛らしい顔をしているのう」

と、僅かに照らす行燈の灯影にすかして、直弼は佐登の顔を覗いた。温い二つの手が、佐登の両耳をはさむようにした。

「そちはどうじゃ。江戸へは行きとうないか」

「お伴が叶いますれば、江戸へでも、江戸までも――どこまでも」

「どこまでも？」

「はい。イギリスまでも、オランダまでも」

と、佐登はふと、機智を取り戻していた。

「ハハハハ。イギリス、オランダまでもとは頼母《たのも》しい」

直弼は、佐登の両耳をはさんだまゝ、赤ン坊の頬でも吸うように、やさしく、その唇を吸い寄せた。然し佐登は愁いげに、

「とは、云え、そのような望みは、所詮、願っても、叶いませぬなア」

「なぜか」

「夜が明け放てば、もはや、お別れでございます」

「外記に申して、すぐ、あとから参ればよいわ」

「江戸のお邸で、私のような田舎者が、勤まるでございましょうか」

「ソレ、その引込思案が、そちの弱気じゃ」

直弼は、やはり何か物足りないもどかしさをそこに見た。すると、たか女の、あの激しい意慾と熱中が、心のうちに蘇り、くらべるともなく、くらべざるを得ないのであった。

高窓が、白《しら》んできた。

「はや、東雲《しののめ》じゃ。きぬぎぬを惜しむ暇もない慌しい別れじゃが——手水《ちょうず》、洗面の用意をたのむぞ」

「はい――」

佐登はとけた帯をしめ直した。

本陣の古風な廊下は、まだ、ほの暗い。供廻りの二人程が、今しがた起き出したらしく、やがて裏口のほうで、雨戸をくる音がした。又、小雪である。

暁方から降り出したのであろう。

佐登は、裏口から井戸端へ出て、黒塗の半挿盥《はんぞうだらい》に、くみたての水を張り、櫛を持ち、再び、直弼の寝所へ戻ってきた。

「小雪が舞って居ります」

「左様か。そちの髪にも、雪がかゝって居るぞ。払うてやろう」

と、直弼は膝を立て、女の髪についている白い雪片をはらった。

やがて洗面が終り、髪をなでつけた直弼が、本陣の広間へ出座する頃には、夜は明けはなれ、朝餉《あさげ》の支度も出来ていた。

主馬と北庵が、陪食《ばいしょく》した。佐登は末座に控えて、給仕の盆を取った。

「では、別れにのぞんで、一献《こん》くみ交わし、朝餉を共に致したい」

と、直弼が云った。庭の淡雪を眺めつゝ、盃が上げられた。

「佐登。そちも盃をとれ」

「でも、私は——」

「何を云うか。悪遠慮すな。めでたい門出の酒ではないか」

佐登は、感じやすくなっているので、そう云われただけでも、涙がおちかけた。

「では、戴きまする」

なみなみとつがれた木盃を、口に運んだ。

そのうちに、本陣の庭先きの、篠《しの》のある植込みの向うへ、人だかりがしてきたのは、はじめて世子となって、江戸へ旅立つ直弼の鹿島立ちを見送ろうという大垣の町の人々であった。

食事を終えた直弼は、庭へ面した縁側へ立ち出でて、

「これは皆の衆。雪中の見送りとは、忝いが、あまり目立つは公儀への憚りもあり、又、藩公の御意にも叶わぬ。一同、お引取り下さい」

と、静かに云った。見送りの人垣は、一瞬、どよめいたが、そうかと云って、せっかく出てきたものを、引返す様子もない。

——男もいる。女もいる。老人もいる。その女の中に、頭から、すっぽり頭巾を冠り、顔の半ばを覆うてはいるが、なで肩の、細腰の、色白の、たか女によく似た姿がまじっているのを、直弼はふと、見つけた。

——大垣の、伊吹颪《おろし》は、針よりも痛いほどだ。その風をまともに受けて、暫く、直弼

は、頭巾の女のほうへ目を取られていた。

駕籠が庭先きへ廻ってきた。

青木が、履物を取って、揃えた。直弼が片足を縁からおとした時、心もち、頭巾を高くかざした女の瞳が、直弼の顔へ縫いつけられた。それは泣いている佐登には気がつかぬ間の出来事だった。


江戸桜田の邸では、直亮が待っていた。

「おそかったぞ。私は待ちわびていた」

直弼は旅中の垢《あか》をつけ、不精髭《ぶしょうひげ》をのばしたまゝであった。

「先ず、直元様御他界のおくやみを申上げねばなりませぬ」

「まことに気の毒な臨終であった。——痩せ細ってな。骨と皮のみになってしもうたぞ」

「去年の暮、犬塚外記より承り、心痛いたして居りましたが」

「それに引代え、御身は元気溢《あふ》るゝ如しじゃな。血色もすぐれている。長旅のあととは思えぬわ」

「この通り、髭も剃《そ》らず、むくつけき姿にございます」

「実は直元のことは申されぬ。私もとかく、所労がちじゃ」

「何ンと仰せられます」

「顔色もすぐれぬであろう」

「とも見えませぬが」

「気休めを申さずとも、率直に云うて呉れ」

「はッ」

「この頃は、何もかも、面倒になった。食事すら、あまり、うまいと思われぬ。就いては直弼。御身が世子として立つ上は、暫く、私の代行を致しては呉れまいか。若し、それが許されれば、当分、帰国して、休養を取りたいと思うがどうか。私も藩主を嗣《つ》いで、はや、三十余年じゃ」

　と、直亮は、溜息をまじえつゝ語った。そう云われると、なるほど、彼の顔面は、やゝ青ざめている。生気が乏しい。そして、先年、彦根帰城の折の印象とくらべて、顔の肌に、深く刻まれた皺《しわ》の数も、大分、増しているようだ。

「お言葉を返すは恐れながら、只今、世子たるも、過分の儀。果して私に、勤まるや否やも測られぬというに、定溜《じょうだま》り筆頭の大役を代行などとは、夢にも叶いませぬ」

「何に、定溜りの御用位は、御身で十分、果せることじゃ。習うよりは馴れよ、とも云うではないか。一ト月も私の傍で見習えば、すぐ通暁するものだ」

　直亮が、岡本半介らの推挙する故直元の幼少の庶子を排して、直弼を迎えた背面の理由が、これでわかったような気がした。

やがて、公儀の届けが終る。

——同月二十八日、直亮に伴われ、江戸城へ初登城して、将軍家慶に、はじめて謁見をとげた。同じ溜間定溜りの会津侯松平肥後守容敬とも面談した。同席の高松侯松平讃岐守や佐賀侯松平肥前守（鍋島閑叟《かんそう》）にも紹介された。

更に、つゞいて、従五位に叙され、まもなく、玄蕃頭《げんばのかみ》にも任官した。

これで直亮は、先ず一安心したが、残る焦眉の問題は、世子に正室を迎えることである。


二十日程おくれて江戸へ立つ筈の佐登は、近年に稀《ま》れな大雪のために、阻《はば》まれた。伊吹の麓から醒ガ井まで、二三ヵ所の橋が落ち、当分、人馬も通わぬという悲しい知らせに、佐登は食事のすゝまぬ程、心が萎《な》えた。——空しく、春の雪解けを、待つ外はないのである。

辛うじて、飛脚だけが、江戸との連絡をつないでいる。

そうした或日、佐登は思いがけない話を耳にした。老女のとめが、どこからか、聞きこんで来たのである。

「いよいよ、殿様に奥方がおきまりになったそうな——」

「…………」

佐登は、頭上に大槌《おおづち》をふり下ろされたような気がした。

「ど、どなた様か。どこのお姫様か」

「ホホホホ。お佐登さんとしたことが、まア、まっ青な顔になって——では、そなたが奥方になるおつもりじゃったのかいな」

「滅相な。私はもと足軽の娘。奥方はおろか、お側女にもなれぬ身の上でございます」

「それ承知なら、そのように、驚き召さることはないではないか。したが、奥方がお輿《こし》入れになれば、もはや、そなたが江戸へ下って、お身辺にお仕えすることも、なくなりますわいな」

「前からお話のあった松平紀伊守様の御息女を、御正室にお迎えなさるのでございまするか」

「詳しいことは、存じませぬが、何ンでも、御盛大なお嫁入りとのことじゃ」

——佐登はそれ以上、聞くに耐えられない思いで、部屋をのがれ出た。

庭口から、お濠端へ。

小雪の道を、傘もなしに茫然と歩いた。とめの話は、あまりに強い打撃だった。心はしびれ、手足は戦き、幾度か、つまずきかけた。

それでもまだ、一縷《いちる》の望みは、とめの話が、思惑だけの虚報ではないかという空頼みである。

（そんなはずはない。大垣で、殿は何ンと仰せられたか。長く、面倒を見て呉れと、仰せられ、それに対して、自分は、お供さえ叶えば、イギリスまでも、オランダまでもと申上げたとき、殿は、いとしいとて、しきりに口を吸われたではないか。あのように強く抱きしめ給うて、いつまでも変らぬ愛を誓われたではないか。それがまだ、二タ月とはならず、降る雪の、溶くる間も待たずに、他の女を迎えらるゝなどという人情を絶したお仕打ちが、果して、あの慈しみ深い殿様に出来ることだろうか。若し、真実としたら、それは恐ろしい飜弄《ほんろう》である、蹂躪《じゅうりん》である。）

佐登は全身の血潮が、悉く、脳髄の中へ吹き上げたかのようで、頭のみ、熱火の如く、眉目は、逆しまに吊上っている。

いつか、京橋口に近い、犬塚外記の邸門の前に立つと、はじめて我れに返ったように袂の雪をはらった。

佐登は、玄関脇の小間へ通されて、外記の出てくるのを待っていた。

北向きの床の茶掛けに

釜のふた　そろりとおいて　郭公《かっこう》　無根水

とあるのは、直弼の句である。無根水《むねみ》とは、号宗観の別号だった。佐登はその直筆を見るだけでも、なつかしさに胸が顫えた。

――やがて外記が唐紙をあけて出てきたので、佐登は一礼するなり、

「お断りもなく推参しましたのは、ほかでもございません。江戸表にて、殿様御婚儀の由を承りましたので、それなれば、私如きが、もはや桜田のお邸へ、出かけて行くこともなくなりました」

と、夢中で云った。

「然らばその儀で、雪を冒して参られたか」

外記はそういって、ジッと佐登の顔を眺めていたが、

「そなた、身体に何ンぞ異常はないか」

と、訊ねた。

佐登は、自分でも、多少気になっていたことはある。然し、打消しつゞけていた。そんなことがあるべき筈もない。たった一度、大垣の後朝《きぬぎぬ》の、慌《あわただ》しい契りしか、覚えがないではないかと。

然し、今、あらたまって、外記の問いに直面したとき、はじめて彼女は、サッと冷水を浴びたような気がした。が、口は強気に、

「いゝえ、何ンとも」

と、答えた。

「それならば、雪解けを待ち、予定の通り、江戸表へ旅立ちなされ。なるほど、直亮公の御書面にも、松平紀伊守御息女のお話は、洩らし給うてある。然し、直弼様には、まだ何ンとも御返事はなさらぬ筈じゃ。また、正室を迎えられたにしても、そなたは側格として、お仕え申上げれば、よいではないか」

「はい」

――佐登は、しかし、外記のように、それを割切ることは出来なかった。はい、とは答えたものの、一人の男に、たとえ、その人が身分のちがう殿様であっても、正室と側格との、二人の女が、同時に仕えるというようなことを、そのまゝ、素直に理解出来るかどうか、直ちには、自分に諒しかねるのだった。

――もっとも、そういう慣習は、当時の常識であった。現に、直亮公の如きは、十何人という多妾をもち、その晩の伽に出る者は、夕餉の膳に特に尾頭つきの魚を給わることで、それとなき合図と心得させたそうである。――それを誰しもが怪しまなかった。佐登でさえ、大垣で直弼の愛をうけるまでは、殿様に仕える女達とは、そうした順番を待つものと、単純に思っていたのかも知れないのである。

直弼は、溜間定溜りの筆頭代理として、公務に忙殺されるうちに、四月も半ばをすぎた。

山国の雪も溶け、諸国との交通が挽回したので、兄直亮は、いよいよ、彦根へ帰城することになった。そのため、桜田の藩邸は、まるで引越しのような騒ぎだった。

直亮は元気がなかった。丁度、直元が病気にとりつかれた頃の容態とよく似ている。

その頃、外記からの便りが直弼の手許へ届いた。

それによると、佐登の旅立ちがおくれているのは、大雪のためばかりでもなく、懐妊のしるしがあるからだということが書いてある。

大垣での、僅か一夜の契りで、佐登が妊娠したことは意外だが、然し、覚えのないことではない。

彼は、さっそく、佐登へ手紙を書いた。——近年稀《ま》れな大雪に阻まれて、江戸屋敷への到着がおくれているとのみ思っていたが、外記からの便りで、そちの胎内に、余の子供が宿ったというのは、まことに芽出たい沙汰じゃ。

然し、懐妊は月の浅いうちが、もっとも養生を必要とするそうだから、そうときまったのなら、決して江戸へ下るには及ばない。妊《みごも》っての長道中は、流産の危険も多い。そんなことになっては、取返しのつかぬことである。江戸屋敷のことは、案ずるに及ばぬ。実は、兄藩公が、久々で帰国なさるので、その側近の女中達が、国許までお供するのもあれば、江戸へ残されるのもある。そういう人の世話になれば沢山であるから、わざわざ、遠路を、危い思いをして、出てくることはない。

と云って、そちを遠ざける意思ではない。自分の気持は、大垣の後朝《きぬぎぬ》に、そちと契った言葉を忘れてはいないつもりだ。たゞ、いかにも公務多端である。そちの顔を見に、兄と同道して、帰国する余裕などは、今のところ、どう按配しても、出来そうにない。とすると、そちが、月満ちて、身二ッになるまでは、再会の機を延ばす外はないだろう。そちは、大切な宝物を、その胎内に蔵しているわけだから、呉々《くれぐれ》も摂生第一と心得て、決して、軽はずみなことをしてはならない。今は、そちのみの生命ではないのだぞ——。

と、そんな意味のことを、然し、四角ばった候文で、書き下した。

それが、埋木舎へとゞいたのが、五月の中旬であった。佐登の腹は、どうやら、人目にもそれと察しられるほどになっていた。

佐登は、その手紙を読み、読みかえし、そして、感動の涙に、胸乳をせつなく抱きしめずにはいられなかった。内容に、松平紀伊守の御息女のことが触れていないのは、一面の安心であり、又一面の心配でもあった。

直亮がいよいよ彦根へ帰城する日が来た。

朝から、けむるような五月雨が降りつゞいている。直弼が召された。既に旅の衣裳に着替えた直亮は、この日も、瞳の色が冴えなかった。

「直弼。御身とも暫しの別れじゃが、たゞ一ッ、心残りは、御身と紀伊守が息女との祝言を見ざることじゃ。どうしても承引は相成らぬか」

「まことに御用繁多で、祝言の暇とてございませぬ」

「では、せめて約束だけでもしてはおけぬか。それだけでも、紀伊守殿へ、顔が立つと申すものじゃ」

「…………」

「病んで帰国するこの兄のことを思えば、その位のことは、応と云ってくれてもよいであろう」

病気のせいで、気の弱くなっている直亮の声をきくと、直弼にも、感傷がわいてくる。

それに、直亮は自分の意思をきかぬ前に、松平のほうへ、内諾を与えてしまったに違いないのだ。

とすれば、こゝで直弼があくまで強情をはるとなると、直亮は松平に対して、違約の罪を問われることになる。

直弼の首が、次第に垂れ下がった。

もっとも、佐登のことを思わぬではなかった。まして、佐登の胎内に芽生えたおのれの小さい第二の生命について、考えないわけではなかった。然し、彼は心をさだめて、

「兄上。かくまでの御配慮に対し、否やを申すは過言の沙汰。直弼、有りがたく、そのお

話を承引仕りましょう」

と、答えてしまった。直亮はさすがに明るく、破顔して、

「おゝ、左様か。聞届け呉るゝか。それではじめて心安らかに、彦根へ帰ることが出来ようぞ。直弼、芽出たい。さっそくにも、紀伊守殿お邸へ使者を立て申そう」

近習にその旨が伝えられた。

——やがて、辰の刻。供廻りも賑やかに、直亮帰国の一行は桜田の藩邸を出た。糠雨の中を雨合羽もつけず、笠一ッでイブキにまたがり、直弼は八ッ山まで送って、帰って来た。

——邸では、居残った中老の静橋が、玄関へ出迎え、ついでに、縁談成立の慶《よろこ》びを、あらたまって述べた。

「何に、一応の約束だけじゃ。祝言も結納も、まだ、取極めたわけではないわ」

と、直弼は取り合わなかった。

が、翌日、紀伊守からは、取敢えず、挨拶の使者と共に、数々の贈り物が、届けられた。

直弼は、苦り切っていた。それに直亮が帰国すれば、この話は当然、佐登の耳にも入るだろう。さぞかし、あの小さい胸を戦《わなな》かせて、心配することだろうと思うと、佐登が可哀想でならなかった。

やがて、月満ちて、誕生したのが、玉のような男の子であった。

この報せは、彦根から桜田の藩邸へ、早飛脚を以て、急報された。中老の静橋が、直弼の帰邸を待って、申上げる。

「左様か。それは芽出たい。母子とも、安泰かな」

「お健《すこや》かとのことにございます」

「男子ときけば、一日も早う、顔が見たいものよ」

「就きましては、御命名の儀を――」

「かねて、二三、考慮いたし置いたが――」

と、直弼は文箱《ふばこ》から、懐紙にしたゝめた名前を順に読み上げた。

直三郎
時麻呂
愛麿《よしまろ》
「どれがよかろうの」

「はい――」

静橋も、どれを取っていゝかは、わからない。直弼は、筆をとって、暫く思案した末、(愛麿)の二字を書いた。

「これに相定めよう」

「まことに、結構なお名前でございます」

——この愛麿こそ、後年、直弼の跡目を嗣《つ》いで、三十七代井伊直憲《なおのり》となる人である。次いで、佐登の名を改め、「里和《りわ》」と称するように仰出された。

「直弼が跡目を生みおとした功によって、足軽者の出なれど、側室に取り立てたい。中老から、その旨を申し渡して下さい」

「かしこまりました。したが、御正室の儀はいかゞなりましたか。実は、藩公より、その儀おたしかめがございました」

と静橋はやゝ辞色をはげますようにして云った。

直弼も、今までは佐登のことを考えて、婚礼を躊躇《ちゅうちょ》していたのだが、無事、愛麿を分娩した上、正式に側室の地位を与えてやることになれば、たとえ、江戸で正室を迎えても、佐登が不安に思うようなことは、よもあるまい。国許の兄直亮の病状がはかばかしくないとき、あまり、そのことで気を揉ますのも、気の毒な話である。それで、

「その儀は、中老にお任せ致そう」

と云った。静橋は畳に平伏して、

「有難い御諚《ごじょう》。これで井伊家も代々万歳《ばんぜい》にございます。早速、紀伊守様とお打合せ仕り、吉日を卜《ぼく》し、御祝言の運びと致しましょう」

中老は、喜色満面、俄かに厚い氷が溶けて、春雪が流れ出したように、相好《そうごう》を崩して喜ぶのだった。

「では、兄上にもこの儀につきあらためて御返事を申上げ、併《あわ》せて御病気の御見舞を致そう」

と、直弼は再び、文箱と硯置を引き寄せた。

――翌日、祝言の日取りは、押しつまっても年内にと、定められた。

彦根牛

嘉永二年十二月、直弼は左近衛権の少将に昇進した。

その頃外船が、しきりにわが沿海に出没したことは、史書にも詳しいが、殊に嘉永二、三年は、幕閣の首脳が、そのことにばかり追われて、他事をかえり見る余裕などまるでなかった時代である。三月には、米艦プレブル号が長崎に来航し、四月には英艦マリナー号が、浦賀に来て、更に下田へ入った。長い鎖国の夢は、とっくに打破られ、国民は戦々兢々として、噴火口上にある思いである。当然の結果として、国論は二つに割れた。一方は、攘夷論である。一方は開国論である。

どちらが優勢だったかは、一口には云えない。当時は輿論《よろん》調査というものがあったわけではなし、国民の本心をさぐる特別の機会は求めても叶わざる状態であった。然し、こういう場合、攘夷即ち主戦論のほうが、開国即ち非戦論よりも景気よくきこえるものである。好戦論者の、侃々諤々《かんかんがくがく》の論の前には、いつも、非戦論者の意気は、揚らないものだ。当時も、開国論は、攘夷論に対して、影がうすかった。表面だけで見ると、攘夷論のほうが、圧倒的支持を受け、まさに絶対多数であるように見えた。が、人間の裏面というものは、また、測る可《べ》からざるものがある。しかも、大多数というものは、その何《いず》れにも組せず、迷いの中に居て最後まで徹底し得ないものだ。

国民の大部分は、攘夷が是か、開国が非か、よくわからないのである。然し、表向き、気の強そうな、煽動的な云い方をする好戦論のほうに、何ンとなく、無責任な拍手を送りたがるものであるから、攘夷論をなすものは、段々に自分が、国民の意思の代表者であるような錯覚に陥り、果ては自分を時代の主役を演ずる英雄と思いこむ。攘夷論の主流として、こうした自己満足乃至自己陶酔に溺れている、所謂志士なるものが、横行した。この人達の言論が、宛《あたか》も時代を引きずっているかのようにも見えるのである。

しかも、無智な国民の煽動者であるばかりでなく、その旋風は政府の枢要な機関にまで、吹き荒れて、閣老たちの信念がみな動揺しているという有様だから、まことに、だらしのない極みであった。
当時、江戸幕府の重職として、大老は空位のまゝ。老中には、筆頭阿部伊勢守正弘をはじめとし、
戸田山城守
松平和泉守
松平伊賀守
久世《くぜ》大和守等が並んでいた。
溜間でも、甲論乙駁《こうろんおつばく》、果てしのない毎日がつゞいたが、未だ事務取扱の域にある直弼は、常に頑固な沈黙を守り、一議すら吐露することがなかったと云う。

今日も直弼は、一日中、無言だった。口の悪い茶坊主共は、

「彦根牛は、モウとも鳴かぬ」などと、へらず口を叩く。

しかし、沈黙しながらも、民意民情の赴《おもむ》くところは、鋭く見ている。又、開国というも、攘夷というも、相手次第のことであるから、アメリカやイギリスやフランスが、一体、日本をどうしようとしているかという根本態度を知ってからのことでなければならぬ。相手が、日本を侵略し、本土並びにその附近の島嶼《とうしょ》をふくめて、彼の属領、或は植民地としようとするのか。それとも、通商互市の条約を結んで、国際貿易圏の一環たらしめ

ようとしているのか。

　また、アメリカとイギリス、乃至オランダとでは、対日交易の目的にも、自ら差のあることは明かだが、世の攘夷論をきくと、アメリカもイギリスもロシアも、一緒くたにして、夷蛮戎狄《じゆうてき》である。一体、攘夷と云って、アメリカと戦うのか、ロシアを討つのか、それさえ、はっきりとはしていない。対戦国に対する研究はおろか、その国勢に関しての知識すら皆無のくせに、たゞ、徒《いたず》らに、悲憤慷慨《こうがい》して、口々に強硬論さえ唱えれば、憂国の士の面目であると、錯覚している。それらの好戦論者のうちの何人が、トラファルガルの海戦に於ける提督ネルソンの大勝利を知っているものがあろうか。また、何人が、マレー半島シンガポールが、すでにイギリスの属地となったことを知っていようか。

　彼らは、何ンにも知っては居ない。国民がそれを知るのを恐れているだけでなく、彼ら自身も、敵て知るのを恐れているようにも見える程だ。

　然し、直弼はまだ自分が、開口一番すべき秋《とき》ではないと、抑制している。すべての者が、迷いと根底のない陶酔におちているとき、若し、自分が信念をもって語り出せば、全部の責任が廻ってくる。その場合、自分はまだ世子の立場に居る。兄直亮に万一の迷惑がかゝっては、取返しがつかない。そう思うと、あくまで、彦根牛の沈黙を守るに如《し》くはないのだった。

　――お城と井伊の藩邸とは、目と鼻の先きだ。彼は、定溜りの御用がすむと、さっさと

帰邸する。中には、

「貰いたてのホヤホヤの、奥方がお待ちかねだから」

と、蔭口をきくのもあるが、正直なところ、正室昌子《まさこ》の方《かた》とも、なぜか、しっくり行かないようである。帰邸すると、すぐ、書見にかゝるので、御夫婦で、しんみり話などしている所は、殆ど見たことがない。昌子の方も、育ちがよすぎて、気位ばかり高いから、埋木舎で豆腐汁に一菜ですましていた直弼とは、どうしても肌が合わないのである。


夫婦仲の冷いのを、中老静橋が大層気に病んでいる。こんな風では、将来、直弼に寵幸めでたい側室でも出来たら、昌子の方は、床の間の置物も同然となるだろうと。

無論、彦根の里和《りわ》のことは、秘密にしておいたのだが、誰が喋ったのか、とっくに昌子の耳に入っている。


或日、中老が呼ばれた。

「お国許には、里和とやらいう側女《そばめ》の生んだ男のお子がおありになるそうな」

「御存じございませなんだか」

「殿様は、お国許のことは一言も仰せられませぬ」

「それは、私としたことが、粗相を申上げました。愛麿《よしまろ》さまと仰せられ、玉のようなお坊っちゃまなそうな。したが、奥方さまに、御世嗣がお出来になれば、愛麿さまは庶子にわたらせ給うこと故、御寵愛も自ら移るが道理。お案じ遊ばすことはございませぬ」

と、静橋は慰め顔に云ったが、いつまでたっても昌子に懐妊のしるしが見えないことは、静橋も日頃から、物思いなやんでいるところなのだ。

「こんど御帰国の砌《みぎ》りは、わたくしもお供して、槻御殿や埋木舎も拝見したいし、里和にも会い、愛麿様の御機嫌も伺いたいと思います」

「それは、必ずお思い止まり下さいませ」

「どうしてじゃ」

「実は、私も先年、藩公のお供して彦根に参り、懲《こ》り果てました」

「何ンで懲りました？」

「彦根の人は、他国者を忌みまする。他国者と見れば、箸《はし》の上げ下ろしに、とやかく申します。奥方が参られれば、あれは、焼餅やいて、わざわざやってきた位のことは、きこえよがしに云うでございましょう」

「まあ、恐ろしい所じゃ」

「お江戸はお江戸、お国はお国。そうはっきり区別あそばすが、何よりの御分別にございます」

　昌子は静橋に云いくるめられると、世間を知らぬだけに、そんなものかと、あきらめも早かった。

たゞ、国許に庶子があろうと、愛妾が居ようと、そんなことは大名の私生活として特に異例でもないから、驚くには当らないが、良人としての直弼の態度が、あまり冷淡なのは、どうしたことだろう。

城中でも、無言で通っている直弼は、藩邸にあっても、とかく無言のことが多い。閨《ねや》も夫婦、別々である。直弼が昌子の寝所へ出かけるのは、十日に一度もない位だ。

朝も、昌子の知らぬ間に登城してしまい、夫婦でいながら、幾日も顔を合わさぬ日が多い。

そうした或日、直亮重態の悲報が、国許から飛来《ひらい》した。嘉永三年、九月末日のことである。

其の日、直弼は江戸城からまっ直に、柳橋、亀清へ、駕籠をのりつけた。

川にのぞんだ大座敷には、はやくも紅燈がまたゝいているが、漫々たる隅田の秋色は、漸《ようや》く、薄みどりの夕靄が下りたばかりだ。

——溜間同席、松平肥後守（容敬）が、養子若狭守を、このたび将軍家へ披露するに当って、特に直弼に懇談を申入れた会席である。

当時、花街の賑いは、深川から柳橋へ移っていた。橋の南、亀清につゞいては、河内屋、柳屋、また、梅川などと軒をつらねている。橋の北には、川長、万八楼など。その他、柏屋、中村楼、青柳楼などと、指折りかぞえる暇もない。

隅田川も、当時は白魚がすむ程の、澄んだ水で、殊に、暮色蒼然《そうぜん》と迫るころの眺めは、得も云われぬ。亀清の前から、川を横切って、二州楼のほうへ漕いで行く屋形船がある。一枚だけ、あいている白い障子の間から、水のたれそうな島田の髱《たぼ》がのぞいている。

「井伊殿――何ンと申しても、養子は弱年。然るに拙者は、いつ、冥途のお迎えがあろうかもしれぬ老体。そこで貴公に、今のうちから、折入ってお願いしておきたいのだ」

肥後守は、直亮以来、井伊とは入魂《じっこん》の間であるが、殊に大器の相ある直弼には、ひそかに頼む所が多いと見える。今も云う通り、養子若狭は、一向弱年であるが、近々容敬の娘を配して、会津藩の世子とし、ひいては、将軍家慶にもお目通りを願い、溜間定溜りへ着座させたいという希望があるからだ。

「私もまだ、世子の身。大きな口はきけませんが、聡明利発の若狭殿のことなれば、及ばずながら、お引受け致します」

直弼のほうでも、若狭のような青年公子とは、堅く手を握り合って進みたいと思っていたので、肥後のこの申出は、願ったり叶ったりであった。事実、今の閣老たちには愛想をつかしている直弼も、肥後守だけには、一目おいていたし、また、遠慮なく胸襟をひらいて語りうる先輩の只一人でもあった。

「いや、いや、聡明か否かは知らぬが、若狭のたゞ一ツの取柄はな」

そう云いかけて、四辺を憚るように、肥後守は声をおとし、

「洋語を少々、あやつるのじゃ」

「それは初耳でござる」

「ごく内証にて、学習致させたもの。後日、何ンぞのお役にも立たんかと、な。ハハハ。貴公のお耳にだけ、届けておけば、先ず安心というものじゃ」

幕府が洋学を喜ばず、売薬の看板にさえ蘭字の使用を禁じ、外科と眼科を除いては、町医者の蘭法に拠《よ》るのを咎《とが》め、また猥《みだ》りに洋書の翻訳を禁じ、原書の検察を厳重にするという法令を出したのは、つい四日程前のことであった。

政府が外に対して、蘭学英書を禁じながら、溜間の会津の養子が、ひそかに洋語をあやつるというのだから、世の中はよくしたものである。直弼は膝をうって、

「それで、わかりました。若狭殿の知識は、普通の大名の倅《せがれ》だちとは、趣きが違いまする。肥後守の御着眼こそ、まことに敬服に値するもの。直弼、これには恐れ入りました」

「何に、老生が、ほんの思いつき、賞められて汗顔いたす。が、若し、これがうまく、将来、貴公の片腕にでもなる日が来たら、拙者の要らざる捨石が、生きて参るというものじゃ」

「捨石どころか、世流の急所を抜くものでござるわ」

二人は、暫《しばら》く、視線を合わした。以心伝心、互いの肚中を照らし合うかの如くであった。

さて、一通り話がすんだので、賑やかな酒宴となった。

芸者は、阿満《おみつ》、小照、玉八、浅吉、八重などという顔馴染が、目のさめるような出の衣裳の裾を引き、いずれも結立ての高島田で、次ぎ次ぎとあらわれた。

然し、遊びにも通じている肥後守は、芸者だけでは物足りぬと思ったのか、力士と役者が呼んであった。

当時の大関、剣山谷右衛門。役者では、女形の尾上梅幸、坂東しうかの二人が、取りもちに出た。

剣山は、大関でありながら、しかも手取りで、横綱不知火《しらぬい》や秀の山雷五郎をも、しばしば苦戦せしめ、名人の剣山と唄にまで唄われた力士であった。

直弼は、つい先年、江戸城内、吹上御苑で不知火と剣山が、将軍家慶の上覧相撲を取った話は聞いていたが、すぐ目の前に、しげしげ見るのは、今宵がはじめてであった。また、梅幸、しうかなどの女形のしなやかな起居《たちい》振舞を目にするのも、珍しい思いである。

「肥後守殿、たまには、こうした景色を見るのも、勉強でござるな。世間を見る目が、広うなります」

直弼は満足げに、盃を重ねた。美しい芸者が、傍へくるときは、ジッと瞳を凝らした。

彼は、人知れず、肚裏の中で、自ら呟いた。

（美しく粧《よそお》ってはいるが、然し村山たかの艶情には比すべくもない）

彼は、昌子にも、里和にも満されぬものを、猶《なお》、遠く別れた女の幻影に偲《しの》んでいるのだった。

やゝ気に入ったのが、去年まで半妓だったという浅吉位なものであった。

——宴、酣《たけなわ》なる頃、彦根からの急報が、亀清へ届けられた。

惜しいところで、彼は中座しなければならなかった。亀清の門の外まで、梅幸、しうかが送って来た。浅吉は橋のたもとまで来て、別れを惜しんだ。——その老柳の下に橘《たちばな》の定紋をうった朱塗の駕籠が待っていた。

帰邸した直弼は、直ちに、早駕籠の者に接見し、事の詳細を聞きとった。直亮の再起は絶望らしい。

彼は、さっそく旅支度にかゝっていると、昌子の方が、入ってきた。

「これは、又慌しいお立ち」

「そもじも聞かるゝ通りじゃ。未明を待たず、これよりすぐに、国許へ——」

「わたくしも、お供いたしとう存じます」

「さて、その儀は……」

直弼はお供をといわれて、ありあり、当惑の色を泛《うか》べずにはいられなかった。

「お供、願えませぬか」

「かゝる場合は、早打ちにて、夜を日に継いで急行致さねば相成らぬ。女性《にょしょう》の身にては、耐え難いわ」

「と申して、藩公、御危篤と伺っては――」

「志は忝いが、御用繁多の折、直弼とても、彦根に逗留は許されぬ。たかが一両日の御見舞をすませば、直ちに又、江戸へ引ッ返さずばなるまい。その間、しっかり、留守をして呉れよ」

「ホホホホ」

と昌子は笑った。

「お国許には、よほど、よいことが待っていると見えますなア」

「何ンと云わるゝ」

「今宵はいつになく、嬉しそうなお顔をして――そんなにも、お国へいらっしゃりたいは、深いわけがござりましょう」

「奥ともしたことが、はしたない女子供のように、何を邪推召さるのだ」

「いくら、お隠しなされても、みな、お顔に書いてございますもの」

昌子はそう云って、直弼の顔を指さした。

「これ、笑談はいゝ加減になされ」

「笑談ではございませぬ。お国許へ私をお伴れ遊ばさぬわけあるは、みんな存じて居りまする」

「又しても、くだらぬことを──奥のような姫育ちが、人の蔭口など一途に思いつめるのは毒じゃ」

「姫育ち、姫育ちと、二言目には仰せられますな。姫育ちが悪ければ、早う御離縁下さりませ。姫育ちより、女中育ちが、何よりお気に召すそうな……」

日頃から胸にたまっていることを、一どに晴らすかのように口走った昌子は、こんどはシクシク泣き出した。──直弼はもてあました。ッと立って、静橋の部屋へ行き、

「中老、中老。うっかり、姫育ちと申して、奥の機嫌を損じてしもたわ。私の代りにあやまって、機嫌直して貰いたい。もはや亥の刻。いつまでも奥の相手もして居れぬ」

それから公儀への、定溜り欠席の届け書をしたゝめて、近習に渡した。


嘉永三年十月朔日。直亮は世子の帰国を待たずして、遂に永眠した。

旅の疲労を医する間もなく、直弼は彦根城大書院に陣取って、自ら諸般の指図をした。

然し、江戸表には、幾多の緊急課題が山積している際だから、自藩のことにのみ没頭しては居られない。直亮の喪を発し、その一切の遺領を継承する手続きを終ると、出来るだけ速かに、江戸へ帰らなければならなかった。

──藩老のうち、岡本半介及びその一党は、新藩主に致仕《ちし》を申出た。代って、犬塚外

記、三浦十左衛門が、要職に任じられた。

　直弼は、この両人を呼び、

「国許の儀は、すべて両名の者に一任致さねば相ならぬ。そのつもりで、奉公いたして呉れよ」

　と、辞を低くして頼んだ。

「就いては外記、こゝに、金十五万両の金がある。領内士民に、各戸割りに、配分したいと思うがいかゞじゃ」

外記は意外な言葉に、気をのまれて、即答は出来なかった。三浦も驚いた風で、暫し、外記と顔を見合わした。

「恐れながら、十五万両とは、あまりの大金――いかなる御意か、解《げ》しかねます」

「いや、故藩公が、特に私へ遺されたものではあるが、何に使えとも御遺言がない金じゃ」

「十五万両と申せば、井伊家一ヵ年の歳入にもまさるもの。恐らくは、風雲急なるとき、江戸表にて、諸大名との御交際費として、故藩公が御配慮あそばした財源に違いございますまい。それをムザムザ……」

　と云いかけて、外記は口を押さえた。今は彦根藩の新主として、押しも押されもしない直弼である。かつて、埋木舎時代のように、勝手な口はきけないと思ったからである。

「先代の余沢の、尚死後にも垂るゝを示したい。それにな、病公の治下にあって、暫く、君家の恵恩に浴さなかった士民が、これによって、感奮の念を鼓舞するかもしれないではないか」

「新政の劈頭《へきとう》、巨万の富を抛《なげう》って、領内士民に散じ給えば、上は藩老重職より、下は細民野人に至るまで、感激の声を放って、君が高邁の志を寿《ことほ》ぐでございましょう」

外記は、老眼に涙を溢らして云った。

「然らば、其方たちの同意を得て、甚だ満足じゃ。但し、わが功を誇る気は更々ない。あくまでも、故藩公の御遺言として、発表いたせ」

「ハハア」

「次に、訊ねたいは、儒者の申すに、三年、父の道を改めずとか。藩主他界に際して、急激の革新は、果して人心を服する所以《ゆえん》に非《あら》ざるか、否か。どうじゃ、思う所憚らず、答えて呉れ」

然しこれも難題である。

故直亮の非政《ひせい》は、病中、尚多妾を擁して、藩政をすべて岡本一派の壟断《ろうだん》に委したことが原因である。

「外記――私はかの六代将軍の故事を思い出す」

「ハハ」

「家宣公は、五代綱吉将軍の棺前に伏して、何ンと仰せあったか――」

「ハハ」

「天下殺生の禁を解くは、焦眉の急。君が政道を革《あらた》むるに非ず。たゞ、上下万民の幸を計ることこそ、至孝なるべし。即ち悪貨大銭の通用を廃し、禽獣魚類の売買を自由とし、疑獄を覆審して九十二人を放たれた。又、側用人柳沢吉保ら側近政治の弊は、即日、革められて、吉保は坊主になった。菲政は時を遷《うつ》さずして、革新されねばならぬのだ」

「ハハ」

「両名とも、勇猛心を以て、臆さず、之れに当るがよいぞ。就いては、さしあたり、新人を抜擢して、久しい堕風に、清新の気を導かねば成らぬ。誰か、意中にあるか」

と、訊かれた。――三浦が一膝すゝめて、

「長野主馬義言《よしとき》こそ、風雲の際会を待つ者ではございませぬか」

「外記はどうじゃ」

「三浦殿と、同意でござる」

と、彼も答えた。一時は長野をうとんじたこともある外記だが、既に天下の向背が一転した今、一人の味方も欲しいところである。とすれば、三浦の進言を阻む理由は、どこにもなかった。

直ちに、長野主馬採用と決定し、辞令が発しられた。

長野主馬儀
今般思召シニ依リ
食禄二十人扶持ヲ供シ、特ニ弘道館国学寮ノ学頭ヲ命ズ

これで十分と、直弼は漸く安堵した。外記と三浦と長野が、堅く手を握りさえすれば、彦根のことは、先ず、後顧の憂いがない。

——翌々日、故藩公の葬儀が行われた。致仕を願い出た岡本一党は、葬列からも除かれ、その代りに、長野が弘道館を代表して、三浦のうしろに従った。

主馬は、この機会に、主膳《しゅぜん》と改名する旨を申出た。

長いこと、側室に圧迫されて不遇だった直亮の室、耀鏡院は、今日は涙のうちにも、清々しい尼姿を見せて、直弼と共に棺側に侍した。

愛麿は、庶腹の故を以て、遠慮した。佐登の里和も、むろんである。直弼は帰城以来、まだ一度も、里和の顔を見ていなかった。

その日愛麿と里和は、尾末町の埋木舎から、槻御殿へ引越した。

十五万両領内配分の発表があった直後ではあり、里和に対する人々の態度にも、現金な

ほどの変化が見られた。

近江の湖を形どった泉水を望んだ一室が、里和に与えられた。その昔、彦根御前と謳《うた》われた直弼の母が住まった部屋である。

四ツ近く、直弼が戻ってきた。帰国以来、はじめての対面である。

直弼は愛麿を膝に抱き上げ、

「大きくなったな。大きくなったな。りっぱな面魂。大丈夫たる相を備え居るわ」

と、満足そうにくり返した。

「いつ、江戸表へお立ちでございますか」

と、里和が訊いた。

「公儀へは往復十日のお暇を戴いて参ったのみじゃ。あと五日ほどの延期をお願いする外はあるまい。それにしても、当分は江戸と彦根を往ったり来たりじゃ」

「あまり精をお出しあそばして、お身体を害《そこ》ねては何ンにもなりません」

「相変らず、そちの心配性は癒《なお》らぬな」

「時々の御玉章《たまずき》に心をなぐさめては居りますが、殿様のお出でにならぬ彦根の暮しは、淋しゅうてなりませぬ」

「こんな可愛い子供の成長を、朝夕に見ながら、それでも淋しいとは、慾の深いことじゃ
——江戸表こそ、淋しいものだ」

「でも、目のさめる程お美しい奥方が、いつもお側について居られましょうに」

「里和こそ、大層美しゅう相成ったぞ。赤ン坊を生むと、女は色気の出るものと聞いたが、まこと、その通りじゃ。彦根に置いては、勿体ない」

「アレまたそんな御冗談仰有《おっしゃ》って。殿様こそ、江戸の奥方のお仕込みと見えて、お口がお上手になられましたわいな」

「奥方々々と、二言目には仰しゃるなよ」

愛麿を膝から下ろした直弼は、久々に里和と顔を見合せて、明るく笑った。

「この夏のはじめ、お志津さまが、御病気でございました」

「左様か――」

「一時は、御重態とききましたが、北庵様の御匙加減で、本復あそばしたげにございます」

「北庵といえば、このたび、御藩医として、任官致すよう、申し渡した」

「それはまア、どんなにかお喜びでございましょう」

「長野主膳共々、近く城下へ居を移すことに相成ろう――」

直弼は、寧《むし》ろ志津のことよりも、たか女の動静が知りたかった。長野とは、まだ、恋情を通じているのだろうか。袋町での三味線渡世はどうなったか？　化生の噂は、もう消えたか？　里和は然し、その話には触れなかった。

翌日。直弼は弘道館新学頭たる長野主膳を伴って、久々に彦根城の天守閣へ上った。

秋晴れの大湖が、すぐ目の前に漫々として、鏡のように照り映えている。

「主膳。思えば、おたがいに、大変化と申すものじゃ。井伊家十四男の碌々《ろくろく》たる貧書生と、国学好きの痩浪人が、今は、この城の新領主と弘道館の学頭だ。これまでのような独断孤高の論を以て、いさぎよしとのみもしては居れない。また二ッには、定溜りの席にあって、ひたすら沈黙寡言《かげん》で押し通すわけにも参らぬ。ソロソロ、何か、物を云わねばならなくなった――」

「恐れながら、世間では、わが殿の御発言なきを、いぶかって居るそうにございます。と申すは、つまり、時代が、わが殿の発言を待ちかねているとも解されます。今までは、世子の御代行。これからは新藩主の責任に於て、有言実行なさらねばなりません」

「そこで、先ず私は天下の輿論をきかねばならぬが、中でも京都は諸国の人士の集るところ、寧ろ、江戸よりも人心の帰趨《きすう》を知るに早い位じゃ。しかも、由来、当藩には、京都に於て、代々重任あるを、そちも存じて居よう……」

「京都御守護のお役は、井伊家歴代の公憲でござるとか」

「そうじゃ。その通りじゃ。よって、常に兵船を湖上につなぎ、一朝京都に変ある時は、直ちに走って、禁闕《きんけつ》を警護するはむろんのこと、若し兵乱の巷と化し、玉体の安全図り難きときは、彦根城を以て、行在所《あんざいしょ》ともなし、行幸を迎え奉らねば相成らぬ。即ち、それほど、責任の重い立場じゃ。然るに、堂上の諸家は、近頃やゝもすれば、井伊家を朝敵の張本と見做《みな》して、不穏の言辞を弄さるゝが多い。諸国浪士の横議に至っては、まことに言語道断じゃ」

「主膳も、怪しからぬ儀と存じ居りました」

「さて、其方も知る如く、弘道館は、もと文武館と云い、父直中の創立したるところ、義父直亮の時、改称せられ、藩の子弟が公費を以て、文武を講ずる学館。以て士風を振い、人材を養う。そちを学頭に任じたのも、その故じゃ」

「過分の職責。身に余る栄誉とも存じまする」

「が、其方の材幹は、弘道館一つでは、むしろ物足りぬ。今や、国学の窓より出でて、時代の奔流に挺身して貰わねばならぬ時となったのじゃ」

「と仰せられまするると――」

「密々に、京都へ潜行して貰いたい。これは、私と其方と二人だけの密約じゃ。決して、学頭を解任いたすのではないのだぞ」

昼でも暗い天守閣の太い柱の前に立つ新しき藩公の眼は、炯々《けいけい》と光っている。主膳は手に汗を握ったまゝだ。

「京都潜行の儀は、委細心得ました。就いては、藩公御覚悟の程は、開国に有りと断じまして、御異存はございませぬな」

と、主膳は念を押した。

「私はまだ、その儀、誰に対しても発言致したことはない。定溜りの席に着して、諸大名の意見を徴しては居るが、自からの肚裏を語った覚えは、曾てない。其方だけに、洩らしきかすぞ」

「ははッ」

「其方の申す通り、それ以外に、わが国民《くにたみ》の生きる道はないのじゃ。鎖国などということは、わが国だけが勝手にそうきめているだけで、異国の実力の前には、空手形にも及ばぬものじゃ。然し、主膳。開国は即ち敗北と思うなよ。世間では、とかく、攘夷即ち好戦なるが故に、開国即ち敗戦と誤る。わが所存はそうでない。開国は、むしろ前途の勝利のためじゃ。勝利はたゞ、戦勝のみに非ず、征服のみに非ず、況《ま》して、侵略のみに非ずだ。不《ふ》撓《とう》不屈の努力こそ、能《よ》く、最後の勝利を占める。よいか。わかったか」

一語々々、主膳の胸に刻みこまれた。

「若し、開国を、諸外国への媚なりとするならば、或は攘夷党志士の横議にも一理を認めねば相なるまい。私にとって、開国は媚態どころか、彼らに対する勝利への一階段と信じている。通商もよし、互市も結構。大いに有無を通じ合い、彼の長を取り入れ、わが短を補い、万民物心の水準を高めるのが、目下の急だ」

主膳は聞いているうちにも、胸が高鳴るのを覚えた。恐るべき卓見と申さねばならない……。

「但し、この所存を実行に移す場合、反対者は猛然として、蹶起《けっき》するだろう。党を組み、類を集め、開国は媚なり、敗戦なりとして、私を難ずるだろう。恐らくは、日本中を敵に廻すかも知れないのだ」

「はア」

「其方に、かつて申したことがあったな。政治のために生命《いのち》をおとすほど、バカバカしいことがあろうかと。今でも、その心に変りはない。然し、いくらバカバカしいと存じても、そういう事態を生ずれば、馬鹿者共は、私の生命を狙うだろう。いつぞや、私が世子になるかどうかという時、芹《せり》川堤で、飛道具を向けられたこともある。弾は手綱を切って逸れたが、間髪を容れなかった。あのとき、当っていれば、藩主にもならずにすんだ」

「前の晩、金亀楼《こんきろう》に登楼し、雪野太夫に振られた右の耳下に黒い痣《あざ》のある男だったそうでございますな」

「開国の政策を行うときは、何百人、何千人の刺客の前にも立たねばならぬ。然し直弼は容易には彼らの術中には陥らぬつもりじゃ。あくまで、身命は貴びたい。それには長い期間の周到な準備が要る」

その日、江戸表からは

「養父の遺領を嗣ぎ、諸事家格の通り相勤むべき旨」

仰出され、また、先例によって、掃部頭《かもんのかみ》と称すべき旨、示達があった。拠って、名実共に、井伊家三十五万石の新領主たる地位が公認せられたわけだ。

昌子の方からも、書簡が届いた。日頃は姫育ちで、とかく愛嬌にも乏しいほうだが、手紙の文句は、色めいた言葉が多く、僅《わず》かのお留守も、一年を経るようで、君の御帰りを一日千秋の思いでお待ちしているなど、心やさしい水茎のあとが、しのばれる。

そのまゝ、うっかり、机の上へ投げ出しておいたのを、里和が読んでしまった。そして、これでは直弼から聞いた説明とは、全然、違うではないかと思った。胸が焦げるように、ジリジリしてきた。

直弼は夜ふけまで、楽々の間で、主膳と話しこみ、夜にまぎれて、彼を京都へ立たせてやった。庭先きの内湖の岸から、早船を立てると、朝までに、琵琶湖を斜めに横切って、坂本へつくことが出来る。主膳は、旅商人に変装していた。

船の纜《ともづな》を切る前、直弼は庭下駄のまゝ、水門の横に立って、

「多紀は、其の後、どうして居るか」

と、訊いた。主膳は、道中合羽の紐を結びながら、

「一向、快方にも向わず、依然、宮前にて病苦と闘って居ります」

「昨日、飛脚を以て、弘道館学頭任官の旨、知らせてやりました」

「それは、さぞ、喜ぶことであろう」

そのとき、船は岸をはなれ、蘆《あし》の間をわけて、進んだ。忽《たちま》ち、見えなくなった。今宵は湖上に月もなかった。

直弼が戻ってくると、里和は目を泣き膨《ふく》らしていた。直弼には見当がつかなかった。

「何を、泣いたのだ」

「はい」

と、うつむいたまゝ、口をきく様子もない。

「愛麿は、もう寝たか」

「さき程、おやすみになりました」

「私らも寝ると致そう」

「…………」

こんどは、はいとも云わぬ。まして、立上る風もない。

「明日は、江戸へ発足しなければ相成らぬ。当分、そちの顔も見られぬのだ」

直弼としては、里和の心を慰めるつもりで云ったのである。然し、里和には、一語一句が、素直には聞きとれない。

「一日千秋の思いとやらで、江戸ではお待ちかねでいらっしゃいます」

さては手紙を読んだのかと、直弼ははじめて気がついた。

里和は、昔志津がたか女のことで、焼餅をやいて騒いだのを知っている。自分は決して、あんな真似はしたくないと、心に誓っていた。

それなのに、江戸の奥方から届いた手紙を盗見した瞬間、烈しく炎え上る妬心を押さえきれなかったのだ。

というのが、昌子は、故藩公との義理詰めで貰った奥方であり、云わば、床の間の置物も同然のたゞ名目だけの夫人である。その証拠には、奥方には、未だ懐妊のしるしがない。それにひきかえ、里和には、愛麿というりっぱな男の子がある。この点からでも、直弼の最愛の夫人は、江戸の昌子ではなくて、彦根の里和である。——そのように、里和は自他共に許しているものと、内心、信じ切っていたからであった。

「私の許しもなく、奥からの手紙などを読む者があるか」

と、直弼は苦り切って云った。

「申訳がございません」

「奥としたら、あのように書くのは、当り前のことだ。若し、そちが江戸にいて、留守居をするとせば、やはり、あのように綴るだろう。少しは人の身になって、考えてやるものだ——」

「…………」

「アメリカやイギリスでは、一夫に対するに一妻の慣わしが、よく実行されていることを、過日、私は蘭学者から聞いた。日本や清国のように、多妻多妾を擁する国よりも、一夫一妻の制こそ、新しい男女の道であることは、疑いを容れぬところじゃ。私もそれを認めるに吝《やぶさ》かではない。ただ、里和。この国の長い慣習の力も亦、侮り難いのだ。武家と町人の区別にしても、それが理不尽とわきまえたにしろ、一朝一夕には、その古い埒《らち》を取去ることは困難至極じゃ。然し、段々にはよくなる。少し宛でも、住みよい国となる。それだけは信じられるのだ」

「住みよい国になる前に何か恐ろしい嵐が来て、せっかく、近寄りかけた仕合せを、根こそぎ、奪い去られそうな気がしてなりませぬ」

「静には動。動には静。人心の反服常ならぬが世情じゃ。但し、反服しつゝ尚も前進してやまぬ。畢竟《ひっきょう》、悲喜交々《こもごも》、且つ生きる外はないのじゃ。会うは別れのはじめ。愛は苦の源。それでも、生きようと努力致さねばならぬのじゃ」

「はい――」

里和は、直弼の言葉に漸く力附けられるものを感じた。

「わかったか。わかったら機嫌直して、いつまでも、私の世話をして貰いたい。さア、夜も更けた。あちらへ参ろう」

越しに、望まれた。

と、やさしく手を取った。今宵は闇と思ったのに、薄刃のような晩い月の出が老松の葉

直弼は未明に目をさました。傍には、里和が、まだ眠っている。宵の口に、嫉妬に泣いた顔とも思われない。邪気を払った静かな安息の表情である。

然し、直弼は尚物足りぬ面持で、寝所をぬけ出た。

雨戸を一枚だけ繰り、楽々の間とをつなぐ中庭から、泉水のある表庭へ出て行く。はや、東雲《しののめ》と見え、東の空がしらじらとあけて来た。直弼は何を好んで、朝の庭に下りたのであろう。

彼は、はじめて世子として江戸へ呼ばれた時、大垣の本陣の庭先きに、ふと垣間見て以来、たか女の顔を見ていない。然しあの時の、思いを罩《こ》めた彼女の瞳の色は、忘れようとして、忘れられないものであった。

——里和も愛した。昌子とも契った。が、たか女の摩訶不思議とも見える肉体の魅力は、較べるものもない。

里和は、利口だから、すでにそれを自分でも知っているらしい。自分が、たか女のように、男を吸引する術をもたないことを。——直弼はそれを可哀想だと思う。

然し、事実なのだから仕方がない。里和は直弼を愛するために、全部を投げ出して奉公

している。いざという時は、身代りにでもなるつもりだ。それなのに、たか女は、長野の愛をも許し、しかも廓の中に住んでいるのだから、ほかにも情を通じている者がないとは云えない。そのような、不身持ちの女とくらべて、里和は尚且つたか女に負けるのである。

（なぜか――）

――直弼はそう自問しつゝ、三方ロになっている庭木戸の一ッ一ッをあらためた。

誰も居ない。

正直なところ、直弼はこんどの彦根帰城に際して、ひょっと、たか女に会えるのではないかという気が、どこかでしていたのである。

心の表面では、それを厳しく禁じている。それで居て、反面では、やはり、会いたがっている。その矛盾から、彼はまだ、悟りきってはいなかった。

一ど、東が白《しら》むと、それからは、ドンドン明るくなる。もはや、夜の幕は、すっかり巻き上って、魔女の住むところは、どこにも見当らぬ。これでは、遂に、たか女とは一目も交わさずに、江戸に帰らねばならないのだと、直弼は、思った。

松のある泉水の岸から、朝霧がムクムクまいてくる。薄い紋様のある舶来のギヤマンを見るような美しい霧だった。

彼は、それで、おのれの邪心を押し拭った気持で、再び寝所へ戻った。そのまゝ、起きるには、まだ早すぎるので、里和の傍に、身を横たえた。

（一番苦しんでいるのは、そちたちよりも、やはり私なのだ）

彼はそう云いたかった。

黒船の章

新領主嗣立の後は、江戸と彦根の間を、年間一二回は往復しなければならぬ有様なので、文字通り、席のあたゝまる暇もなかった。

嘉永四年の暮、国に就き、同五年、江戸へ下り、その夏、再び国に帰った。明けて六年六月、燿鏡院がその春他界したので、追善のため、彦根に着いた。すると、翌日、まだ、旅の疲れを休める遑《いとま》もないうちに、浦賀奉行戸田伊豆守からの急使が飛来した。

「米艦四隻、本土に近附き、伊豆方面、相模湾口をめざして、進行しつゝある」

それだけの要領のものだった。

「米艦四隻！」

直弼は、肚中から呻《うな》るように云った。

次いで、その日の夕方、江戸幕府からも、急達があった。そのほうはたゞ、「非常事態――」というだけである。

直弼は、里和に云った。

「このたびの帰国に際しては、藩政の不備を改革して、彦根藩の充実を固めようと期したのだが、未だ一令を施す暇もなく、国事の急に、奔《はし》らねばならぬ。今宵のうちにも、出立する外はない」

「まア――御夜立ちとは、あンまりな。せめて、明朝早くなされませ」

「非常事態と聞いて、大政参与の地位にあるものが、一夜の躊躇《ちゆうちよ》も許されぬわ」

そう云われては、里和も返す言葉もなかった。せっかくの帰城に際して、あゝもしよう、こうもしたいと思ったことは、すべて水泡に帰したが、これも已むを得ないことだ。

その夜、亥の刻、直弼は屈強の供廻りを従えて、彦根をあとにした。

尾張をすぎる頃から、米艦来襲の流言が、しきりに飛んでいるのがわかった。

すでに、相模湾は、黒船によって封鎖されたと云うものもある。

その煙筒は焰々《とうとう》として、黒煙を吐き、その砲門は、凜々《りんりん》として、海を圧し、艦上の剣戟は、皎々として、肝を飛ばしむるものがある。米艦四隻などとは、事の真相を、強いて押し包むもので、その背後には、更に、十隻宛の編成による百艘《そう》の戦艦が隊伍を組んで、迫りつゝある。これらの砲門から打出す弾丸は、江戸位の都市は、半日もかゝらぬうちに、丸焼けにする力をもっている。いや、いや、江戸はもう、塵ッぱ一ツない程に、きれいに焼け尽されてしまったかも知れぬ。

――東海道の町筋にも、恐怖は刻々と流れこんできていた。

側役の宇津木六之丞でさえ、

「殿――いかゞいたしましょう。若し、江戸城が、占領されてしまったと致せば、これより再び、彦根へ戻られたほうが――」

などと弱音を吐いた。

江戸へ入ると、果して八百八町は、引っくり返るような騒ぎだった。殊に品川附近の混乱は、想像以上のものがあった。

早半鐘が、絶えず鳴りつゞけているのは、次のような老中からのお達しのせいだった。

只今浦賀へ、異船渡来につき、万一、内海へ乗り入れ候もはかり難く、若し右様の節は、芝より品川、最寄りに屋敷ある面々は、屋敷相堅め、早半鐘鳴らし、火事装束着用の上、登城いたすべきこと。

また、万石以上、火之見のある屋敷にても同様、早半鐘うち鳴らし申すべきこと。

八ツ山をすぎ、高輪から二本榎にかゝる。町筋の家々は、みな門戸を閉ざし、雨戸を押し立て、まさに人心恟々《きょうきょう》たる図である。また店屋の店頭には、俄《にわ》かに刀剣・甲冑・銃器・陣羽織などを並べ、ものものしい非常時気分が横溢している。その価格も、平生の十倍程だ。

直弼の一行は、一先ず、桜田の藩邸に入った。そしてすぐ、登城の裃《かみしも》に着かえていると、松平若狭がたずねて来た。

「おゝ、若狭殿。非常のお召しと承って、只今、帰邸したところじゃ」

「では、直ちに御登城でござるか」

「左様致さねばなるまい」

「それは残念。実は、得がたい洋書数冊と、北アメリカの新地図が入手しましたので、御披見戴こうと持参致しました――」

「それは珍しいもの。北アメリカの地図は是非にも拝見いたしたいが」

「ついでに一番、久しぶりに碁のお相手もいたそうと、定溜りをぬけて参りました」

側役宇津木が、駕籠の用意を知らせてきたが、若狭の話をきいて、

「若狭守殿には、この急迫時に、碁の御相手とは悠長千万。――敵船は、浦賀より程遠からぬ沖合に投錨して居ります。若し、明日を待たず、品川沖へ集結なせば、砲弾雨下は必然。江戸百万の男女は、数刻を出でずして、みな殺しになるであろうという話でございます」

と、抗議した。然し若狭は辞色を変ずることなく、

「なるほど、それが真実なら、われらも着弾地より、一刻も早く避難いたさねば相成らぬが、然し、さようなことは、先ず、有りうべからざることだ」

と、おちついてこたえた。

「有りうべからずと仰せあるが、相手は夷蛮《いばん》の兵でござれば、人倫をわきまえるとは覚えませぬ。一たび、本土上陸を許せば、その惨状はいかばかりか。今や弘安以来の大国難に際会致したのでございましょう」

「宇津木氏とも覚えぬ言葉じゃ。夷蛮々々と云わるゝが、わが国の攘夷党よりは、はるかに、ものわかりがいゝ筈じゃ。たとえば、四隻の米艦が、遠征艦隊であるにしても、いきなり、砲弾の雨を降らせるようなことはないのだ。あらかじめ、使節を以て、来航の目的を申し入れる。戦端をひらき、兵火を交える前に、必ず外交手段に訴えるが、文明諸国の慣習となって居る。説明も警告もなしに、直ちに武力を行使するようなことは、万一もござらぬから、安心召されれ」

と、若狭は年に似合わず、泰然として、条理を説く。

「外交手段が再三行われても、尚、聞き入れられないときに、最後の通牒となり、はじめて宣戦が布告されるのだから、そのつもりで、御用意が肝要じゃ」

「恐れ入りました。そのように、詳しく伺うと、少しは胸騒ぎが休まります。然し、世上

の沙汰は、恐ろしい話ばかり。大奥でも、どこへ難を避けるべきか、評議もつかず、只々周章狼狽とやら。老中御一同、わが殿の御登城をお待ちかねでございます」

と、宇津木が云った。

「で、若狭殿——共々、登城仕ろう」

直弼は、東海道をかけつけて来て、一杯の茶をのんだだけで、さっそく、登城の段取りとなった。

——二人が定溜りへ入る前に、すでに老中からは、彦根藩に対し、直ちに兵備を充実し、武器兵員とも平生に数倍するようにという令書が下った。

もともと、幕府は弘化四年二月、彦根、川越、会津、忍《おし》の四藩に命じて、相模・安房の海岸を防備するべく申渡しがあり、そのうち、彦根は浦賀一帯を担当させられていたのであった。

直弼はこの兵備には、あまり気乗りがして居なかった。砲台を幾つ築造したからと云って、一度びアメリカやイギリスの遠征艦隊が来襲したら、そんなものは一たまりもある筈がない。却て、なまじいの武装をやれば、相手を刺激して、戦火を誘導するようなものである。それよりは、非武装で、彼の前に立つほうがいゝ。そのほうが、よっぽど彼らを心服させるに足りる。そう思って、なるべく内輪に兵を送り、藩臣安藤七郎右衛門貞信に、その監軍を一任しただけであった。

そこで、中には彦根の防衛の不足を指摘して、老中へ、

「売国侯井伊に、浦賀のような枢要の地の警備を委すのは、危険千万。国家の大計を誤るもの」

などという密訴状を、呈する者もあった程だ。

――老中筆頭、阿部伊勢守正弘は、直弼の登城を、今か今かと待っていた。直弼が着座するのもおそしと、

「掃部頭《かもんのかみ》、国書が来た。大統領の国書が――」

叫ぶように云った。

「して、老中には大統領の国書を披見遊ばされましたか」

直弼は、屹《きつ》となって云った。

「いや、いや」

阿部勢州は、右手を横にふり、

「それが今、紛議最中でござる。浦賀沖に来航したる米艦は、即ち旗艦サスクハナ号、ついでミシシッピー号。これは共に、蒸汽船でござる。又、プリマウス号、サラトガ号は帆前船。都合四隻より成り、提督は即ちペリーと云い、六月二日の夕には、伊豆の岬から四十浬の所に乗り入れ参った。更に翌三日浦賀沖に投錨、今にも砲撃を開始せんばかりの態勢でござるそうな」

「浦賀奉行はいかゞなされた？」

「最初は与力中島三郎助を以て、交渉に当らせ申したが、これは何ンの要領も得なかった。ついで四日、支配組与力、香山《かやま》栄左衛門を以て黒船へ派遣せしめたところ、ペリーは香山を、浦賀奉行と誤認して、艦長ブッカナン、参謀長アダムス、副官コンテーの三人をして、応接せしめた結果、大統領の国書を受けよとの難題じゃ」

「別に、難題とも覚えませぬが」

直弼は言下にそう云った。一段低い座にいる松平若狭の顔に、思わず微笑が浮かんだ。

勢州は、語を継いで、

「然し、わが国法としては、国書はすべて、長崎にて受取る可しと制限してござる。されば、貴艦は長崎に赴かれよと力説したが、いっかな肯《き》き入れぬ。若し、日本政府が、適当なる受領委員を選任して、アメリカの注文に応ぜざる場合は、提督は兵をひきいて上陸し、江戸城に入城の上、之れを国主に手交する外はないという強硬談判でござった」

「然らば、ペリーは武力を以てしても、大統領の国書を奉呈しなければ、止まぬと云われるのでございますな」

「左様――そこで香山は、漸《ようや》くのことで、回答期限をのばして四日の猶予を求めて参ったが、その四日も、はや明日で切れるという瀬戸際なのじゃ」

「然らば、その国書を受取るとも取らぬとも、幕議は未だ、決しられませぬか」

「老中一同、夜もすがら、議をつくし、又、布衣《ほい》以上の者の衆議にも諮《はか》ったが、容易に尚、決し難い」

「四隻の船艦に積んである武器弾薬は、特に恐るゝにも足りませぬが――」

と、若狭が口を挿んだ。それに継いで、

「然し、何はともあれこの際は、彼此の衝突は、能う限り回避するが、賢明でござる」

と、直弼は、顧るところなく云った。

「では、掃部頭の御所存は、国書受領を是とさるゝか」

勢州の語尾は、やゝ、顫えている。直弼は、

「それには先ず、日本側も威儀を備え、外交使節に対し、接待館を急造し、且つ、優秀なる通詞《つうじ》を用意しなければなりますまい」

阿部勢州は、定溜りの四家に命じて、ペリー接待のため、久里浜にその設備を急造するよう、さっそく、着手せしめたが、まだ、国書受領とも否とも、ほんとうの肚はきまっていなかった。

その証拠には、六月五日の日、水戸斉昭《なりあき》に、次のような内容の書簡を送って、その意見を求めている。

（一昨三日。未《ひつじ》上刻。浦賀表へ異国船が渡来したのは、容易ならざる事態であり、老中、

溜間一同終日、評議を重ねたが、かねて尊所様には、異船については、御心配も少からず、又、度々御建白もあったことであるから、この際の御高見もあるやに思われる。国家のため、何卒《なにとぞ》、相談にあずかって戴きたい。もっとも火急のことゆえ、明日登城までには、思召しの処を、仰せ下さるよう……）

斉昭は、これに対して、

（かねて沙汰のあった異船、去る三日渡来の由。右につき、拙老憂苦建白いたしたる事共、一向御取用いに成らず、今更ら、いかんともすべき様なく、たゞたゞ当惑のみながら、それはそれ。今は今。御同様、国家の大事とあれば、是までの行きがかりは水にして、何ンとか対策も立てねばならぬ仕儀である。然し、今となっては、攘夷のみが良しともいえず、戦争となった場合、たとえ、賊船浦賀を引きはらったとて、伊豆の島々、八丈島など勝手に占拠いたすは、鏡にかけて明かである。さればとて、彼の書簡を受取れば、つゞいて十が十、難題ばかり仕掛け、将来の大憂となるに相違ない。苟安姑息《こうあんこそく》の御所存によって、一時糊塗《こと》しても、浦賀に三四ヵ月も投錨すると致さば、国中の大騒ぎとなるは必然のこと。とにかく、衆評の上、御決断の外はありますまい）

という甚だ、不得要領の返事をしたゝめている。

これは斉昭が、老中筆頭の諮問に対して、責任を回避するためとも云えるが、又事実、斉昭の如き主戦派でさえ、浦賀来航の黒船の威力の前には、どうしていゝか、さっぱりわからなかったのであろう。

阿部は、この返事には失望した。斉昭のことだから、徹頭徹尾、黒船打払いを建白するものと期していたので、大いに期待外れであると共に、安心もした。攘夷派の張本たる水戸が、この態度なら、或る程度、ペリーの要請をきいたところで、過激な反対や非難が、自分に集中することはあるまいと、多寡を括《くく》った。

そこで、老中は即刻、井伊直弼を呼出して、彼の建策通り、六月九日、久里浜の接待館で、合衆国大統領の国書を受取り、当方よりは、これに対する受領書を与えるための国際的儀式を行う旨、正式に発令した。受領書の文面は、草案を松平若狭に担当せしめた。


主膳は、麩屋町の俵屋の二階で黒船来航に関する堂上諸家の情報をあつめていた。言うまでもなく、彼のよき手足となって動いているのは、村山たかである。

たかは、磐若院慈尊と縁つゞきの、駿河の局《つぼね》と連絡を取り、鷹司《たかつかさ》・三条はじめ、諸公卿間の往来をつぶさに内偵している。何んといってもたか女には、三味線という武器がある。駿河の局の許へも、三味線の稽古に出入しているのだから、誰も彼女を怪しむ者はないのだった。

それに、観察が正確というだけではない。たか女のカンは、ピタピタとあたるので、主膳も彼女を離すわけにはいかなかった。

主膳の日記に、幾度となく、

（夕さり、たか女来たる）

と見え、一晩とまって、

（朝まだき、たか女帰る）

と、しるされている。何処へ去るとも分明ではない。又、何処から来るとも、明記はして居ない。風の如く来て、又、風の如く去るのであった。

今日は珍しく、日のあるうちにたか女が戻ってきた。

「江戸中は、戦争のような騒ぎだそうですねえ。いよいよ、黒船が大砲《おおづつ》を打ったとか云います」

「そんな話だが――殿もさぞ、御心痛であろう」

「京でも、米、麦はもとより、稗《ひえ》や豆まで、ドンドン、値上りして居ります」

「万一の場合の思惑で、誰かが大きく買入れているのだ」

「抜け目のない商人達でしょうか」

「いや。一人や二人の買占では、このように全国に及ぶ値上りとは成り申さぬ。大きく買っているのは、恐らく、幕府と朝廷だろう。日雇人足の代銀も、百三十二文のが、銀七匁五分に上っても、尚且つ人足一人、満足にないというから、驚く」

「大工の手間が、十五匁だそうですよ」

「それに、御旗本の武士《さむらい》で、具足の用意のないものが、大ぜい居るそうだから、甲や鎧《よろい》が暴騰するのも、無理はない」

――やがてたか女は、浴衣に着かえた。鴇《とき》いろのしごきをしめると、見ちがえる程、色っぽくなる。主膳のそばへ、すり寄って、

「所司代脇坂淡路守様から、三条実万《さねつむ》公へ、密奏があるとのことで、今朝、お使いがありました」

「関白殿の御思慮の程は、まだ、わからぬか」

「サア――それにしても、七社七箇寺へ、異船調伏《ちょうぶく》の御祈禱を仰出された程ですから……」

少し宛昏れていた。仲居が運んできた行燈も、今宵は油の節約か、いつもよりは、薄暗いようである。

その行燈の下で、二人は夕食の膳に向った。主膳も近頃は酒を節しているが、それでも、たか女と二人で、晩酌を掬み交わす楽しみは、やめられない。

「駿河のお局から、今日は珍しい話をききました」たか女は何か気をもたせる風に云う。

「ホウ――何事か」

「私にお嫁入りの口を世話したいと仰有るのです」

「ナニ、嫁入り――それは聞き棄てならぬぞ。相手は誰だ」

「何ンでも、北山の金閣寺の寺侍で、多田一郎時員とか云う人だそうで。駿河のお局は、私が一人暮しをしていると思っていられるので、勝手にそうきめておいでになります。多田さんは、やはり三味線がお好きで、私が弾いているのを、蔭で聞かれて、大層ほめて下さいましたとか――」

「それで、おぬしは何ンと答えて参られた」

「まさか、剣もホロロな断りようも出来ませんもの――磐若院の叔父とも相談の上、あらためて御返事を、と申してきました」

「ヒヤリとさせるのう」

「丁度、いゝ潮時と思ってらっしゃるンじゃアありませんの」

「何が?」

「私と手を切るのに――」

「ハハハハ。それなら、拙者もこんな危い芸当は致さぬよ。とっくの昔に、別れて居る」

「ほんとでしょうか」

「今の話でも、顔色が変る程だ。おぬしにあっては、からきし、意気地のない主膳。気をもまして呉れるなよ」

「私は又、あなたという方は、徹頭徹尾、女には冷い方と思って居りました」

「それはまた、なぜか」

「女よりも、御用第一。私に対しても、たゞ、うまく利用あそばすことしかお考えにはなりませんのでしょう」

「おぬしの云う通り、拙者の今のお役には、なくてならぬ人は、おぬしだ。然し、そればかりでは、こうして、胸をとゞろかせて、おぬしの帰りを待っては居ぬ。拙者は今、御用と恋の二筋に、男の生命を張っている」

ほんとうに、主膳の顔は青い程だ。たか女は、お銚子を取りあげて、

「サア——少し、おすごしなさいまし」

「おぬしが、嫁入りの話などをはじめるので、今宵は一向に、酒がすゝまぬわ」

「あなたさえ、捨てずに可愛がって下されば、私はお嫁になンぞ、行くものですか。いつまでも、影のように附添って、どんな御用でも勤めまする」

「そこで密奏の儀だが、三条公から鷹司関白殿へ、直ちに、対策が建議されよう。なるべく仔細に、内偵を頼むぞよ」

こんどは主膳が盃をさした。

いつかたか女は、寄添っていた。この頃は、用談がすめば、二人とも、離れてはいられないのである。ほろ酔の女の目もとが夢見るように色ッぽい。

「それにしても、駿河の局には、おぬしを彦根の間者と気附いている模様はあるまいね」

「けぶり程もありませぬ。この頃は、私の参るのをお待ちかねで、お稽古も熱心すぎる程。少々、こちらが、もてあまします」

「然し、油断はなされなよ」

「今日も、直弼公のお話が出ました」

「何ンと云われた？」

「世子の時は、彦根牛と綽名《あだな》で呼ばれた程の黙り屋が、近頃は大分声高に、開国を唱えていられるそうな――などと仰有ってでした。お局の耳にも入る程ですから、世評はかまびすしいに違いありませぬ」

「売国侯などという、怪しからん呼び名もあるそうだ――」

「血気の強い水戸や薩摩が、我慢して居られなくなる時が来ると、御身辺の警戒が大切ですね」

「それがあの通り、埋木舎時代からお供もなしに、歩くのがお好きだったから。この頃でも、お城から駕籠だけ返して、お一人柳橋あたりへお出かけになるそうだ」

「御寵愛をうけている妓があるのでしょうか」

「ハハハハ。おぬし、やっぱり嫉《や》けるか」

「…………」

たか女は、ジッと主膳の面へ、黒水晶のような瞳を注いでいたが、

「そりゃア、嫉けますよ」

　と云った。主膳はさすがに、色をなして、

「では、拙者の傍などに居ないで、とっとと江戸へ行ったがよい。柳橋の河内屋か万八楼に入りこんで、機会を待てば、惚れた殿にめぐり会えるというものだ」

「それ、それ。冗談をすぐ、真《ま》にうけて。たかは彦根の殿様には、きらわれて、棄てられた女ですよ。惜しげもなく……」

「サア、それはわからぬぞ。殿は今以て、おぬしを愛していられるかもしれぬ。惜しげもなく棄て給うたとは、思われぬ節がある」

「どういう節かいな」

　と、たか女は、聞き棄てならぬという風に、柳の腰をぺったり、主膳の膝に押しつけた。

「それは、曰く云い難しじゃ」

「なぜ云えませぬ」

「云えば、拙者の損じゃもの」

「あゝ、気の揉めることじゃ」

「こいつ――云わしておけば図にのって。一体、殿のどこに惚れた？」

「ホホホホ。それこそ、曰く云い難しでござんしょう。これで、云い難しのおあいこね」

「おぬしが拙者を、殿の代用にしている位は、とっくに拙者も見ぬいて居るぞ」

「でも、私はあなたにも、ほんきで、生命がけで惚れています……」


久里浜で、提督ペリーと歴史的会見の行われた翌日、北米合衆国大統領ミラード・フィルモオアの国書を携えた戸田伊豆守は、与力香山《かやま》、同心組頭福西、在江戸浦賀奉行井戸鉄太郎らと共に登城した。

直接の衝にあたった香山が、老中、定溜り一同の前で前日の会見模様を、仔細に物語った。その香山の話に拠ると——

旗艦サスクハナから、先ず十五艘のバッテイラをおろし、艦長ブッカナンを先頭に乗りこんでくる時、号砲十三発が放たれた。その轟音は、水より浜、浜より山、岬々に鳴りどよんで、耳を聾するばかりであった。上陸人数は剣付銃を担った二百名の水兵の外、音楽隊が二組。これに対して、日本側は五千名と称したが、実数はそれ以上であった。

接待館には、白地に黒で、葵の紋を染出した幕をはりめぐらし、金屏風を立て廻した。提督ペリーは、その前の肘掛椅子に着座し、随行員を以て、国書を渡した。これに対し、伊藤石見守が、その受領書を彼に呈した。

これで、儀式が終ったが、更にペリーからは、自分達は一両日中に、浦賀を出帆し、琉球から広東《カントン》に赴き、来春四、五月頃、再び浦賀へ来航するから、それまでに、日本政府の最後的返答を考慮しておいて貰いたいという要求が出された。

　香山はそのとき、

「提督は、今年と同じ軍艦四隻を以て帰って来られるか」

と訊いたが、ペリーは、

「全艦隊を以て。今年のは、ほんの一部の船艦を率いたにすぎない」

と答えた。

　香山らは、提督を送って、旗艦まで行き、艦上艦内、隈なく見せて貰ったが、蒸汽船の性能、理法、構造の見事なのには、たゞ驚嘆の外はなかった。又、士官の腰にある拳銃《けんじゅう》からは、六発の弾丸が連続的に発射する仕掛けで、これを甲板上で実演して貰った。

　軍艦は久里浜から浦賀まで走り、香山は、短い距離ながら、はじめて航海の経験を持った。食堂では食事がはじまり、ハム、ビスケット、ウイスキーなどを、これもはじめて味った。また、香山を通じて日本政府への贈り物として、葡萄酒《ぶどう》、カステラ、牛肉、パンなどが渡された。ペリーの云うのに、

「今日の贈り物は、十分な用意のないものであるのを悲しむ。この次こそ、日本政府に対しては沢山のみやげを差上げたい。その中には、鉄道を走る蒸汽車もあるし、一分間のうちに、浦賀から江戸まで話の出来る電信機もあるだろう」と。

　それで香山が、蒸汽車というものは、半刻（一時間）に幾里走るかと質問したら、代っ

てコンテー副官が風の力なしに、半刻に八里は走る可能性をもっていると答えた。とにかく見るもの聞くもの悉く、肝を潰す話ばかりだと、香山は語った。

北米合衆国大統領の国書が、通詞堀達之助によって、和文に翻訳されたので、それを松平若狭が、読み上げた。大略次のようなものであった。

北亜墨利加《アメリカ》合衆国の伯理璽天徳《フレシテント》ミラード・フィルモオア。書を日本国帝殿下に呈す。予は今、水師提督マッシウ・シー・ペリーに命じ、わが合衆国と日本とは、よろしく互いに親睦し、且つ、交易すべきなるを告げ知らしめたいと欲するものである。

貴国が従来、支那人及び和蘭人を除くの外は、外邦と交易するを禁ずるは、固より予の知るところ。然れども、全世界は、時勢の変化に伴い、新制度、新法律を定めなければならなくなっている。たゞ、殿下が若し、あくまでも交易禁止の古法を廃棄せずと云わるゝならば、五年或は十年を限って、一時的に禁を緩くし、以てその利害を察し、若し尚貴国に不利なるときは、再び旧法を復活するも可なりである。

次に、合衆国の船が、毎年カリホルニヤから支那へ航する途中、颶風《ぐふう》に遭難することが多い。かゝる場合は、貴国に於て、その漂民破船を救恤《きゅうじゅつ》し、財物を保護して貰いたい。是れ予が切に請う所である。

最後の希望は、日本国には石炭及び食料が豊富ということである。合衆国の蒸汽船は大洋を航海するので、石炭を費すことが頗《すこぶ》る多い。是を以て、予願わくば、航行の途中、日本の南地一港に寄航し、石炭・食料・水等の供給にあずかりたい。その代償としては、価銀を以てするもよし、又、貴国人民の好む物件を以てするも可である。

右の故を以て、予今、ペリーに命じ、一隊の軍艦を以て、貴国有名の大府、江戸に到らしめたのである。

伏して祈る。国帝殿下のために、祥を垂れんことを。

これは合衆国議会の合議協賛を経て、大統領の批准を与えたものである。その証左としてここに合衆国の大印章を印し、且つ自ら姓名を署す。時に一八五二年第十一月十三日、予が政務の本所、亜墨利加「ワシントン」府に於てす。

若狭が読み終ると、暫く、無言が一座を領した。誰も何ンとも云わないので、直弼が口を切った。

「大統領フィルモアの書翰は、まことに穏当と思わるゝ。先ず日米通商の利益を説き、次いで、漂流船民の保護と、石炭食料の供給を頼みたいと、どこまでも、下から出て居ります。その上、日本の南方に、一港を開けというだけの要求でござれば、予期した難題は一ッもないではありませぬか」

然しこれにすら答える者がない。若狭はつゞいて、ペリーの書翰をも朗読した。

ペリーの書翰は、大統領のにくらべると、さすがに武人らしく、大分、強硬なものであった。

――亜墨利加大統領は日本に対して、前から友愛の意思を有するにも拘《かかわ》らず、漂難の船民に対し、貴国人民のこれを対遇すること、讐敵の如くなるは、痛心に耐えないとか、外邦と絶交し、是を仇敵視する貴国の制度は、全く無智の謀というべきだから、速かにこの旧法を撤去せよとか、軍艦四隻を以て訪日したのは、聊《いささ》かその友愛の情を披瀝《ひれき》したわけで、明春再来の機には、大軍艦を増加して、この近海に集結布陣するつもりであるとか、やゝ示威的な表現もあった。そして最後の署名の肩書には、

東印度洋、支那海、日本海にある合衆国海軍司令マッシウ・シー・ペリー親書

とあった。

勢州阿部は、それでもホッとした面持ちで、

「明春再来までには、まだ大分、時もござるから、対策はそれまでにゆっくり、勘考いたすとしよう。それよりも、国書受領の上は一日も早く、帰帆いたすよう、督促いたさねば相成らぬ」

と云った。

「就いては、何か、この際、贈り物を贈らねばなりますまい」

そう云ったのは、久世大和守であった。

勢州は、

「して、香山らが受取ったという異国の土産物はどう致した」

と訊いた。

それに対しては、戸田伊豆守が、目録をひろげ、
一、木綿二包
一、酒二箱、砂糖一袋
一、アメリカ合衆国志略四冊
一、蒸汽船の絵図一枚
一、ペリーの画像
一、牛肉パンの類
と、読み上げた。

「これへ持参なされたか？」

「いや、いや。異国の品には、いかなる不思議の仕掛けあるやも計られず、石見守と協議の上、昨夜のうちに、御番所前にて、ことごとく焼捨てましてございます」

「それは、勿体ないことをされたものじゃ」

と、直弼は苦々しい顔をした。大和守も同意と見えて、

「そのような場合は、品々、江戸表へ差出し、御下知の上、処分召さるが、常道でござろ

うぞ」

と、叱った。

やがて、幕府からは、
一、絹布五疋
一、大和錦絵　五巻
一、団扇四十本　烟管五十本　椀五十箇
一、鶏百五十羽　鶏卵一千箇
を直ちに、旗艦サクスハナへ届けることになった。

そして、一刻も早く、この危険なる代物《しろもの》が、錨を抜いて、帰航の途に就いて貰いたい一心だった。

六月十二日早朝。

ペリーは、浦賀を退去した。国書受領の前後を通じ、約十日間の駐留であったが、その間、わが国上下の蒙《こうむ》った恐怖心理は、言語を絶するものがあった。

松平若狭の上申した「米船退帆届」に拠ると、

「金沢野島沖合、滞留の異国船は、今早朝、出帆。南洋を指して走り候につき、番船附添い、見届け船さし出し候ところ、相州城ガ島と房州洲の崎との境を乗抜け、帆影も相見えず、退帆致し候　云々」

と、記されている。

然るに、ペリーの退去によって、痙攣《けいれん》硬直の状態から解放されると共に、急に又、気の強くなった連中がある。それが、幕府の軟弱外交に対して、火の手をあげた。

側役の宇津木が、登城前の直弼の前へ伺候して、

「申上げます」

「宇津木か」

「異船退帆後の輿論によりますと、国書受領は、国威を失するものであるという非難が起って居りますとか」

「バヵな——米使節来航中は、あれほど、恐れ戦いたではないか。居なくなったからと云って、急に、強がってもはじまらぬ」

「水戸の老君が〝海防愚存〟とやらを、建白なさるとか承りました」

「それもよかろう。今は上下共に国事を思わねばならぬときだから。それにしても、蔭弁慶が多すぎるわ」

と、直弼は失笑した。異船駐留中は、物珍しさも手つだってか、ペリーペリーと云った者が、又俄かに、掌《てのひら》を返すように、ペリーや米兵への反感を炎やし立てる。直弼は、そうした単純さに、落胆させられるのだ。

「然し、殿。先日の御評定により、彦根の向背去就が、はっきりといたしましたので、攘

夷主戦の浪士たちは、俄かに殿へ対し奉り、弾劾を集中してくる模様かと察しられます」

「それは百も承知の筈じゃ。今までは、私は黙っていた。そこで、未知の男であった。こんどは、はっきり喋った。もはや、逃げも隠れも出来なくなった。其方はそう云いたいのだろう。その通りじゃ。今更ら、米船が退帆したからとて、打払いに加担も出来ないではないか」

直弼は宇津木の諫言に対して、自己の所信を披瀝した。

やがて、いつもの通り、彼は登城した。すると、城中の様子がたゞならぬ。何事かといぶかりながら、溜間へ入ろうとすると、茶坊主の春庵が来て、密々で、勢州が会いたいと口上があった。ついでに直弼の耳へ、

「今朝早く、十二代様がご落命――」

と背のびするようにして、囁いた。

十二代将軍家慶《いえよし》の死が、異船渡来の衝撃にあったとする一部史家の観察は、うがちすぎているようだ。

然し、家慶が六月十九日から病み、二十二日に息を引きとったのに、七月二十二日まで、一ヵ月も発表をおくらせたのは、何ンと云っても、世子家定が、一人前の男子たる資格に欠けていたからであった。

彼は、家慶の死んだ嘉永六年には、三十歳の男ざかりであるのに、満足には、男女の房

事も行うことが出来なかったという。

当時の大奥は、所謂女護ガ島の如く、将軍の伽にはんべる若い女中たちが、ウヨウヨしていたわけであるが、家定はどうして女を愛していゝか、その術《すべ》を知らなかったのである。

たゞ、鵞鳥《がちょう》でも追い廻すように女たちを追い廻すのが得意だった。すると彼女たちは、黄色い嬌声を放ち、算を乱して、逃げまわった。

また、紅白の二組にわかち、木剣試合をさせる位は上の部であったが、そのうちに、土俵を設けて、女相撲をとらせたりした。

智能の発達は低くとも、体力は旺盛だったので、家定は女中たちを相手に、自分も木剣を把《と》り、又土俵に立った。

当時、大奥の秘密は、容易なことでは民間に洩れないようになっていたが、それでも家定の精神薄弱ぶりは、世上の噂にものぼっていた。一部の者が、彼を廃嫡《はいちゃく》して、水戸斉昭の七男、一橋慶喜《よしのぶ》を擁立しようとする策謀に奔命したのも、無理ではない。

然し、阿部勢州としては、慶喜を推すことは、水戸老君の政治力を、いやが上にも増大させることであり、それは同時に、天下の執政としての自己の立場を失脚せしめるのと同じことだと知っていた。

これを防ぐためには、たとえ、暗弱の家定でも、彼を将軍に仕立てておく限り、現状の政局に、大きな変更はおこらない。それで、あくまで反対を押しきって、世子家定跡目の儀を決定したのであるが、そのために、一ヵ月も発喪がおくれてしまったのである。

一方、水戸派の圧力にも抗しきれないので、水戸斉昭の隔日登城が実現した。

かくて、黒船再来の日は刻々に迫ってきたが、尚、幕議は一向に、決まらない。勢州は、開国派である井伊や会津や堀田備中にも、ある程度の情を通じながら、一方、攘夷の張本たる斉昭とも、手を握っている。本心がどちらにあるか、第三者には、容易に窺《うかが》えないのであるが、それは彼自身すら、わからなかったのではないだろうか。彼の糊塗的政策の端的なあらわれは、和蘭商館を通じ、琉球南下のペリーに対して、

「将軍が薨去《こうきょ》したので、その哀悼の儀式や相続人選立のため、当分大統領の国書に対する返事がおくれるであろうから、アメリカ艦隊再航の時期を暫く延期して貰いたい」

と申込んだことでもわかる。

最初、ペリーは、将軍家慶の訃《ふ》を以て、日本政府が条約遷延策のための口実にするのではないかと疑った程であった。

やがてそれが事実だと知ったときも、彼はそのために日本再訪問の機を、徒《いたず》らに引きのばそうとは思わなかった。計画通り、一八五四年二月十三日、陰暦で云えば、正月十六日、江戸湾の入口へ再来したのである。前回は軍艦四隻であったが、今回は三隻の蒸汽船ほか、都合八隻の艦隊を以て、浦賀より十二浬、江戸からは二十浬の沖合に、錨を卸し

た。

ペリーは、さっそく、要求書を示した。その第一条には、世界各国の慣例に従って、外交使節との会見は、首都たる江戸に於てして貰いたいと書いてあった。若しこれに応じられない場合は、提督は直ちに艦隊を率いて江戸湾の奥に入り、実力を以て江戸城へ乗りこむだろうという強硬態度であった。

幕府は、さっそく、大評定をひらいた。水戸斉昭を主とする主戦派は、あくまでも、浦賀を主張した。

中道派の堀田備中は、よんどころなく譲歩するにしても、鎌倉までで、それより江戸に近接することは、いかなる非常事態を生ずるかも知れぬという説であった。

これらをまとめて、直ちに、ペリーの旗艦へ返書を呈すると、ペリーは、黙って艦隊を江戸湾へ進め、帆柱の上から、江戸が丸見えになるところまで、入ってきた。夜中には、八百八町で打鳴らす早半鐘の音が、甲板まで聞える程であった。

——堀田が、勢州の意を体して、直弼のいる溜間へ意見をききにやって来た。

「掃部頭殿——アメリカはいよいよ、彼我一触の域にまで、闖入し参った。昨日は又、ワシントンの誕生日の故を以て、祝砲十何発とか、打放ったそうでござる。そのため人心狼狽の極。このまゝでは、今に収拾し難い場合もあろうかと存ずる——」

「祝砲なら、別に御心配にも及ぶまいが——」

「いやいや、更に安心ならぬは、各艦船より、七、八艘のバッテイラを放ち、大森沖辺を測量しはじめたというではござらぬか」

「それは、所謂威嚇《いかく》手段というものでござる。会見場所さえ、一決すればすぐさま手を引くでござろう」

「それならばよいが。段々には品川あたりへも入りこみ、何をするか知れたものではござらぬぞ」

「然らば、あらためて、使節を派し、会見場所を横浜村となされてはいかゞじゃ」

「横浜村――」

堀田は吃驚《びっくり》したように云った。

「横浜は将来の港には、もってこいの地点でござるよ」

暫し、堀田は返答に窮する如くであったが、ともかく、この一案を、閣老阿部の耳に進達する外はないと思った。


白い障子の外は、ソロソロ、白《しら》みかけてくる頃であった。

長野主膳は、江戸表からの急信によって、早朝、京都を出立しなければならなかった。

久しぶりに江戸を見るのも、又、藩公の尊顔に接するのも、悪いことではないのだが、暫くでも、たか女と離れていなければならぬ寂寞《じゃくまく》と心配は、彼の胸中に、鉛のように垂れ沈んでいる。

主膳は、すっかり旅装をとゝのえているが、たか女はまだ、床の中に身を横たえたまゝである。いつも、たか女は宵更けて戻ってきて、朝はおそくまで寝ているほうだ。長いこと、袋町の遊廓で、朝夕をすごした癖がついているからである。太夫でも、端女郎でも、朝の客を送りかえしてから、又一眠りするのが、あの廓《さと》の風習だったから。

ふと目をさましたたかは、枕から首をあげ、

「おや、もう、支度をなすったのですか――ちっとも知らずに、寝てしまいました」

「何に、いゝのだ。おぬしはまだ起きるには早すぎる。寝ていなさい」

たかは、友染の長襦袢の肩を起して、枕ごしに、煙管で煙草入を引寄せた。

「私も江戸へお供して、黒船騒ぎを目のあたりに見とうござんす」

「相変らず、物好きな――主膳、このたびの下向は、黒船騒ぎの見聞などという他愛のない話ではない。いよいよ、藩公の主張が、幕閣の大勢を制するか否かの瀬戸際なれば、儒臣中川禄郎、側役宇津木六之丞らと共に、拙者をまじえて、開国の建白書に取りかゝられるためじゃ」

「そう云えば、昨日、お局へ見えたお客衆のお話を承ったところでは、日米の会見所は、横浜村と決まったそうです。それも、殿様の御発意に基いたものとやら――」

「いや、それについて、ペリーは江戸城会見を主張し、幕府では浦賀説。一向折合わず

に、一ヵ月も揉みに揉んだあと、藩公のお計らいで、横浜村が提案されるや、案外、ペリーの快諾するところとなって、一気に解決したのだそうだ」

「それにしても、和親条約はどうなるのでしょうね」

「高い声では云われぬが、所詮は、開国貿易と相なるにきまっているわ」

「どことどこの港を開くことになるのかしらねえ」

「おぬし、どう思う」

たか女は、腹匍いのまゝスパリスパリと、うまそうに長煙管で喫いながら、

「そうですねえ。伊豆の下田と、松前の箱館《はこだて》あたりではないでしょうか」

「先ず、そこらが、的中《あた》らずとも遠からずであろうよ――」

七ツ半か。勤行《ごんぎょう》の鐘が鳴り出した。

「江戸には、何日ほど、お逗留なされますのじゃ」

たか女は、まだ、寝たまゝの恰好である。

「何日とも、定めはない。建白開港の草稿が成るまでは、幾日でも控えねば相なるまい」

「あまり、長いと、私もあとを追いかけて、下向いたしますぞえ」

「ハハハハ。よっぽど、江戸へ参りたいと見えるな」

「京の一人居は、淋しゅうてかないませぬ」

「拙者に会いたいではなくて、殿のお顔が拝みたいのだろう」

「それもあります」

「こいつ――」

主膳は、女の肩を一突き、小突いた。すると、たか女はわざとするように胸元をみだして、仰向けに首を倒した。白い乳の上の肉が、脂付いた艶々しさで、主膳の目を射た。

「掃部頭様と云えば、今は押しも押されもしない天下の大立物。たかなどがもはや、足もとにも近寄れませぬに――」

仰向いたまゝ、白い胸乳をかくそうともしないで、女はいたずら好きな瞳を送る。

「それよりも、京都へ置去りになさると、いっそ、消えて失せるかも知れませぬよ」

「多田一郎の許へ、走ると云うのか」

「堂上のやさ男なら、幾人《いくたり》でも秋波《いろめ》を送りますわいな」

「おぬしを、堂上家の男共にさらわれる位なら、拙者はもう、江戸へも行かぬ」

と、主膳は立ちかけた尻を、撞《どう》とおとし、深い息を絞った。

「ホホホホ――そのようなことを仰有るが、いつも、お口ばかりでござんしょう」

「いや、口ばかりではない。おぬしのためなら、武士はいつでも捨てようぞ」

「ホホホホ」

「何を笑うのだ」

「あなたこそ殿がお好きなくせに。殿の御用とあれば、目の色を変えられますに」

「いや、おぬしの所望とあれば、長野主膳、今日只今、りっぱに脱藩致してみせるぞ」

「又、浪人になられても、大事ないか」

「もとより。国学の師範に戻れば、糊口の道は案ずるに及ばない」

「では、真実の証しを見せて下さりませ」

主膳はもてあまして、

「あゝ、いつもながら、おぬしは難題ばかり持ちかける人じゃ」

「それというも、お別れに、もう一度、名残りを惜しんで下さらぬではありませんか」

「あまり、スヤスヤと眠っているものを――」

「それがほんに水臭いお方じゃ。寝ていたら、叩いても蹴っても起して下さるのが、真実のお情けじゃ。それなのに、私の知らぬ間に、身ごしらえまで、して給《た》もられた。いやじゃいやじゃ」

と、たか女は、あられもなく身をふり藻掻《もが》いた。

密　出　国

かくして、日米最初の和親条約が締結したのは、嘉永七（安政元）年の三月三日のことである。

その第一条には、

〇日本と合衆国とは、その人民、永世不朽の和親を結び、場所人柄の差別これなきこと。

とある。又、第二条には、伊豆下田と、松前の箱館の両港を開港することが約定せられた。その他、全部で十二条にわたり、特に、合衆国官吏、即ち領事設置の一条が明記されている。

これで、幕府施政の根本が、斉昭や松平慶永らの把《と》る攘夷に非ずして、井伊や堀田や会津の唱える開国にきまったことが、実に明瞭になった。老中では、松平伊賀守にしても、若年寄の遠藤但馬守にしても、それまでは相当強硬な攘夷派と目されていた人達まで、コロリと、和親条約を支持する側に移った。

そこでペリーは、前回の約束通り、蒸汽車の雛型や、エレトル・テレガラーフ（但し雷電気にて事を告ぐる器械）などの贈り物を献上した後、艦隊は横浜沖から引上げ、相模湾を横切って、下田へ入港したのである。

直弼は、さっそく、宇津木に命じて、下田を偵察させた。

ペリーの率いる米兵たちは、まだ和親条約の発効以前であるのに、ドンドン、下田に上陸して、町家をたずねたり、女に戯れたりしているという報告が入ってくる。米兵は、ドルで買物をし、町民たちも、好んでドルで取引をしていると云うし、はじめは、恐ろしがって、雨戸や大戸をしめきっていたが、段々に、馴れ親しんで、家の奥へ請じ入れたり、妻女を以て歓待したりするようにもなったそうだ。又、娼妓や芸妓らは、むしろ、進んで、米兵に媚《こび》を売る傾向もあるし、中には、泥酔した米兵が、妓楼に流連荒亡して、帰艦時刻におくれるものも続出するに及んだ。

直弼は、それを聞いて、暗然としたが然し又、開国という歴史的な大事件が展開したのだから、その程度の摩擦や犠牲は、已むを得ないとも思った。

が、そのうちに、又、新しい事件が勃発した。

以前から直弼が、注目していた佐久間象山の家で、その門弟らに、密出国の計画があるという話なのだ。これは、長野主膳からの諜報だった。

「日本にも、なかなか元気な冒険好きが居ることは居るのう」

と、直弼はそれを聞いた瞬間は、大いに意を強くするものがあった。然し、だからと云って、密出国は、当時の厳しい国禁である。

「門弟とは誰じゃ」

「誰ともわかりませぬ。たゞ、象山の妻が、寅さん寅さんと呼んでいる男だそうで――」

「寅さんというのは、それは吉田寅次郎のことだろう」と、直弼が云った。

「ホウ、御存じでござるか」

「面識とてはないが、佐久間象山の門に、吉田なる有能有為の俊才がいることは、承知して居る」

「象山の門とあれば、開国論者でござりましょうな」

と、中川が言葉を挿んだ。というのが、彦根の家臣の中では中川が何ンと云っても、象山の影響を一番強く受けている男であった。

「開国は開国でも、討幕が目的の開国でござれば、油断はなりません」

と、主膳が答える。

次の日までに彼が内偵したところでは、寅さんなる男は、長州藩士の次男坊で、国を追われ、関東遊歴の道すがら、木挽町《こびき》五丁目の佐久間の家に厄介になっている。まことに、底ぬけの貧乏で、衣服は破れ、手足はまっ黒、湯に入るに銭がないという有様。主膳がすれ違ったときも、片足には草履を突ッかけ、片足には木履をはいて、しかも、弁舌滔々《とうとう》と、尊王討幕を論じていた。

「その寅次郎が同志金子と相語らい、下田から、ペリーの率いる旗艦にまぎれこみ、万里の波濤を越えて、渡米なさんとの計略でござる――」

「して、その儀は、どうして判明したか」

「象山に一人の妾があって、本妻とはとかく、折合わず、妻の是は、妾の非、妾の好は、妻の悪という按配でござるが、偶々《たまたま》、寅さんは、本妻には気に入られましたが、妾からは、うとんじられ、今回の密航に路銀を請うて拒《こと》わられましたことから、足がつきました」

「そして、既に出立したか」

「恐らく、今宵あたりは、下田沖より米船にのりこむ手筈とか聞きました」

直弼はジッと考えていたが、

「彼などは、尊王派とは申せ、開国の大義を知る稀れな人材じゃ。渡米して、知識を国際に究《きわ》むるには、屈強の機会とも云える。只今、日本よりアメリカへ派遣すべき秀才をあぐるとすれば、佐久間かその門下を措いてはない。もっとも、渡米を許されれば、乃公自ら、率先して出掛けたいところじゃが――ハハハハ」

「然し、国法は渡航を堅く禁じて居ります。いかに藩君とて、国の法禁を破るわけには参りますまい」

と、宇津木が云った。

「そのように不自由な国法なら、改むるに如《し》かずではないか」

「然らば殿には、象山門下の脱出国を黙認召さるゝ御所存か」

「うまく、やり畢《おお》せたら、それもいゝではないか。日本の若侍にも、その位の勇気のある奴が出てもいゝ。但し、ペリーがそれを承認するかどうかが、問題だな」

やがて、宇津木、長野、中川の三人が、御前《ごぜん》を下がって、控えの間へ入ると、先ず、宇津木が口を切った。

「若し、吉田らが密航に成功すると致すと、海防役担当の当藩としては、責任を問われるに違いござらぬ」

「拙者も同感じゃ。殿はあのように、のんきな事を仰せあるが、ペリーが、何も知らずに、吉田らを便船させた場合は、まことに由々《ゆゆし》敷いことに相成るわ」

と、中川も心配そうに云った。主膳は、極めて低い声で、

「それには先ず、象山を逮捕して、口を割らせ、然るのち、密使を以て、ペリーに吉田らの引渡しを命ずる外はござるまい」

「待たれよ、長野氏。象山は殿も私《ひそ》かに敬服さるゝ当代無二の文明論者じゃ。彼を逮捕するには、殿の御意を伺わねばなるまい。果して殿が、ウンと仰有るかな」

そういう中川自身、象山の新しい思想には、共鳴を吝《おし》まないほうなのだ。然し、長野は、吉田や金子が海外へ渡ろうとする違法行為の決行には、背後で象山が糸を引いている

に違いないと、にらんでいる。象山の文明論が、今の幕府の開港政策の推進力となるかどうかは、まだ、わからない。彼らの開港論には、先ず、幕府を打倒し、王政復古の新政を布いて、然るのち、開国へもって行こうとする傾向が、はっきりしている。主膳はそこに、素直な共感が持てないのだった。三人の議論が、はてしなく高潮したとき中川が、再び殿のお召しとなったので、主膳は宇津木と別れ、ついでに中老静橋の部屋へ顔を出した。中老は松平家への贈り物などの指図をしている所だったが、主膳を見ると、さも喜ばしそうに、座をすゝめる。主膳は江戸屋敷の腰元たちにも、騒がれているので、静橋までが、何ンとなく、下へもおかぬ風なのだ。

「主膳様、今日は御酒でも召されましたか」

「滅相な。酒など、一滴も頂戴致しませぬ。江戸へ参って以来、実のところ、碌な酒はのんで居りませぬ」

「ホホホホ。主膳様としたことが、当てこすりのお上手な。ではやっぱり、京都のお酒が、およろしいのでございましょう」

「中老こそ、よくお気の廻ること。隅にはおけませぬな」

「何しろ、主膳様が江戸下向このかた、女中共が、おちつきませぬ。役者似顔の絵双紙などと引きくらべて、その姦《かしま》しいこと——ホホホホ」

「酒《ささ》は戴きませぬが、中川、宇津木と所論を闘わし、些か上気致したせいで面《おもて》が朱《あか》く見えますな」

という所へ、腰元小弥生が、銚子盃を運んできた。中老の酌で一杯のむと、久しぶりにその芳醇《ほうじゅん》な酒の香が、五臓へ沁《し》みわたるようだった。何ンという酒か、曾て味ったことのない美酒である。

思わぬ美酒に、主膳は些か酩酊した。

「これは、近頃にない芳醇の酒――いゝ心持ちに酔いました」

「ホホホホ。江戸には碌な酒もないと、お叱りでございましたが、これならお口に合いますか」

「いかなる銘酒か、後学のため、承りたい」

「これは舶来の葡萄酒《ざけ》でございます」

「葡萄酒とは心得ぬ。赤い色をしては居りませぬな」

「葡萄酒にも、白と赤があるので、これは白葡萄酒と申すそうな。殿様から一本、分けて戴いたのでございます」

「それはまことに貴重なものを――一層、美味に覚えますな」

小弥生が、もう一献、酌をした。中老がわざとらしく、見咎めて、

「コレコレ、小弥生。なぜ、そのように手が顫えます」

「ハア――」

小弥生は、見るも気の毒なほど、首根っ子まで真赤にし、膨らむ胸のあたりを大きく弾ませている。そして、長い袂をひるがえすようにして、次の間へ逃げて行った。

「小弥生――小弥生としたことが、なぜ、逃げるのじゃ」

と、中老は呼ばわったが、そんなことは意に介さぬように、白葡萄酒に舌鼓をうつ主膳を見ると、

「ホホホホ。時に主膳殿――今一ッ、あなたの最も喜ぶ品を、お目にかけましょうかな」

と云った。

「何に――拙者の最も喜ぶ品。舶来酒の外にでござるか」

「お酒はお酒。お酒の外にも、喜ぶものがお有りになりましょう」

「サテ、面倒なお訊ねもあるものかな」

「江戸屋敷の女共が、いくらワイワイ騒いでも、どこ吹く風と、澄ましていられるそこもとの御心を、堅く握っている主《ぬし》からのお便りじゃ」

「ハテな。拙者の心は、誰にも握られては居りませぬぞ。空々闊達、自由を愛するのみでござるが」

「生命かけて惚れた女子にも、心だけは握られまいとなさるのか。これだから、当今の殿御は恐ろしい」

中老はそう云いながら、顔は愛嬌の笑みを泛《うか》べたまゝ、懐中から一通の書状を取り出した。

「おゝ、それは――」

「さき程、お国許よりの飛札の中に打ちまじって、長野様へ直々《じきじき》お届けするべしとの一状じゃ。堅き封のまゝ、あらためてお受取りあそばせや。表書きのたおやかさ。差出人はたとのみある。さぞかし、中味は色よいお文でございましょうがな……」

「いやいや、これは隠密からの密書でござれば、別に色よい文ではありませぬ」

「たとあるからは、そこもとと噂の高い御方の文とばかり存じましたに……」と中老は意味あり顔に云う。

「堂上の諸卿の奥に入りこむには、よろず、女が重宝でござれば、京には数人ならず、女の配下を放って居ります。その一人からの消息と見えまする」

その位のことで、静橋がごま化されるとは思われないが、ともかく、そう云って、その場の体裁をつくろい、たか女の手紙は、内ぶところ深く、しまいこんだ。

そして、人目があるので、つい、読む機会を得ぬまゝに、夕方、直弼のお供で、万八楼へ出かけると、好きな酒に美人のお酌だから、主膳は久しぶりに泥酔して、うっかりその手紙をおとしてしまった。

それを通りかゝった少妓の浅吉が素早く拾って、離れへ曲る角の柱に靠《もた》れて読み出した。内容の半分までは、大胆で露骨で、胸がドキドキするような手紙であった。

京をお立ち遊ばしてから、もう幾日にもなるというのに、お消息も何もないのは、あまりにつれないお仕打ちではないかと云う怨みつらみにはじまり、いっそ、じれたいから、江戸へ下りたいが、この間も、あなたの仰有ったように、あなたに会いたいのではなくて、直弼公に会いたくて来たのだろうなどと云われるのもつらいし、江戸は江戸で、あなたのことだから、柳橋か深川に、もういゝ人が出来ているかも知れない。そんな所へ、ノコノコ出かけて行って、田舎者扱いをされるのはたまらないからと思って、ジッと羽根のない身をかこっているのだが、あなたのいない私というものは、まるで元気がなくて、去年の頃の半分も働けない。始終、つむりが痛かったり、足がだるかったり、熱が出たりしている。この頃は、駿河の局の控えの間に寝泊りをしているが、時々、あなたの夢を見る。それで、ふと目をさますとき、俵屋の二階で、あなたにひしと寄添って、寐《ね》ている自分とまちがえて、床の中をさぐって見ることもある。然し、今はあなたの温い五体はそこにない。私は淋しくてたまらず、お局に聞えぬように、夜着のはしに顔を包んで、すゝり泣かずにはいられなかった。——

というような意味のことが、綿々と書き綴ってあるのだ。手紙はまだ、続いて居り、興味津々と読み下すうち、浅吉の肩に、誰かの手がソッとおかれた。おどろいてふりかえると、川の見える離れ家の軒下から、知らぬ間に戻ってきた直弼がニッコリ笑って立っていた。

「アレ」

と、浅吉はあわてて袂の下へ押しかくす。

「誰の手紙だ。さだめし、情人《いろおとこ》からの嬉しい恋文か。ハテな、女の手のようにも見ゆるぞ」

春風が、酔った顔には、ほどのよい感触である。直弼は、浅吉の手から、その手紙を奪おうとして、京友禅の長い袂をとらえた。

女の手紙を争うはずみに、直弼の手は、たびたび、浅吉の手毬のような胸の膨らみに触れた。漸くのことで、奪い取り、やゝ足早に、川岸へのがれ、そのまゝ、そこにつないである屋形船に身を入れた。浅吉は庭下駄の音も仰山に、追っかけてきたが、岸と船との間が、一尺ほどあいているので、飛び越すには足許が危かった。

「殿様——ひどいこと」

「何が、ひどいのじゃ。そちとて、他人の玉章《たまずさ》を盗み読みしたのではないか」

直弼は、まだ、手紙を読んだのではないが、チラと見た表書に、

義言さま参る

とあるので、思いもかけず、——とっさに胸が鳴ったのである。

「ホホホホ、殿様——私もお船へのせて……」

浅吉は甘えて云う。

「私がこの手紙を終りまで読む間、そちがおとなしくしていると約束するなら、乗せてやるまいものでもない」

「はい。おとなしく致しますよ」

「さようか。では、お入り」

「お入りと仰せられても、こんなに離れていては、可怕《こわ》くてとてものれませぬ」

「ハハハハ。江戸の芸者のくせに、気の弱いことを。飛べ――」

「でも、着物の裾が邪魔でございます」

「まくればいゝ」

「あれ――」

そう云われただけで、もう真赤になっている浅吉だった。直弼は手紙をふところへ突っこんだまゝ、揺れる船の中から太い巌丈《がんじよう》な手をさしのべた。

「では、この手につかまって、とびなさい」

「大丈夫でござんすか」

「そうそう。もっと、思いきって裾をまくらぬと杭にひっかゝって、ボチャンじゃ」

「アレ――」

又、浪がきて、グイと岸へ、ふなべりを近よせたと思う瞬間、その反動で、見る見る、遠のく。下手をすれば、直弼の手をつかみ損ねて、真実、水に墜《お》ちるかも知れないのである。

「船にのるのも、コツが要る。近寄ったときを狙って、飛ぶのじゃ」

「あい——」

浅吉は仕方なしに、思いきって褄をたくし上げた。すると、船は低いから、いやでも緋縮緬の蹴出しの間にのぞくまっ白な女の脛が、目に入るのだ。自分が浮世絵師なら、忽ち、美しい画材にするところだろうが、と、直弼は思った。

「ひい、ふう、みい」

と、浅吉は自分で掛声をかけ、直弼の腕にかじりつくと、それを心棒にして、ひらりと船へ飛んだ。直弼も力をこめて抱きとめた。流石《さすが》に船が、岸のほうへ水とスレスレに傾いた。

纜《ともづな》が、つないである杭をこすって、ギイギイ鳴った。あわや、綱尻が外れかゝる程にずり上ったが、危いところで、とゞまった。浅吉はわれ知らず、直弼の胡坐《あぐら》をかいた膝の上へ、まろび落ちていた。直弼はそのまゝ、女を片手で抱き、船の激しい傾きを、二人の体重で、うまく梶《かじ》をとりながら、次第に、動揺のおちつくのを待っていた。漸く、水平に戻って来た。

「危いことでございましたなア」

と、浅吉が体を起そうとするのを、直弼は離しもやらず、

「そのまゝにしてお出で。そっちを向いて、昏《く》れおちる川景色でも見ていなさい」

おとなしくして居ろというのが条件だったので、浅吉はいやとも言えず、丁度、直弼の膝の上に、抱っこして貰っているような形だった。直弼は屋形船の天井からつるした船提灯の灯に、巻紙をさらした。——たか女の手紙は、途中から、少し宛、深刻になってきた。それで直弼は、岸のほうへ面した簾をおろしてしまった。

金閣寺の寺侍、多田一郎時員が、大層、熱心に云いよっているらしい。若し、主膳の帰りが、あまりおそくなるようで、いつまでも自分というものを、ほっぽり投げておくのなら、いっそ、一郎の妻になってしまおうかと、迷う日もあるという。

それに多田をつかんでおくと、鷹司でも三条でも九条でも、情報の網はどこへでも、はりめぐらすことが出来る。近頃の、浪士たちの所論は、開港和議の張本が、阿部勢州ではなくて、彦根の愛牛直弼にあることに、はっきり気がついてきている。何者かが、三条公へ送ってきた密書の中に、大きな牛が、屠所へ引かれ、むごたらしゅう屠殺される絵が書いてあった。井伊を殺せという諷刺《ふうし》でもあろうか。世にも恐ろしいことである。自分が夢にも忘れられない殿様のお身体に、万一のことがあったら、とても生きてはいられない気がする。そしてこれは、小さい女心の恐怖心とばかりは言って居れない。浪士たちは、血に飢えているかのように、集まればすぐ暗殺の計謀である。

今後も、それを阻むための目的なら、自分は生命がけでもやる気である。それ以外に、大好きな殿様に、自分のまごころを認めて貰う手段はないからだ。たとえ、あなたと別れ、多田の家へ嫁入りしたとしても、彦根の女間者としての任務は、あくまでも仕通すつもりである。むろん一郎には、それとなしにも打明けることはない。一郎もだまし、天下をあざむいて、尚、彦根のために、働くのが、自分の宿命《さだめ》と信じているから、その点だけは、どんなことがあっても、余計な心配はしないで戴きたい――。

それから又、手紙は急に調子が変って、主膳に対する色めいたくどきになる。――直弼は息もつかず、読み下した。

「浅――」

と、呼んだ。

「はい」

「そちはこの封書を読んだか――」

「読みました」

「最後まで読み通したか」

「いゝえ、途中まで」

「真実か」

「はい」

「読んだら読んだと云いなさい。読んだとて、生命にはかゝわるまいぞ」

そういわれて、浅吉は却て脅えるように、袖をふるわした。

直弼は、笑って云った。

「そちはお軽で、私はとんと、由良之助じゃ」

が、浅吉には、まだ、のみこめない。直弼は、ついこの間見た七段目の舞台を思い出しているのだ。

団十郎の由良之助は、力弥の届けた密書をば、釣燈籠の灯に照らして読み出すところ。二階には梅幸のおかるが風にふかれて、涼んでいる。

〽女の文のあとやさき、まいらせそろではかどらず、余所の恋よと羨しく、おかるは
　上より見おろせば、夜目遠目なり、字性も朧ろ、思いついたるのべ鏡――

と、浄瑠璃につれて、懐ろよりのべ鏡を出して文を写してみる。縁の下には九太夫が控えている。よいところで、おかるが簪《かんざし》を落とす。この音で、由良之助、びっくりして、文を背ろへ隠す。

（おかる）由良さんか

（由良）おかる。そもじはそこに何にしてぞ

（おかる）私アお前に盛り潰され、あまりつらさの酔ざまし、風に吹かれているわいなア

——それから、由良之助は、九ッ梯子を二階の小屋根にかけて、おかるを抱きおろそうとする。おかるは危ながる。
（おかる）オ、、こりゃまるで船にのったようで、怖《こわ》いわいなア
（由良）道理で船玉様が見えるわ
（おかる）オ、覗かんすなエ
（由良）洞庭《どうてい》の秋の月様を拝み奉るじゃ（ト、戯れるこなし）
（おかる）イヤもうそんなら、下りやせぬぞ
（由良）下りざ、下ろしてやろ
（おかる）あれ、また悪いことを
（由良）ハテ喧《やか》ましい。生娘か何ンぞのように——逆縁ながら（ト抱き下ろし）何ンと、そもじは、御覧じたか
（おかる）アイ、いゝえ
（由良）見たであろう
（おかる）アイ、何ンじゃやら、面白そうな文を
（由良）アノ、残らず読んだか
（おかる）オ、、くど
（由良）南無三宝。身の上の大事とこそはなったりけり………（ト謡にまぎらすこな

し）

直弼は、由良之助ほどの人物でも、密書をおかるに盗み読まれた狼狽を包むに由なく、俄かに身請けの話になるところが、殊に面白く思われた。

由良之助は、再びおかるの傍へ取って返して、「古いが惚れた、女房になッてたもらぬか」とじゃらつくのは、いかにも見えすいていて、不手際である。おかるも、真実とは思われず、

「おかしゃんせ。嘘じゃ」

と、首をふるが、

「嘘から出た誠でなければ、根がとげぬ。おうと云や云や」

「イヤ云うまいわいなア。お前のは、嘘から出た誠でのうて、誠から出た嘘じゃもの」

「おかる、請出そう」

と、由良之助は、まじめになって云う。

「さ、間夫《まぶ》があるなら添わしてやろ。暇が欲しくば、暇やろう。ハテ侍冥利。三日なりとも囲うたら、それからは勝手次第」

あまりの寛大さに、おかるはつい、のせられて、

「エ、悦しゅうござんす」

と、手を合せるが、

「ト云わしておいて、笑おうでの」

　半信半疑である。

「イヤ、すぐに亭主に金渡し、今の間に埒《らち》あける。気遣いせずと、待って居や」

「そんなら必ず、待っているぞえ」

「この由良之助に請出されるが、それ程までに嬉しいか」と、しんみり云う。

「あい」

「あの、嬉しそうな顔わいの」

　ト唄になって、由良之助は、二重へ上がり、暖簾《のれん》の奥へ入るのである。

　――今、直弼も、たか女の密書を見たであろう浅吉を、このまゝ、放ってはおけない心境なのであった。

「浅――」

「はい」

「そちゃ、私が嫌いか」

「いゝえ――嫌いどころか、いっち、大好きな殿様じゃ。阿部さまや堀田さまは、お傍へも行きとうない」

「流石は芸者じゃ。口がうまいのう」

「殿様は？」

「大ぜい居る妓《おんな》の中でも、そちが一番可愛うてならぬわ」

「ホホホホ」

「何を笑うのか」

「殿様こそ、お上手を仰有りますな」

「浅——私のものにならぬか」

浅吉は答える代りに、白いうなじを直弼の胸のあたりへ、ソッとおいた。

上げ潮の寄せるたび、ふなべりを打つ水の音が感覚をくすぐるように鳴った。直弼はやゝ手をのばし、半ば扇子をひらいて、船提灯の灯を消した。


密航当夜（三月二十七日）の模様を、宇津木六之丞と長野主膳が、浦賀奉行下田出役《しゆつやく》支配組与力から聞き取ったところに拠ると——。

吉田・金子の両人は、佐久間象山の慫慂《しようよう》によって、アメリカ密航を意図し、吉田は名を瓜中万二、金子は市木公太と偽り、最初は横浜に至り、異船へ水・薪炭を供給する小船へ乗って、ペリーの旗艦へまぎれこもうとしたが、宿意をとげなかった。更に、両人は三月下旬、下田へ赴き、柿崎村浜辺なる弁天堂に入って、夜更けを待ち、八ツ頃、堂下に繋《つな》いだ漁舟に乗って下田沖へ漕ぎ出した。この時、舟に櫓《ろ》がないので、両人は、ふんどしをはずし、以て舟の両脇へ二竿の竹をしばりつけ、櫓に代えた。

然し、ふんどしは途中で切れてしまったので、こんどは帯を解いて、縄に代えた。しかも、異船近くなると、波浪漸《ようや》く高くして、小伝馬船は、左右上下に飜転して、まことに危険な状態となった。ために、腰にさしていた大小も、いつか、海中にすべりおち、帯とけひろげの両人の、ふんどしもない恰好は、およそ、異人の目に奇怪至極と見えたであろう。――主膳は宇津木のほうを向いて云った。

「いかさま、長州浪人の必死の姿が見えるようでござるの」

「武士の魂を海中へ投げおとすとは言語道断だが――」

「然し、ふんどしまで外してしまえば、もはや武士の面目もありますまい」

「ま、そういうことでござるな、ハハハ」

「ハハハ」

と、二人は笑った。

――吉田と金子はそれでも、どうにか、旗艦ポーハッタンに乗りこみ、通訳官ウイリアムスに面談して、

「何卒、アメリカへ同道して貰いたい。そうすれば、遠遊の志を果たし、又、世界を大観し、地球の実験が出来るというものである」

と、漢文を以て来意を示した。

提督ペリーはこれに対し、熟考の末、

「自分は、もとより、日本人をアメリカへ伴れて行きたいと思ってはいるが、今の場合、それには日本政府の許可が必要である。許可なくして、君たちを便船させれば、これは密出国をヘルプするものである。甚だ残念だが、今夜の中に下船して貰いたい」

という返事があった。

吉田・金子は落胆、且つ絶望した。

「若し、貴将の拒絶に会うや、日本では自分らの首は直ちに飛ぶのである。国法破りとして、手足《しゅそく》、所を異《こと》にするのである。どうか、このまゝ、船底に荷物としてでも、置いて呉れることは許されないか——アメリカ人の至情に訴えて、懇願する次第である」

と、声を励まして説いたが、ペリーは頑として承認しなかった。そして、舷側には二人を送り帰すためのバッテイラがおろされた。

浦賀奉行からは、通詞長森山栄之助が、ボーハッタンへさっそく、派遣された。森山は旗艦長に面接して、

「昨夜、二人連れの狂漢が、貴艦のどこかへ漕ぎつけたそうであるが、何か、無礼を働いたのではなかったろうか」

と、質問したところが、旗艦長は、

「何分、大勢の人達が、陸と船との間を往来しているので、誰がどうと、はっきりは思い

出せないが、別に不都合を働いた者があるという報告は聞いていない。狂漢というような印象の男が、来船した話もない」

と、答えた。これを以て察しるに、ペリーは、吉田らを下船せしめたものの、彼らの生命を庇《かば》おうとしているのがわかる。森山が下田へ戻ると間もなく、更にペリーは一人の士官を派して、

「今回の事件は、極めて微小なことで、日本の官憲が之れを追究する程の価値は殆どないものである。今後とも、アメリカは日本政府の同意がない限りは、日本人は一人でも乗船、渡航を許さない鉄則であるから、決して、心配しないで呉れ。日本の国法が、人民の渡航を禁じ、これを犯す者は死罪ということは承知しているが、然し、万里の波濤を越えて、知識を海外に求めようとする教育ある日本人の存在することは、アメリカにとっては、むしろ心強いものがある。若し、浦賀奉行下田出役の心配する二人連れの狂漢が、真実、渡米の目的を持ちながら、未遂に終ったとしても、それは死罪をさえ怖れぬ勃々たる研究心のあらわれとも見做される。狂漢或は稀れなる英雄かもしれないではないか。アメリカの提督は、これを犯罪としても取るに足りぬ些々たる犯罪と考えたい。この旨、奉行を通して日本の官憲へ申しつたえて欲しい」

と、述べさせたということである。

主膳は一膝のり出して、

「して吉田・金子両人は、逮捕召されたか」

「両人とも下田町牢屋へ、取りこめおきましてございます」

と、与力が答えた。

「然らば、さっそく江戸送りとされたがよい――下田の牢におくときは、いかなることで、ペリーの抗議を受くるやも知れぬ懼《おそ》れは十分、ござる」

「いや、すでに一昨日、米人二名、下田郊外の散歩に事寄せ、牢内見物に押入り、吉田らと何か談話を交わした形跡があるとのことにございます」

「それでは尚のことじゃ。一日も早く、江戸へ護送されたがよい」

「かしこまりました」

そこで、すぐ、吉田・金子は、下田の牢から江戸送りとなった。

翌日、主膳は、その事件を、逐一、直弼に言上した。吉田らの実刑に就いては、直弼の下知を仰がなければならなかったからだ。

と同時に、佐久間修理（象山）が連坐して、逮捕され、江戸木挽町五丁目の家も、くまなく、捜査された。時に、象山は四十四歳である。

安政元年、四月五日に、井戸対馬守から所謂出頭命令があり、ついで六日には、御吟味中、揚屋入《あがりやいり》を仰せ渡され、そのまゝ九月十八日まで、留置された。彼の罪状と云われるものは、左の通りだ。

真田信濃守家来　佐久間修理

（前略）

門人吉田寅次郎儀、其方同様、海防策につき平常痛心のあまり、外国へ渡り、間諜細作を用ひ度き旨、議論致し候へ共、異国密航は重き御国禁に付き、官許はこれあるまじく、自然、漂着の態に致し、西洋事情探索致し候はゞ、帰国の功も相立つべき旨、申し聞かせ、送別の詩作を送り候ほか、専ら御国の御為めを存量仕り候へ共、元来、同志にて、重き御国禁を犯し候段、不届に付き――云々

要するに、吉田が最後に暇乞《いとまご》いに来たとき、象山が送った送別の詩が、問題となって、連坐したのである。

――獄中からの吉田の書簡に拠ると、吉田と象山は、同じ牢の、しかも隣り合せであったと見える。

取調べは、井戸対馬守が当ったが、象山はこんどの事件について、国禁に触れるものではないという主張を、最初から最後まで頑張っている。

対馬守は、吟味次第を一々、直弼に報告するが、取調べは一向に、進展しない。

「修理の申しますには、御国禁は犯し申さずの一点ばりでござる。即ち、寅次郎らが、風

に放たれて彼地へ渡るは、自然による漂難と同様で、所謂不可抗力と申すものであれば、国法を破らんとて破りしには非ずと云い張り、いっかな、恐れ入りませぬ」

「左様か。それも一理あるな。もっとも、詭弁と申せば詭弁じゃが、元来、象山という男は屁理窟が好きらしい」

「それに、しきりに間諜派遣の要を説き、幕府には幕府の面目もござれば、却て、かゝる手段にて、間諜を送りこむのは、国家焦眉の計なりと申してやみませぬ」

「大きな声では申されぬが、ペリーが吉田らを、差戻したのも、そこを恐れたに相違あるまい」

「実は拙者も修理の肝太きには、ホトホト手を焼きました」

正直なところ、象山の吟味に、井戸対州では荷が重すぎるのは、直弼にもわかっていた。それに相手は佐久間・吉田ばかりではない。ペリーが下田で、事件の成行を注目しているからだ。

直弼の所存では、ペリーが吉田らを軍艦から差戻したのは、日本政府との条約を重んじるためと、間諜を同伴することの愚を避けるための、要領のいゝ措置であったが、このために、吉田らが国法破りとして断罪されるのを好まないことは、そのあとからの非公式の申し入れで、よくわかっている。若し、日本が吉田らを極刑にでも処した場合は、ペリーは自分のしたことが、日本の有為な冒険好きの青年に死をもたらしたと云って、悲しみ且つ失望を禁じ得ないだろう。

直弼は、主膳を召して、この儀を懇《ねんご》ろに相談しようとした。ところが主膳の云うには、

「佐久間修理が、又しても、難題を持ち出したそうでございます」

「何事か」

「ミシシッピー号に、倉蔵という一日本人が乗組み居るとのことで、彼を許して、吉田を罰するは、片手落ちと申しつのり、対馬守様を、大声にやりこめる始末ということでございます」

「倉蔵とは何者か」

意外な話なので、直弼も驚いた様子だ。

「もと芸州広島の漁師にて、五年前、難風に遭い、北アメリカへ漂流いたしましたる者、始末書一通、昨年、神奈川奉行まで差出してありました」

「引渡し請願は致さなかったか」

「その儀も再応懸合いましたところ、日本では漂民帰国の後は、極刑に処せらるゝということだから、引渡し難いが、若し、処刑猶予の保証書を、奉行から一札入れるならば、引渡してもよいとの返事があったきり、そのまゝになって居りますそうで」

「人命尊重は、文明諸国の第一条の道徳であると申すからのう」

「就いては、もう一度、倉蔵引渡しの儀を申し入れては如何でございましょうか」

「船中では一月どの位、貰っているかな」

「一ヵ月、銀九ドルラーの給分を受用いたし居るとのことで」

「然らば、一向下船の志はあるまい」

直弼は、象山の頭のよさに一驚した。井戸対州では、持て扱いかねるのも、もっともであると思った。実に、うまいところへ、倉蔵の一件を持ち出してきて、行詰まった対局面に、突如、新手をうったわけである。象山に云わせると、倉蔵も漂民なら、寅次郎も漂民だという論法なのだ。

「主膳。倉蔵の儀は、其方の思いつくまゝに、一応、懸合って見てもよかろう。したが、象山の屁理窟は、天下無敵じゃ」

「何ンと仰せられます」

「其方たちも、こんどは目をつぶれ。といって、直ちに釈放というわけにも参るまい。各々国許へ引渡し、蟄居《ちっきょ》を申付けい」

もっとも直弼は最初から、助ける気でいたのである。

幕府は今回、北アメリカ大統領に対して、三匹の狆《ちん》を贈ることにした。ペリーは喜んで受領して、これを帰国の土産にすると云った。その使に立った森山栄之助は、ついでに、漁師倉蔵の日本政府引渡し方を要請した。

「尚、引渡し相済みまして後、何の刑罰も行わぬことを保証いたします」

と、森山は誓書を示したので、ペリーも倉蔵を甲板へ呼び上げ、当人の意思を訊いて、これを決定することにした。

倉蔵は、梯子を上って、上甲板へあらわれたが、日本の役人を見ると、忽ち恐怖心を面《おもて》に漲《みなぎ》らせて、土下座《どげざ》の形を取るのであった。ベント副官は、

「かりそめにも、アメリカの軍艦の上では、人間が人間に対して、そのような賤《いやし》むべき追従《ついしょう》をするものではない」

と叱咤した。すぐ倉蔵は、直立した。

「倉蔵――そちの心次第で、日本へ帰れるのだぞ。公儀は特別の思召しによって、そちを罰しないことにした。上陸次第、親族の手に渡す運びで、下田には、そちの兄が出迎えて居るのだぞ。それとも、いつまでも異国の船に残留して、父兄・妻子とは、縁を切る気か。偽ることなく、そちの本心を云いなさい」

と森山は声を励ました。倉蔵は、さすがに感動を包む由なく、ボロボロ、大粒の涙を流したが、

「私は、私は――船に留まっていたいのです。いつまでも、いつまでも」

と、叫ぶように云った。

副官ベントは、倉蔵の手を握り、お前の心はよくわかったから、安心して、下へ行って働くがいゝと、命じてから、

「お聞きの通りですから、引取りの儀はおあきらめ下さい」

と、森山に答えた。

森山も、是非に及ばず、下船した。そして、その趣きを浦賀奉行へ。浦賀奉行は、更に、井戸対州へ。井戸はこれを直弼に上申した。

当時の上申書に、

「人情の理合、とくと申しさとし、且つ帰国の上は、お咎めもなきは勿論、厚く御仁恵の御所置もなし下さるべき段、役々の者、精々詞をつくし申しきかせ候へ共、帰国の存念これなき由に付き、そのまゝ差置き申し候」

とある通りだ。

直弼はそれを聞いて、かの青年が、何人であるか、つまびらかに出来ないのを残念に思った。恐らく彼も亦、寅次郎同様、故国も妻子も友人もうち捨て、異郷の空に憧れて、漂泊の旅に出ようと決意したのだろう。それとも或は、どこかの藩主の遠謀の手先きとなって、彼を密航させようとする野望でもあるか。

それから間もなく、幕閣の頭目たる執政阿部が、突如、辞表（内願書）を差出して、謹慎したのは、安政元年四月半ばだ。

おしろい椿

阿部勢州辞任の報は、堂上諸卿の間にも、寝耳に水のような驚きをまき起した。

「素破《すわ》、戦争か」と、気の早いのは、逃腰になり、その反対に、

「これで、一先ず、危機はのがれた」と、胸をなでおろす者もある。

そのさ中、多田一郎時員は、円山《まるやま》の上の、「佐富」という家で、一人、たか女の来るのを待っていた。四月も末近く、すでに桜は散り果て、葉桜の候である。京の街のざわめきも、こゝまでくると、どうやら木々の葉越しに、いくたびか屈折して聞える感じで、芝居で云えば、幕の向うで鳴っているお囃子《はやし》を聞くようだ。

この前にも一度、多田はたか女をこの家へはさそいこんだことがある。

「京の町に近いのに、こんなに静かなお家があるとは知らなンだ」

と云って、たか女はすっかり気に入ったらしかった。そのときは、然し、多田は女の手も握らずに、とびきりうまい酒をのんだだけで別れた。今日は二度目である。いつまでも、埒を明けずにはいられないから、今夜ははっきり、応か否かを聞かなければならない。そして、応というなら、そのまゝ、この家で一夜を共にしてしまう気なのだ。

駿河のお局は、たか女をたゞ、磐若院慈尊の身内で、才色兼備の得難い女とのみ見てい

るが、噂では、彦根で井伊の寵をうけたこともあり、そのうえ、近習の青年と密通して、追放されたという話を、小耳にしたこともある。然し、多田は、一目見るなり、心も空になり、たか女のような女を妻にすることが出来たら、千金も惜しまぬというのぼせ方であった。

多田には、帯刀《たてわき》という子がある。先妻との間に出来た男の子である。先妻の死後、多田は帯刀と二人で、長いこと、男やもめの暮しを送って来た。帯刀は去年元服して、やはり、金閣寺に勤めている。

若し、たか女が、あんなに大きな子供があってはいやだとでも云うようだったら、帯刀に早く嫁を迎えて、一人立ちさせることも出来る。同じ家に住むのが、煩《わずら》わしければ、別々に住んでもいゝ。たか女のような女は、同じ屋根の下に、夫以外の男がいるのは、面倒でいやだというかも知れないから。

それに、駿河のお局が、さっきもたか女が多田にまんざらではないという話をするので、多田とすれば、よけい、熱が上ってしまうのである。

（おそいなア。どうしたのだろう）

と、口にこそ出さないが、多田は気が気でなく、窓の障子をあけたり、しめたりしている。

たか女の名は、お局では、加寿江《かずえ》と呼ばれていた。

かすかに、坂を上ぼってくる人の足音がしたように思った瞬間、葉桜の葉が、サラサラと風に鳴った。

突然、その青い繁みが破れて、たか女の白い顔があらわれた。

「加寿江どのか。待ち草臥《くたび》れたぞ」

多田は窓から、のり出すようにして云った。たか女はまた暫《しばら》く、桜の葉に隠れたが、こんどは、ずっと近く、窓際のところまで上ってきて、やゝ仰向けに多田の顔を瞶める。何ンにも云わずに、桜の幹に手をかけたまゝだ。

「サア、早く、こゝへ上られよ」

と、多田は、待ちきれないように云う。たか女は、その男の顔を、人のいゝ、苦労知らずの顔だと思う。袋町にいた頃、女郎たちのいゝカモだった大垣の糸問屋の若隠居によく似ていると思った。その客は、どんなひどい仕打ちにあっても、自分は女郎にもてていると、自惚れていた。その自信と楽観が、鼻の下にぶらさがっているので、よけい、滑稽だった。

――たか女は、表へ廻って、細い柴戸をあけた。仲居さんの案内で、多田のいる部屋へ通った。二度目なので、馴れていた。

「お局が、今日に限って、いつまでも、三味の稽古をつゞけられますので、私も気が気ではありませんでした」

「左様だったか。先ず、酒にしよう」

「はい、お酌」

「いやさ、加寿江どのから」

多田の前にある黒塗の膳の上には、白い銚子が一本。それから、珍しい湖東焼の盃がおいてある。たか女は、盃をうけながら、彦根を想い、直弼をおもった。

「井伊が、海防の任を罷《や》めたそうだが」

と、多田が云った。

「その代りに、京都表御警衛のお役にお就きあそばしたとか」

「おぬしは、詳しいのう」

「さき程、お局から、伺いました」

「阿部勢州殿の解任も、井伊の陰謀なりとの風説が飛んでいるそうな」

「国家の要職にある方は、とかく、さまざまに云われます。それを一々、気にかけていては、何ンにも出来ませせぬ」

——二人の話にのぼった如く、四月九日、井伊直弼へは、次のようなお達しがあったのである。

井伊家の儀は、前々より京都不慮の御守護、相心得居られ候儀につき、猶、この上御守護の儀、一際手厚に、相心得らるべく、これに依り、相模一帯、羽田、大森、御警衛は、御免なされ候。

而して同日、松平阿波守を以て、内海防備御役新任を仰せつけられた。

――仲居が、銚子を代えに来た。

多田は又、盃をさした。

「そんなに、のませると酔いますよ」

「酔い給え。おぬしの酔った顔は、一段と鮮かだ。潤んだ目もとで、おぬしにジッと見られると、男共は臓腑をぬかれる思いであろう」

「いつも、そのお口で、女を騙《たばか》るのでございましょう」

「時に、加寿江どの」

「はい」

「祝言はいつのことに致そう」

多田は、太い手をさしのべて、たか女の肩を抱きよせた。手荒く、はね返されるかと思いの外、女は何ンにも抵抗する風がない。

「藪から棒に、そんなお話――女は気の小さい者ですよ」

と、ニッコリする。

「滅相な。この話はもう、幾月も前から、お局を通じて、度々、申入れてあることじゃ。又、拙者が文もごろうじたであろうがの」

「でも、あなたには、帯刀さまという大きな息子どのも居られるに、私のようなつまらぬ三味線弾きが、何ンで、奥方になられましょう。すぐに、追出されてしまいますわいな」

「その帯刀だが、おぬしがいやなら、別居もいとわぬ」

「アレ、そんな理不尽な」

「何が理不尽。おぬしを妻にすることさえ出来れば、拙者はすべてを奪われても本望。実はな、拙者は普通の藩士とは違うて、些《いささ》か、金子の蓄えもござる。また、このような物騒な時代には、藩論の向背、猫の目玉の変る如く、明日の生命が知れぬ。甚《はなはだ》しきは、一言よけいなお喋りをしたために、翌日は切腹というような、酷い目にも会う。然るに拙者は、悠々、風雲を超越して暮すことの出来る寺侍の身分じゃ。おぬしを仕合せにするために、拙者の生涯を賭けることを、お誓いする――」

多田は、真赤に昂奮した顔に、うすく汗をうかべながら、掻きくどく。

「では、私が、一生どんな贅沢をしても、あなたはお困りあそばしませぬか」

「女の贅沢位は、知れてある」

「たとえ、あなたの女房になりましても、三味線の師匠はつゞけさせて戴けるでございましょうな」

「お安いことだ。と申しても、明るい昼のうちだけであろうが。夜は、拙者の傍にいて呉れるだろうな」

「お局の御用のときは、夜とて戻れぬかもしれませぬ」

「それは、ちと、迷惑だな」

「ソレソレ、もうそこに、束縛があるではございませんか」

「お局の御用と云って、あだし男と浮気などされては、たまらぬ」

「では、お局に泊ったという証しを持って参りますれば――」

多田は、困った顔をしている。

「おぬしが、始終、お局に寝泊りしては、夫婦に似て非なるもの。属懇《ぞっこん》惚れている拙者にとっては、まことに地獄の苦患に会うが如しじゃ」

「始終とは申しませぬ。時折、お局のお相手も致さずばなりますまいに――」

「時折とは、月に幾度び程でござるか」

「殿御にも似合わぬ細《こま》かい御方ではある」

「然し、すべて事は、前約通りにするが大切じゃ。祝言の前に、取りきめたことは、堅く、相守らねばならぬ。それ故、細かい詮索も致すことじゃ。姑息に事を約し、その場その場で、話が変っては、おたがいの迷惑でもござろう」

「したが、仮りに月に三度びとお約束して、四度びになろうも知れぬではございませんか。たった一度の違背のために、強う叱られてはたまりませぬ」

「四度びと約束すれば、五度びとなるであろう。危いものじゃ」

「…………」

さすがのたか女も、少々、驚いた。人のいゝ、二本棒と思っていたのに、細かいことを言い出すと、なかなか、鋭い。うかうかしてはいられないと、用心した。

「あなたは、恋が大事か、約束が大事か、どちらなのでございます」

「恋も大事なら、約束も大事。約束が片っぱしから、破られれば、いかな恋でも、続きませぬ。恋とても、畢竟《ひっきょう》は人事《じんじ》でござる。人事に約束が無うては、成り立ちませぬわ」

たか女も負け惜しみの強いほうだから、そのまゝ、引っこまない。然し、多田は、せめて、どこまでも、理詰めでくる。そのくせ、女の肩を抱く手は、段々、力がこもってくる。

「したが、女こそ、弱いもの。一度、男に征服されれば、あとは女が追いかけます。言質《ことばじち》の欲しいは、女のほうじゃ」

そう云いながら、たか女は身体でも、稍々抵抗した。すると多田は、こらえかねるように、手荒く迫って、右のかいなを押さえつけ、ふところの乳房を狙った。

「お話の筋目と違って、御無体はなされますな」

たか女は、強い語気を放ったが、乳房はそのまゝ、男の指のまさぐるに任した。多田の目が、朦朧とせつなく鈍く光っている。

たか女は、瞼をとざした。すると、俵屋の二階で、主膳とわかれた最後の朝が、ほのぼのと思い出された。すっかり旅支度を終えた主膳が、一度、障子の外へ出てから、再び取って返して、

「ゆめゆめ、多田などというニセ侍に、肌身を許し給うなよ」

そう云って、痣《あざ》のつく程この乳の上を吸ったのである。

主膳に吸われた乳の上の痣は、その後、一ヵ月もしないうちに、消ゆるともなく、消えてしまった。が、文通だけは、必ず日に一通、多いときは二通も出した。夜更けてから、お局の寝息をうかゞって起き出し、残んの灯を掻上げて、硯に向うのであった。

然し、その返事は、たまさかである。三度びも出して、辛うじて一度の文が返るのみである。

いつか、たか女の情熱にも、力が乏しくなった。日に一通が、隔日となり、三日おき、五日おきともなった。それでも梨の礫《つぶて》であるのは、江戸の主膳が、想像した以上に御用繁多のせいでもあろうか。それとも、たか女を忘れるような、色好きな芸者とでも、熱くなったか。

その頃から、いっそ一思いに、多田の妻となってしまおうか、という気持が萌《きざ》してきたのである。

主膳から、手紙もないほどであるから、まして仕送りの金のとゞく筈もない。たか女自身は、彦根の女間者のつもりでいても、別段、扶持を貰っているわけではないから、すべてが主膳ならびに直弼への愛に基いた行動である。そこは何ンと云っても女である。折にふれて、ふと身のふり方を考えるとき、いつまで、浮いた気持ではいられない気もしてくるのだ。

多田の妻になれば、先ず第一に、暮しの心配はない。多田自身、云う如く、些か小金も蓄えているらしい。女の贅沢位は、知れたものだと豪語している。然し、男はホラを吹くものだから、女を手に入れる前と後とは、話が違うのは知れてある。その点は念を押してかゝらないと、危いが、それにしても、三味線一挺で、身すぎ世すぎをしてきた世智がらさから解放されて、一応、気持が安定するだけでも、どの位、助かるかしれない。いくら、たか女が、才気を誇っても、現実の糊口の前に、ソロソロ、甲《かぶと》をぬがざるを得ない状況にあることは、もはや隠し切れないのだ。

そこを多田は狙っている。

「お放しなされませ」

とたか女は云った。

「いや、放すまいぞ。加寿江どの。今日《こんにち》、何ンの目的で、おぬしを、円山の上まで呼んだか、聡《さと》いおぬしの知らぬ筈はあるまいて」

「いけませぬ、いけませぬ」

「それに、駿河のお局のお許しも戴いている。こゝで、おぬしを手籠めにしたとて、誰も拙者を無体とは云わぬ筈じゃ」

「手籠めなどに、なるものですか――」

「という口の下で、おぬしは拙者を求めている。それは正直に、おぬしの身体が語っている。ソレソレ。これでもいやか」

そう云いながら多田もさるもの、女の血潮が温く五体を流れ出すまでは、じっくり待つ気でいるらしい。

朝。

たか女は、まだ多田が、いぎたなく眠っているうちに、身じまいして、庭口から下りた。朝の顔を、男にも仲居にも見られたくないのだった。

多田の求愛は半ば、手籠めも同様であったが、自分から、かけた係蹄《わな》におちたきらいもある。それでも、随分、手古摺《てこず》らせた。とうとう、負けて抵抗をやめたのが、あれでも七ツまえだったろうか。男の火のような激情に五体の自由が奪われたとき、たか女は耳の中に、遠近《おちこち》の寺々の明けの七ツの鐘が鳴りわたるのを聞いたようにもおもう。

然し、たった一度、たか女は、こうした事情で、多田に肌身を許したとしても、そのためめズルズルに、彼の妻になる理由は少しもないと思っている。

サクサク

サクサク

たか女は葉桜の繁り合う朝の坂道を、足袋もはかず、薄い草履一枚で下りて行く。

主膳のことが思いきれない。

直弼への未練もある。然し又、多田にも惹かれる。強い拒絶のうしろからどうせ一度、彼の自由になったからは、このまゝではすませないと膠着《こうちゃく》する心理もある。

「加寿江どの。拙者はどの位、この日を待ったことだろう。時には、神仏にも祈念をこめた。おぬしを喜ばすには何がいゝかと、京の町の店々を歩き廻ったこともある。所詮、女の好みは、男には当りもつかぬ。それでな、こゝに、これだけの金子を持参いたした。決して、金でおぬしを買うというのではござらぬぞ。この金で、おぬしの買いたいものを、買うて呉れということじゃ。これだけあれば、おぬしの望むおよそのものは、購《あがな》えるであろう――」

多田は、そう云って、ズッシリ重い革財布を、彼女の袖の中へおとした。

「何をなされます。お金なぞ――」

さすがに驚いたたか女が、袖をふり払おうとすると、却て、しどけなく解けていた帯が流れて、多田は女を、緋の下着一つにすることに成功した。

そのズッシリ重いものは、今、葉桜の傘の下を下りてくるたか女の袖に、まだたしかに、入っているのだ。中腹まで下りてきたとき、彼女はふと足をとめた。そこからは、葉越しに、京の街々が見下ろされる。露が、しっとりと、かゝっていて、加茂川だけが、ほの白い帯のようだ。

革財布を、袖から帯の間へ移すとき、小判の数を、およそ読んだ。

まだ薄暗い坂道には、人影もないのだが、たか女は、なぜか、うしろめたい心の影に怯えた。上前の裾を端折り、緋の蹴出しもあらわに、再び急ぎ足となった。

多田は、たか女が床の中から出て行ったのも知らずに眠りこけてしまった。目をさますと、もう明るい。

（オヤ、帰ったのかな）と思った。これだから、鼻毛をよまれるのだと、自分でもおかしかった。然し、女を征服した翌朝の満ち足りた感覚は、悪くない。

大きく、伸びをしたが、まだ、床から出ようとはしないのである。女と寝たあとのぬくもりを、今暫くは楽しんでいたいからである。

円山の朝は、シーンと静まり返っている。鳥の声さえしない。

多田は一服喫《す》おうと、枕から頭を上げ、腹匍いの形になると、枕許の黒塗の盆の上に、白椿が一輪、捨てたようにおいてある。

「ホウ――目がさめるようだ。昨夜《ゆうべ》はおいてなかったが」

と、多田は独語した。盆の漆黒と、椿の白が、しっくり対照をつくって、こよなくも美しい。きっと、加寿江の仕業であろう。彼をのこして、自分一人、帰って行く詫《わ》びのしるしに、裏庭の椿を折って、おいて行ったに違いない。椿を、おのれの身代りに、枕辺に侍らすという寓意《ぐうい》のようでもある。

（いかにも、加寿江らしい所作ではある）

多田は、ことごとく、感心した。その花をソッと手に取ると、一弁がこぼれるように、盆におちた。

白い。

目にしみるように白い。手が触れると、手まで白く染まるかと思われる。ゆうべ見た加寿江の肌の白さとも通うのではないか。多田は、ジイッとしばらくそのぬけるような白さに陶酔して、煙草を喫うのも忘れていた。

（どうしても、妻にするのだ）

――と思った。一度、契った以上は、もう、一日でも独りでいるわけにはいかない。毎日、毎夜、傍へおいて、その美貌と才気を、愛《め》でずにはいられない。

多田は、しきりに、独占慾にかり立てられた。何しろ、目から鼻へぬけるように利口な女だから、こちらがボヤボヤしていれば、忽ち、誰かに目をつけられ、ひょんなことで、鳶《とんび》に油揚をさらわれることが、無きにしも非ずであるから。

そう考えると、ゆっくり寝てもいられなくなった。もう、日が高い。山を下りた加寿江は、いつものように、駿河のお局へ上って、何喰わぬ顔をして、お茶でも立てているだろう。よそながらでも、早く、その顔が見たくなった。

多田は身支度をすると枕の下から、懐紙を取り、その間に、白椿をはさんで、丁寧にふところへ入れた。窓近く、青葉の揺れる影を見ながら、今夜も亦、こゝへ連れて来ようと思った。仲居を呼び、その旨を云い含め、茶代をはずんだ。

直弼は苦りきっていた。

「主膳——御身は大分、手があがったな」

「はッ」

春の日の午下り、藩邸の奥まった鈴の間での人払いである。直弼の不機嫌は、恐らく水戸斉昭との対立からくる鬱憤《うっぷん》でもあろうかと想像していたのが、突然、酒の話になったので、主膳は面くらってしまった。

「御身にはじめて会ったのは、二十八歳の年であった」

「はッ」

「御身との交わりも、古いものだ。今日は御身に一言を呈するぞ」

「有難い仕合せに存じます」

主膳は、手をついた。頭上に霹靂《へきれき》を感じている。

「過ぎたるは及ばずという言葉があるが、御身は十分でよいところを、十二分にやらぬと念が届かぬと思っているらしい」

「ははッ」

「御身の酒もそうじゃ。あとの二合で、いつも縮尻《しくじ》る。先夜、万八楼に於て、御身は何をした？」

「些か、酩酊して、御前《ごぜん》はゞからず、槍さびなど唄いましたは、全く以て、拙者の粗相でございました」

「そのようなことを咎める所存はない」

「はッ」

「もっと重大な越度《おちど》をしでかしたではないか」

「…………」

主膳は、どうしても思い出せない。もっとも、たか女の手紙が紛失したことは、翌日、袂の中がカラッポなので、気がついたが、まさか、それを浅吉に読まれ、更に、直弼の目にも入ったとは、考えも及ばぬことなので、それが直弼のいう重大な越度とは、結びつかない。

「主膳、何ンの過失も思い出せませぬ」

「うかつ者！」

直弼の声がひゞく。

「おのれを知らず、おのれの振舞を知らず、おのれのなしたる越度を知らず、すべてを忘却の流れに捨て去るが、酒のみの弊じゃ」

「はッ――」

「御身は、これを知らぬというか」

そう云ったかと思うと、直弼は、ポンと一通の書状を、主膳の前へ投げた。

（おやッ）

と思った。見ると、まぎれもないたか女の密書だ。いつ、どこで紛失したかも知らぬ間に、それが藩公の手から、目の前へ舞い戻ってきた。

「これは、まことに、不思議千万と申すものでござる」

手に取って、裏を返した。直弼は語を継いで、

「密書でもあれば、色文でもある。そのようなものを、人中へおとして、恥かしいとは思わぬか」

「恐れ入りました」

主膳は、冷汗三斗を覚えた。

「それにしても、御前には、何ンとしてこの文をお手に――」

「目はしのきく御身も、さすがにわからぬと見ゆるな」

「懲《こ》り懲《ご》りいたしたか」

「穴あらば、隠れたいほどでございます」

「然らば、誓って貰いたい」

「はッ。何ンなりと」

「酒じゃ。酒をやめなさい」

「ははッ」

何を誓えと云うのかと思ったら、禁酒の誓いを立てろという。主膳は、もう少し、面倒な約束かと思っていたので、ホッとしたが、然し、考えようでは、容易ならざる誓いである。若し、甘く考えて、この禁を破れば、忽ち、禄を離れなければならない。

「酔えばこそ、密書も紛失する。この文を、私が拾うたので、御身も今、無事で居られるが、若し、これを同席の宇津木や或は他藩の客にでも拾われたら、一大事ではないか。たかのしるす文面も、言語道断のものじゃ」

「はッ」

いよいよ、跋《ばつ》のわるいことになってきたと、主膳は、額の汗をふいた。

「若し、どうしても、禁酒の誓言を致さぬとあれば、只今限り、目通りを許さぬぞ」

「殿の御目通りかなわずして、主膳は生きる甲斐もござりませぬ。主膳、今日只今を以て、永劫《えいごう》に禁酒仕る」

と、きっぱり云った。

「それを聞いて、私も至極、満足と申すものじゃ。一滴もならぬぞ」

「一滴もなりませぬか」

「あたりまえのことじゃ。一滴許さば、二滴も可なり、三滴まではよしと成ろう。禁酒を誓う以上は、一滴どころか、半滴も搠んでは相成らぬわ」

「もとより、承知でござる」

と、主膳は、気張って云ったが、云いきった以上、もはや香りをかぐことも出来ないのかと思うと、残念な気がしたので、

「殿はいかゞなされます」

と、一矢を報いた。

「何に——私か」

「臣に禁酒をすゝめ給うに、御自分が嗜《たしな》まれては、つい、一杯、お相手も致さねばなりま

すまい」

「相変らず、理詰めを申すな。したが、それも一理じゃ。御身の禁酒を実行させんがためには、私も酒は断たねばなるまい。よし、御身と同日同刻を以て、掃部頭《かもんのかみ》は、すべての酒をしりぞくるぞ」

主膳は尚も未練そうに、

「むろん、フランスのワインの類も、酒の中に含まれましょうな」

「アメリカの酒もフランスの酒も、酒は酒じゃ。別扱いにはなり難い」

と直弼は云った。何ンとかして、取りきめに例外を作ろうとする主膳の執着が、おかしかった。

「然らば、和洋を問わず、断酒を宣言仕ります」

「私も同断じゃ」

直弼は大きな手をさし出した。主膳は、何ンのことか、よくわからぬ。それでマゴマゴしていると、

「手を握り合うのが、西洋諸国の挨拶でもあれば、約束の証明でもある。やって見い」

「はッ」

主膳は一膝のり出し、直弼の手を両手につかんだ。

「いや、それではいかん。右手と右手を、握り合うのが、正式の礼法じゃ」

「かようでござるか」

「そう。これをシェーク・ハンドと云うそうだ――森山や香山は、ペリーとこれをやって来居った。文字通り手を握り、相提携することを約するのじゃ」

「日本でも、勧進帳に、判官御手を取り給いとございますから、なかったことではありますまいな」

「就いては、その文の内容じゃが、村山たかは、金閣寺の寺侍、多田一郎なる男と夫婦約束をした様子ではないか」

「恐れ入ります」

「御身に未練はないか」

「ござりませぬ」

「負け惜しみ――」

　直弼は、まだ、主膳の手を握っている。

「シェーク・ハンドは、かようにいつまでも、握っているのでございますか」

と、オズオズ、主膳が訊いた。

「いや、普通は、握って、すぐ離すのが礼じゃが、私はまだ、離さぬぞ」

「ははッ」

「忘れもしない。幾とせ前、柿の多い村落を抜け、御身と二人、湖水のほとりに対坐した。私は、御身の心底《しんてい》を聞き、たかを譲った。そのたかが、名も無き寺侍に云い寄られ、心ならずも、身を任そうと致し居る。恐らく、今頃はもうその男の手に落ちたかも知れない。真実、御身に未練がなければそれでよい。若し、本心を偽り居るならば、御身が近頃、浴びるように酒をのみ、泥酔して憚らぬは、みな、たか故の自暴であろうぞ。女々しいとは思わぬか」

主膳は、二の矢三の矢を、腹背に受けた思いで、直弼に握られている手が、ブルブル、顫えずにはいられなかった。問題は、禁酒宣言どころの、生やさしい話ではない。直弼の慧眼《けいがん》は、主膳が酒びたりになっている心の奥まで読み通しているのである。即ち、禁酒はこの場合、たか女をスッパリと、多田一郎時員に呉れてやることと同じである。

河原町を下ってくると、背ろから、

「おたかさま、おたかさま」

と、呼びとめる声に、たか女はふと、足を停めた。ふりかえると、俵屋和助が、商用の戻り、手に風呂敷を持って、追ってくる。

「これはお久しぶり、とんと御無沙汰を申しました」

と、たか女は会釈する。和助は息を切らしながら、

「実は前から一度、お目にかゝりたいと思っていました。立話もなンですから、お急ぎで

なかったら、俵屋までお越しは戴けますまいか」

「はい。鳥渡《ちょっと》、用足しして、その帰りに、きっとお立寄り申します」

「では、お待ちして居りますぞ」

と、おたがいに言葉を交わして別れた。

和助は蛸薬師の前から入って、やがて麩屋町の宿へ戻った。いつも、主膳の泊る二階の部屋を掃き出させ、軸も取りかえて、たか女を待った。

夕方、格子口に、たか女の声がした。和助は自ら、玄関へ出て、

「約を違えず、よくお出でなされた。サア、お上り、お上り」

と、先きに立って、二階へ案内する。一通りの挨拶がすんでから、

「時に今日、お出でを願ったのは、ほかでもありませぬ。何分、客商売と云っても、殊に人の出入りの激しい宿屋渡世でもあれば、京の町のことは、細大洩らさず、どこのおかみの寝髪が解《と》けたまで耳に入ってくる有様、何条、おぬしの色沙汰が聞えて参らぬ道理がない」

「ホホホホ。何のお話かと思えば、そのことでござんしたか。でも、多田さんのことは、お局からの真面目な縁談。色の恋のというような、洒落《しゃれ》た話ではござんせぬわいな」

「でも、多田氏には、きついのぼせようとか。武士もいらぬ、子もいらぬと申されたそうではございませんか」

「その帯刀《たてわき》さまにも、お会いして、まるく話がつきました」

「いつのことでございますか」

「はい。つい、四五日前に——帯刀さまは、元服をすましたばかりの眉目すぐれた若侍でござんすが、聡明のさがとて、案じることなどは一ッもございませんでした。却て、多田さんよりも、物わかりのいゝ位。どうせ惚れるなら、帯刀さまにすればよかったと、思いました」

「又しても、おたかさまの冗談。いゝ加減になされませ」

と、和助もさすがに苦《にが》りきって、煙管で灰吹の縁を叩いた。

「して、主膳どのとの約束は、どうなさるおつもりか」

「約束？　主膳さまとは、何ンの約束もござりませぬ」

たか女は、ヌケヌケと答えた。

「約束がないとは申させませぬぞ。お手前が坐っておいでなさるこの二階で、幾月も二人で寝泊りをされたではございませんか。それなのに、主膳どのに断りもなく、多田氏と祝言されては、主膳どのの顔がつぶれると云うものじゃ」

和助は語気を強めて云った。

「主膳さまには、手紙を差上げてござんすわいな」

「して、御返事は？」

「それが一向、梨の礫《つぶて》でございますほどに、私もあきらめて、多田さんへ嫁ぐ心を決めました」

「返事のないは、不得心かも知れぬではありませんか」

「若し、不得心なら、何事措いても、祝言ならぬと、おとゞめがあろう筈。朧《ぅ》んだとも、潰れたとも無いは、もうとっくに、たかのことなどはお忘れになり、柳橋あたりに、可愛がる妓がお出来になったのでござんしょう」

「それは、おぬしの勝手な想像じゃ。おぬしも知らるゝ通り、天下は鎖国か開港かで、わき立って居ります。掃部頭さまが、開港論に幕議を一定なされてからは、長野どのも、夜昼なしの御用繁多と承る。恐らくは、手紙を書くにもお暇がござるまい。じゃからと申して、主膳どののお許しもないに、多田氏へ嫁がれて、若し後日に、紛糾を生じた場合、おぬしは何ンと召さるゝおつもりか」

「多田さんは、世間とは縁遠い金閣寺の寺侍。主膳さまは、天下の井伊の重臣とも云わるゝ御方。いざこざがあったところで、相撲にはなりますまい」

　和助は、半ば、呆れたような顔をして、たか女を瞶めていたが、

「それが当節の新しい考え方かも知れませぬが、古い頭の俵屋和助には、とんと合点が参りませぬ。若し、主膳さまが、京都守護の御役に就かれて、当地へ赴任なされた場合、おぬしは、平気で居られますか」

「そういうこともござんしょうが、そうかと云って、いつまでも、あてのない人の来るのを待ってもいられないではありませんか。女は一年毎に年を取り、忽ち、醜い老女となってしまいますもの」

和助は、これ以上、たか女を責めても、どうにもならないと思った。既に、たかの心は、主膳をはなれて、新しい夫たる多田一郎へ傾いてしまっている。

「たかどの。御身もまさに、人が変っておしまいなされた。これではいくら、主膳さまになり代って、私が楯を突こうにも、術《すべ》なしと申すもの。まア、勝手になされませ。たゞ、一ッ、御身の耳に入れたいことがござるよ」

「何ンでござンすかいな」

「主膳どのは、近頃、藩公のお言葉によって、堅く禁酒を誓わされたそうな――」

たか女は、俵屋を出ると、そのまゝは帰れない程、気が腐った。和助に、チクリチクリ、大分、痛いところを突ッつかれたのが、たまらなく口惜しかった。

麩屋町のはずれまでくると、すれ違った若侍が、

「加寿江さんではありませぬか」

と、声をかける。

「さて、今頃、どなた様か」

若侍は、傍へ来た。帯刀である。

「おや、帯刀様ではないか」

「急用でもござったか。ひどくお急ぎの御様子じゃが――」

「世の中の、いやなことばかり聞きますので、気が結ばれてなりませぬ」

「宅へお寄りなさらぬか。父がきっと、喜びましょうぞ」

「そうもしてはおられませぬが、――それともどこぞ、気のおけぬ家で、鳥渡《ちよつと》、お話をしましょうか」

「拙者とか」

「あいなア。一度、二人こッきりで、末々のことを、よく談合したいと思うて居りましたに、又とない折でございます」

「気のおけぬ家と申しても、一向に知りませぬが――」

「まア、私について、お出であそばせな」

そう云って、たか女のほうが少し先に立って歩いた。帯刀とて、別段に用事のない身であるから、たか女の導くまゝに、父の家とは反対側の小路へ曲る。

上木屋町の「志良川」と軒燈の出ている家ののれんを、たか女はくゞった。帯刀を玄関へ待たせ、彼女は一人で中へ入った。

河原の見える座敷があいていた。帯刀を上座へ据え、

「今夜は、固苦しい行儀はやめて、のみながら、お話をしましょうね」

と、やさしく云った。帯刀は、馴れぬ場所とて、居住いもまだ板につかないが、そこが又、初々しくて、何ンとも云えない。

「加寿江さんは、女の方とは思われぬ程、お酒がお強いと聞きましたが」

と、帯刀は云った。

「誰から聞きました？」

「父から——父は、加寿江さんとの婚礼を一日千秋の思いで待って居りますよ」

「そのうち、帯刀さんも、お嫁さんをお迎えにならなければね」

「拙者などは、未だ若輩でございますから」

仲居が酒を運んできたが、帯刀は盃を取上げる形もまだ不器用である。然し、頭は鋭いらしく、突然、盃をさしながら、

「加寿江さんを、たゞの婦人とは思いませぬがどうですか。重要任務を帯びていられるのとは違いますか」

重要任務と云われてはさすがのたか女も、驚いて、帯刀の顔を見返さざるを得なかった。親に似ぬ聡明な瞳が、澄みわたって、一点の濁りもない。

「お隠しなされても無駄なこと。拙者はとっくに見抜いて居りますよ」

「では、父上もそう思って居られましょうか」

「父は一向に気附いては居りませぬ。拙者も亦、父とその話を致したことは、曾てありませぬ。たゞ拙者一人の胸にあること。爾今とも、御安心召され」

「どうやら安心出来ませぬわいな」

「なぜでござるか」

「帯刀さんのような慧眼の御方が傍にいては、うっかりもして居られませぬ」

「ハハハハ。加寿江どの。いや、母者人。お話によっては、帯刀、御手伝い申上げてもよろしいぞ」

帯刀は、そう云った。その情熱的な容貌は部屋の四隅にある紅燈に美しくかゞやいた。

「お手伝いとは？」

「新しい母御と手を握って、日本開国の大道をうちひらき、鎖国攘夷の石頭共を、叩き伏せて見たいということでございます」

「では以前から帯刀さんには」

「父とは、もとより、気性も理窟も別々でござるわ。たゞし、父の一生に、唯一の手柄は、このような美しい母御を妻とされることのみです。それだけは、帯刀も父を見くびって居りました」

少し酒が入ったせいか、帯刀はそんな風に、生意気な口もきいた。

また銚子が運ばれてきた。

「なるほど、母御はお強うございますなア」

「今夜は少し、のみたいことがありまして、それであなたに御相伴をお願いしましたの」

「加寿江どののような御方でも、何ンぞ屈託がおありなさるか」

「でも、帯刀さんのような、可愛い、健気な息子が出来たので、鬱気も一どに、加茂川の水に流してしまえるでしょう」

「母御。それはほんとうですか」

「息子をつかまえて、嘘いつわりを申したとて何ンとなりましょう。ついては帯刀さん。さっき仰有った言葉通り、一つの目的にむかって、二人は手を握り合いましょうね」

「必ず違背仕りませぬ」

というなり、帯刀は刀の鍔《つば》で、金打《きんちょう》した。たか女はニッコリして、

「男と男の金打は、鍔と鍔とを打合せますが、女と女は鏡と鏡。今は男と女の金打故、刃《やいば》と鏡を打合さねばなりませぬ。サア、お抜きあそばしませ」

「よし」

帯刀は腰のものをスラリと抜いた。たか女は灯を消した。

すると晩い春月が、東山の上にかゝっていた。青く白く、月光は刃の上を流れた。

たか女は、ふところから、のべ鏡を取出した。小さい鏡袋に包んである。

「さあ――」

と、構え、刃の下へ近附ける。

「金打いたしますわいな」

「いざ」

チャリン
と、音がした。鏡の面と月光に濡れた青白い刃とが、打ち合った。

「これで、金打がすみましたからは、どのような秘密でも」

「たがいに、包み隠すことなく――」

再び燈火をともし、二人はあらためて盃を上げた。

「して、大望の一端でもお洩らし下さい」

「…………」

たか女は、障子の外、縁側、床下《ゆかした》の植込みなどに気を配ってから、

「井伊掃部頭さま開港の御趣旨に、反対の面々をつぶさに調べ上げ、のがれぬ証拠を押さえた上、一網打尽――」

と、低いが凜として云った。

「拙者の想像したる通りでございました。では、父と婚姻を結ばるゝも、世上の疑惑を回避せらるゝためか」

「それもございましょう。まさか、多田さんの妻になる女が、井伊の間者とは思いますま

いからね」

「用意周到とはこのこと。おどろき入りました」

帯刀は微苦笑した。若干、父が気の毒な気もする。まんまと、女に利用されているからだ。然し、帯刀は、より以上、女の性格とその生き方に興味があった。

時はまさに、混乱の渦中である。長い間、国民を鋳型にはめていた保守陣営が、日一日と、その空虚な権威をますます空虚にしている時である。

帯刀は若い。

秩序のある保守の時代であれば、大きな声では口もきけないような下積の境涯であるが、時が時なので、一人前の時局論もぶてるのである。

そして今、この新しい母と、意気投合した。刃と鏡の金打までした以上、自分はたとえ、父を裏切っても、この母の重要任務を援《たす》けねばならぬと、深く期するところがあった。

「母御。もはや御憂慮には及びませぬ。若輩ながら多田帯刀。いかなる困苦障害に悩みましょうとも、母御のために、千人力、万人力のお手つだいを致します。よくぞ、打ちあけて下さいました」

「恐らく、見破られれば、女とても、勤王方の刺客によって、一夜のいのちもないことでございましょう」

「今の世を生きる者は、みな、いつ落つるとも知らぬ刃の下に臥《ふ》しているのでございます」

紅燈が、またゝいた。京の夜風が、酔うた女の顔をやわらかく吹いている。

風濁《にご》る

主膳は、主命をうけて、再び京都へ上ることになった。

途中、伊勢宮前なる病妻多紀を見舞った。多紀は今尚、半身不随の身を、淋しく横たえていた。志賀谷の高尚館時代の良人とくらべると見違えるように、血色もよく、堂々たる貫禄が備わってきたのに、驚き且つ喜んだ。よく舌の廻らぬ口で、自分も病気が癒《なお》ったら、伊勢の片田舎には埋もれていたくない。主膳と共に、東奔西走して国事に尽したいなどと、昔に変らぬ気丈なことを云うが、既に再起の模様は見えない。

更に主膳は朝早く、宮前をあとにして、京への道すがら、彦根へも一泊した。こゝでは、何を措いても、槻御殿に住む里和の機嫌を伺い、ついで藩公の長子たる愛麿《よしまろ》公にも目通りした。

愛麿は早くも、八歳の誕生日を迎え、聡明利発の相は玉をあざむくばかりだ。里和は、愛麿のほか、男一人、女二人を生んでいる。江戸の昌子の方には、まだ一子もあげていないのに、たまさかの帰国のたびに、里和の胎はすぐに妊《みごも》る。

「このところ、半歳近くも、御帰国がありませぬが、殿には御機嫌美《うる》わしゅういらせられますか」と里和が訊いた。

「至極御壮健にて、殊に近頃は、御用繁多にもかゝわらず、益々精力横溢の御元気と拝しまする」

「それは何よりのことでございますが、して、近々、御帰国の御様子は？」

「その辺の消息には通じませぬが、多分、近い中には、お帰り召さるゝことでございましょう」

と、主膳は、里和の気持を読んで、慰めるように云った。

「和子《わこ》さまがこの通り御成育あそばしたのを一目お見せ申したいのじゃ」

里和はそう云って、手に抱えた男の嬰児を主膳のほうへ振りむけて見せた。

「ほんに、お可愛い赤子さまじゃ。お父さまにソックリでござるの」

「江戸の奥方には、御懐妊のしるしは見えませぬか」

「とんと、そのようなお話は聞きませぬ」

里和は、更に、四方を憚るようにして、小さい声で、

「お妾《めかけ》様など、お出来あそばしはしないでしょうね」

「その御様子はございませぬが、酒はおやめになりました」

「お酒を――」

里和は驚いた風である。それで主膳は、主従禁酒の盟約に至った動機と経過をつぶさに物語った。

「では京へ上るゝ旅路でも――」

「むろん、一滴も口には致しませぬ」と云うところへ、若い女中衆が銚子盃を運んできた。

「今、禁酒のお話を聞いたばかりなれど、せっかく、はるばる江戸から参られたに、盃もさし上げぬとあっては、私の粗相にもなりましょう。せめて一献だけ、おすごしなされませ」

と、里和は、自ら銚子を取ってすゝめる。

「いや、こればかりは御容赦下さい。殿は、主膳にのみ禁酒はさせまい。自分も今日より堅く、酒盃をしりぞくると申された。そのお慈《いつくし》みを思えば、咽喉《のど》が鳴っても、酒をふくむことは成りませぬ」

「これは又、ひどく几帳面なこと」

「戴いたも同じことなれば、どうぞお納め下さい」

「あとで、里和のことを、気の利かぬ女子とお嘲りはございませぬか」

「里和さまには、お疑り深うなられたことかな」

と主膳は、苦笑したが、目の前にさし出された銚子の中に、なみなみと入っている芳醇な天の美禄の香りを嗅げば、咽喉が鳴るどころの段ではない。一滴二滴、盆の上にこぼれているのを、舐め廻したいほどの衝動にかり立てられる。然し、直弼との約束は、一滴はおろか、半滴すら許されぬとある。

「では、お抹茶を——」

と、里和が云った。女中衆はかしこまって、銚子盃を下げる。主膳は残り惜し気にそれを見ている。

「時に主膳どの。たか女さまは、其後どうなされたであろうかの」

女中衆が次の間へ去るのを待って、里和が訊いた。

「一向に存じませぬ」

主膳は白を切った。

「つかぬことを申すようではありますが、殿との間に、幾人《いくたり》も和子たちをお産みした私が、まだ殿のお心を得ているとは申されませぬ」

「そりゃ又、なぜでござるか」

「たか女さまにくらべて、尚、見劣りのする私でございます。いかようにも、励み仕え、身を砕いてもいとわぬと、お勤めをいたしますが、いっかなお気に入りませぬ」

「お気に入らぬに、和子たちが幾人もお生まれなさる筈はないこと。拙者などは、今、藩公の寵を一に占めらるゝは、江戸の奥方には非ずして、彦根の里和さまと、大いに羨望いたして居りますぞ」

「ところが、殿の胸奥を占めているのは、やはりあのたか女さまじゃ。たか女さまは、労せずして殿の心を炎やす術《すべ》を心得ていられるが、私は、勤めても勤めても、……」

里和は、涙ぐんで云う。里和のその悲しみを誰よりも身につまされて理解できるのは主膳だった。


久しぶりに下りて来た京の町は、煙るように濡れていた。

主膳はやはり、どこより先きに、麩屋町の俵屋をたずねずにはいられなかった。生憎《あいにく》、和助は不在だった。彼は、いつもの二階へ通って、庇《ひさし》をうつ雨の音を聞き、また、どことなく香ってくる伽羅《きゃら》の香をかいだ。

仲居が上ってきて、

「お酒をもって参りましょうか」

と訊く。

「いや、拙者は堅く断酒を誓いましたから、その御心配には及び申さぬ」

そうはことわったが、今朝暗いうちに、彦根を早船で立ち、一刻半で坂本へつくなり、休む間もなく、歩き通してきたので、咽喉はカラカラに乾いている。以前なら、先ず、かけつけ三杯というところだ。

然し仲居は、たってすゝめる様子もなく、下へ下りて行ってしまった。

江戸にいる間は、さすがに幾山河をへだてているので、たか女に対する慕情も、押さえていられるが、こうして京の町へ入り、近い距離にたか女の実在を感じると、主膳の心には、猛然として、たか女を求める熱情が湧き起る。和助に会ったら、さっそく、今宵にも、たか女を呼び出し、久方ぶりに、五体のしびれるような熱い睦言《むつごと》を交わしたい。手紙にあった多田某との縁談は、恐らくは彼女らしい手管《てくだ》の類で、まだ、海のものとも山のものとも、きまったわけではあるまい。

藩公は、あの手紙を、額面通りに受取っていられたが、自分は、半ばの信と、半ばの嘘を交々に感じている。たか女ともある女が、気のぬけた寺侍などに、一生をまかせられる筈がないのだ――と、懐疑的な主膳には、珍しく、情勢を楽観しているのであった。

夕方になって、雨はやゝ小降りになり、空も少しく明るくなった。

仲居が燈をつけにくる頃、主膳は一杯のみたくて、咽喉が鳴るような気がしたが、ジッと、拳を握って、我慢した。

「大分、帰りがおそいようでござるな」

「はい。もう、おっつけお戻りでござんしょう」

そう云って仲居が下りて行くとすぐ、表の格子のあく音がして、和助が帰ってきた。

「これはこれは、ようこそ御上洛。今日は、枚方《ひらかた》まで用を足しに参り、つい、話しこんでおそうなりました。何ンじゃ、お酒もさし上げずに——仲居としたことが、とんと気の利かぬことじゃ」

「いやいや、拙者より、おことわり申したまでじゃ」

「では御書面通り、今以て、御禁酒か」

「藩公との、堅き盟約でござればのう」

夕闇と共に、燈の色は紅くさえた。

主膳は和助の顔を見たら、イの一番に、たか女の消息を訊くつもりでいた。それなのに、いざ面と向うと、流石《さすが》にすぐには訊けなかった。主膳は、ゆらめく灯影に、舶来のパイプを喫った。

「こたび御上洛の目的は？」

と、和助があたりを憚るようにして、ソッと訊いた。

「申すまでもなく、堂上諸卿の往来を監察し、又、諸国浪士の横議を内偵するが主なる目的でござる。藩公の開港政策についての是非は、朝廷にあっても、まさに伯仲の勢いとのことじゃが——」

「それは容易ならぬお役というものでございます。諸国の浪士も、この頃は用心深いことで、去年あたりとは様子もガラリと変って居ります。滅多なことでは、謀議の洩れるような不手際は致しませぬ。姿もおやつしにならねばなりますまい」

「もとより、そのつもりでござる。名前も藩公につけて戴き、密書には、その変名を用いる所存でござる」

「そこまでの深謀遠慮があれば、先ず申し分ありますまい」

「江戸藩邸よりの封書は、俵屋気附、山岡大蔵、若《も》しくば小川大介宛にて参ることになって居る故、そのおつもりでお願い致す」

「委細承知仕りました」

やがて夕食が運ばれてきた。和助は自ら京塗の膳を主膳の前に据え、

「盃のないは、まことに物足りませぬが、藩公との堅きお約束とあれば、是非もない。先ず、お箸をお取り下さい」

とすゝめる。

主膳は、膳の前にかしこまったが、

「時に和助どの。村山たかは、近頃、こちらへは見えませぬか」

と、やっとの思いで訊いた。

「では、長野様には、何事も承知召されぬと見ゆるな」

「どうか致してござるか」

「あれは、裏切り者じゃ」

と、和助は語気もきびしく、罵った。

「何に？　裏切り者とな」

「名前も今は、村山たかに非ずして、多田加寿江と申し居ります」

「ホウ。然らば、噂の如く、多田某なる寺侍の妻となったのでござるか」

「とっくのことじゃ」

「不日、一書にそのことが書いてありましたが、まさか、実行に及ぶとは、思いもよらざることとでござった――」

「主膳様。さぞやお腹も立つことでございましょうが、もう、あの婦人のことは、きれいに水に流しておしまいなされ」

そう云う和助も額に汗をかいている。

――主膳は怒りがこみ上げてきた。

「和助どの。申し兼ねるが、今こゝへ、たか女を呼んでは下さらぬか」

「して、どうなさるおつもりじゃ」

「しかと実否を相たゞし、面詰《めんきつ》いたさねばなりませぬ」

「面詰なされたところで、相手は婦人でもあり、所詮は無駄骨でござりましょう。それに第一、今では、他人様のかゝ殿でござれば、呼んだとて、すぐ来られますまい」

和助は静かに灰吹きを鳴らしながら云う。

「では、和助どのの御所存では、村山たかは、すでに井伊家の間者たる儀も打ち忘れ、堂上方へ寝返りをうちし者と云わるゝか」

「婦人は総じて、亭主次第のもの。多田氏が堂上方へ出入りの侍であれば、これは已むを得ますまい」

「何を証拠に仰有るか」

「証拠とてはございませんが、先日、会いました節、つくづく、左様に存じましたわ」

「では、和助どのは、たかにお会いなされたのか」

「はい。青葉の頃でございましたかな」

「会ったら会ったと、早う仰せられればよいものを。お人がわるい」

「実は、お手前に代って、私より、重々、面詰もいたしましたのじゃ。現に、お二人で寝泊りされたこの部屋へ呼び入れ、なぜ、長野様に一言の断りもなく、他の男の許へ嫁がれるのか。それでは、長野様に済むまいがと、散々に云いましたれど……」

「返事は何ンとでござったか」

主膳は一膝寄せた。

「いかに御用繁多でも、江戸へ下ったきり、いつ戻ってきて呉れるか、あてのない人を待っていては、女は年を取るばかり。恐らく主膳さまは、江戸でいゝ女子に、のぼせていられることであろう。とまア、あきれ返った返事でございました」

「左様か」

主膳は、こうまではっきり、女の心変りを知ると、抑制に抑制を重ねてきた禁酒の誓いも、今はもう、どうにも支えきれない突風にうち砕かれて行くのを感じた。

「和助どの。拙者を忘れて、多田某に嫁ぐ女の変心を怒るのではござらぬぞ。女だてらに、井伊家枢要の諜報の任にありながら、それを裏切って、堂上方へ味方する、そのシャッ面《つら》が憎うて成らぬ。いや、憎いのみではござらぬ。許してはおけませぬ。このまゝ放置いたさば、井伊家の秘策はことごとく、筒抜けと相成ります」

「ご尤《もつと》もじゃ」

「ともかくも、酒を戴きたい」

「何に、酒を——さきほど、断酒の宣言をなされたと伺ったが——」

「お察し下さい。たかを斬るは、拙者にとっても非常のことじゃ、酒でものまずば、やりきれませぬわ」

和助は、仲居を呼び、酒を命じた。

「和助どの。まことに汗顔の至りじゃ。意志薄弱にして、感情に溺れ、主君との盟約すら破棄する。腑抜け侍とは、身共の如きを云いますのじゃ」

「いやいや、腑抜けと云えば、多田一郎こそ、利貸しして小金を蓄え、又、諸処に家作《かさく》を持ち、伏見の辺には、広く土地なども所有するとか。大小はさして居りますが、武士とも町人とも、けじめのつかぬ男だそうでございます」

「ハハハ。たかともあるものがそのような下らぬ男のどこに惚れたか。心外千万と云うものじゃ」

酒が運ばれてきた。

「主膳どの。では、禁断の盃を、手になさるか」

と、和助は、居を正した。

主客は、銚子盃を間にして、無言のまゝ、対坐している。

時がすぎた。

窓の外には、まだ降りたらぬか、朝来の雨の音がきこえる。

主膳は、はじめて直弼が、たか女と別れた日のことを想った。

直弼の胸中に、沸騰した激怒が、今はじめてわかるような気がする。彼が、三味線をうち砕き、怒りを物に託するは余が不覚であったと、里和に述懐した話が、妙になまなましい実感と共に、主膳の胸に蘇った。然し、主膳は、三味線を身代りすることでは、物足りない。温い血の流れる女ざかりの女の白い軀を、一刀両断しなければならぬ。その貪慾な腹を断ち切り、その淫靡《いんび》な肌を抉《えぐ》らねば気がすまない。

「和助どの――御免」

主膳は、竟《つい》に酒盃を取った。

「已むを得まい」

和助もそう云って、銚子を取りなみなみと注いだ。

「貴公も――」

「戴きましょう」

乾盃する前、主膳は江戸の方角に向き直り、

「殿――許させられい」

と一言云ったのみで、一息に盃をほした。

「あゝ、幾月ぶりか。腹綿に沁み通ります」

「いや、あなたが弱いのではない。女が悪いのじゃ。まさしく、彼女は妖狐の性《さが》でござろう」

と、和助は又、カラになった盃に、酒をついだ。

「禁酒を破ったからは、大盃で戴きたい」

「それもよろしゅうございましょう」

やがて仲居が、大盃をはこんできた。

「これは一段と、愉快じゃ」

主膳は大盃をも一気にのんだが、なぜかいつものようには酔が発しない。

安政元年も押し詰まった。

阿部勢州の病気は、腹中に塊《かたまり》が出来たというのであるから、今日の所謂《いわゆる》胃癌のようなものに相違ない。

そのため、登営を欠くことも屢々《しばしば》であり、辞表が提出されたのも事実だが、適当な後任者がないために、長い間、保留のまゝになっていた。然るに、突然、老中のうち松平和泉守、松平伊賀守の両人が、その重職を解任されたのは、病める伊勢の閣中改造ではなくして、寧《むし》ろ、水戸斉昭による政変の断行であったようだ。

これによって老中は、著しく反開国の傾向へと押流され、自然の結果として、老中と溜間詰との対立が尖鋭化するに至った。

当時、溜間詰の大名というと、次の如きものであった。

（石高）	（居城）	（当主）
三十五万石	彦根（近江）	井伊掃部頭直弼
二十三万石	会津（陸奥）	松平肥後守容保
十二万石	高松（讃岐）	松平讃岐守頼胤
十五万石	松山（伊予）	松平隠岐守勝善

十五万石　姫路（播磨）　酒井雅楽頭忠宝
十一万石　桑名（伊勢）　松平越中守定猷
十　万　石　忍　（武蔵）　松平下総守忠国
十一万石　佐倉（下総）　堀田備中守正篤
十　万　石　小浜（若狭）　酒井若狭守忠義

このうち、前三者を定溜りと称し、松山、姫路、桑名、忍の四家を俗に飛溜りと称していた。

溜間の諸大名が、直弼の開国論に左袒《さたん》していたことは云うまでもない。殊に、老中から溜間へ格下げになっていた堀田備中と直弼の間には、常に往来があって、溜間による代表的意見は、この両者の合意に加うるに、若き会津の革新的な主張の調整だったとも言えよう。

たとえば、安政元年の十二月に発布された毀鐘《きしょう》鋳砲令《ちゅうほうれい》の如きも、斉昭の発案に出で、禁裡を動かし、太政官符《だじょうかんぷ》を以て勅諚《ちょくじょう》が下ったので、直弼や備中は、青天に霹靂《へきれき》を聞く驚きであった。

国家有事に備え、大砲小銃を鋳造する材料として、梵鐘《ぼんしょう》を供出するように、末寺々々へ通達して、速かに献納の手続きに及ぶべしという申渡しがそれである。

直弼がそれを聞いて思わず、

と、大喝したとき、堀田も苦りきった顔をして、溜間へ入ってきた。

「掃部頭殿、この宣旨《せんじ》は、関東よりの御下知と申す者がござるぞ」

「恐らく、左様の愚存でござろう。それにしても、諸国末寺に及ぶ梵鐘を集めたところで、いか程になり申そう。畏《かしこ》くも朝廷より、武家に対して、かゝる宣旨の下ったのは、前代未聞のこと。大方、筋書は読めましたわ」

「うろたえ者！」

病める阿部勢州では、到底、斉昭ら主戦派の圧力に抗し得ない情勢であることは、もはや、明白となった。直弼がこの局面を転回すべく、堀田備中を老中首座に推すことに決意したのは、毀鐘鋳砲令の宣旨が下った時からであった。

あらためて、京都の主膳に、宣旨降下の楽屋裏を内偵させると、果して、斉昭の強硬な建策に拠るものであった。

半年ぶりに江戸に下って、藩公の前に着座した主膳は、然し、いかにも元気がなかった。

「世論は今のところ、鳴りをひそめて居りますが、輪王寺宮よりも、また、智恩院宮よりも、毀鐘御反対の訴状が奏上せられましたので、禁裡におかせられては、近々、御取止めの密勅が下るとのこと、内聞いたしました」

「さもあろう。毀鐘鋳砲など、宣旨となすには、甚だ小事枝葉にすぐることじゃ——時に主膳。中川禄郎の病気はどうじゃ」

中川は、藩公の命によって、「籌辺或問」「籠城退縮を救うの論」等を草したのち、去年の秋頃から、所労の徴があり、安政元年に入って、俄かに病勢悪化、再起も危しと伝えられていた。

「三浦北庵の診立てによれば、命旦夕とのことでございます」

「それは、まことに気の毒な。近くば見舞にも行きたいところじゃが、何ンとしても、汽車汽船のない国では、東海道の上り下りに、莫大の時を費す」

「その御厚志のみにても、中川瞑《めい》するに足りまする」

「今死なすは、惜しみても余りある男じゃ。届けてやりたい特効薬もあるのだが——若し、汽車道を敷設せば、江戸と彦根は、まる二日と要しまいぞ。世界の文明国人は、談笑裡に長途の旅行を企つるというに——国家の幸福、乃《すなわ》ち人民の幸福じゃ」

と、直弼は遠大の夢を追うように、瞳を上げた。それから、主膳の面上に目を転じて、

「中川の病気も憂慮に耐えぬが、御身の顔色も勝れぬようじゃ。いかゞいたした。何ンぞ、屈託でもあるか」

「いいえ、一向にございませせぬ」

「所労は？」

「至って息災で居りまする」

「屈託もなく、所労もなきに、瞳の色の濁って見ゆるは、まことに不思議じゃ。久しぶりの対面に、侃諤《かんがく》の論の出ないのも、いぶかしいではないか」

「恐れ入ります」

「堅く誓った禁酒は今も守り通しているであろうな――」

「ハッ」

「私もあれ以来、老中諸侯との酒席にあって、一献も掬まぬぞ。会津などは、近頃つきあいが悪くなったといって、大いに非難する程じゃ――」

直弼にジッと見られると、主膳は、びっしょり、汗をかいた。

「そちは、額に、玉の汗じゃ」

「ハッ」

「さては禁を破ったと相見ゆるな」

直弼の態度は、あくまでも冷静そのものである。

「偽りを申すなよ。破ったものは、破ったと申せば足りる。誰も知らぬ二人のみの約束じゃ。まア、汗を拭け」

「ハハッ」

主膳は懐中から懐紙を取出して、額を拭った。

「いつ、破ったぞ」

「京へ到着いたしたるその夜でございます」

「それは又、早いこと。動機は何じゃ」

「俵屋和助と対談するうち、仲居の酌に、つい、のみました」

「その仲居、美人の故か」

「というわけでもございませんが」

「彦根の里和からの消息では、いかにすゝめても、禁酒断行を楯に、一滴ものまなかったということだが――」

「はい。彦根では――」

「彦根でのまず、京でのむとは、只事でないぞ。包まず申せ」

「ハッ――然らば、申上げます」

主膳は、拭ったあとから又、汗をかく。が、意を決して、

「多田一郎時員なる寺侍のもとへ、村山たかの嫁ぎしを聞き、遺恨やるかたなく、つい、禁断を破りし段、申訳もございませぬ。これは、藩公に対し、違背の罪万死に当りますれば、お手討は覚悟の前にございます」

と平伏した。

「何ンと申すか。禁酒を破るたびに切腹をさせていたら、家来は何人あっても、足りぬで

あろう。して、たかは、その後息災か」

「堂上方へ寝返りをうったとの噂もありますので、場合によっては、一刀両断なすべしと機を伺いまするが、近頃は用心堅固の模様で、とんと姿をあらわしませぬ」

「何に、たかを斬る？　つまらぬ殺生はよせ、よせ」

「然し、たかの口より、当藩の秘策が、堂上方へ洩れ散らば——」

と、みなまで言わさず、

「たかという女は、普通の定規では、推しはかり切れぬ女じゃ。そちを愛しながら、多田に嫁ぎ、また、多田の妻でありながら、誰ぞに惚れるかも知れぬ女じゃ。然らば、無節操なりやというに、そうでもない。女のくせに、時世を見る眼力も備えて居る。所詮、その方が、少々、惚れすぎているからじゃ。それで、せっかくの禁酒も破り、顔面蒼白、瞳も血走って見ゆる。あまつさえ、かつては竹光を誇りし身が、女体を両断すべしなど口走るは以ての外じゃ——爾今、言語を慎めよ」


京都では、たか女の加寿江が満たされぬ毎日をすごしていた。

はじめの約束では、駿河のお局へは、時々、顔を出すことになっていたのが、多田は何ンのかのと云って、おもてへは出したがらない。といって毎日、夫婦で顔を合わしていても、特にこれという話題もないから、たか女には退屈な無為の日が、いたずらにすぎていくばかりである。

その代り、たか女が足腰がだるいと云うと、多田は按摩《あんま》までして呉れる。

「拙者は、この世に栄達の望みはない。勤王の、佐幕のと、血眼になる興味もない。たゞ、おぬしを妻として、その日その日を安楽にすごせば、事足りる。おぬしのためなら、喜んで何ンでもしよう」

それが多田の、所謂生活信条である。女のために、たとえ、按摩をしようとも、三助の真似をしようとも、別段に照れ臭いという顔もしない。

第一、按摩にしても三助にしても、素人ばなれがしているので、たか女は吃驚《びっくり》した。

「旦那様は、どこで按摩術など、習いおぼえられましたの」

二月半ばの寒い日である。たか女は、置炬燵に身を横たえながら、多田に腰のあたりを揉んで貰っているのだ。

「今でこそ、気楽な暮しはしているが、若侍の頃は、聖《ひじり》の腰でも揉まなくては、出世の夢にありつけなンだ」

「では、法師様たちが、お稽古台でござんしたのかいな」

「風呂へ入れば、背中も流さねば相成らず、殊に、病人の介抱には、自分の病気よりも、つらい程であったわ」

「でもそうやって、柔く揉みほぐして下さるところを見ると、女の腰もお揉みあそばしたことがござんしょうなア」

「滅相な——そのような色よい目にあったことは一度もない。おぬしがはじめてじゃ」

多田はいかにも、嬉しそうに眼を細くして、炬燵蒲団の下に入れた手を、小まめに動かして行く。まったくのところ、お世辞でなく、押す手、揉む手が、壺《つぼ》にはまり、指の感覚も、武士のものとは思われぬほど、柔軟に感じられる。

外へは連れ出すのを好まないが、家へは好きなものを取り寄せて、食べる。酒もいける方だから、夫婦は毎日、酒盛りをしては、すっぽんだの、うなぎだのに舌鼓をうつ。時には舶来酒や巻煙草なども、どこから手に入れるのか、集めてきてくれる。これで、文句を云っては罰が当る程の暮しだが、たか女はその御馳走さえ、毎日では鼻につく。

もっともっと、新しい刺激が欲しい。贅沢と有閑は、ありがたいが、それの反覆では、やはり何ンとなく鬱血するのである。

「サア、こんどはそちらの足を揉んで進ぜるかな」

と、多田は位置をかえ、たか女の足を、おのれの膝の上へ抱き上げるようにした。たか女はわざと身をくねらせ、

「アレ。くすぐったいわいな」

「くすぐったいは、こっていない証拠じゃ。ほんとにこっていると、いくらどうしようと、何ンともないわ」

「この按摩さんは理窟が多うて、しんどいわいな――療治代はおいくらじゃ」

「左様。かゝ殿のお抱《かか》え按摩。上下《かみしも》十六文貰うより、ほぐした腰の置炬燵、久しぶりに端唄でも聞かしてお呉れ」

「それは又、安い按摩代でござんすなア」

多田は女の膝の上あたりを揉みながら、

「来月は、はや弥生。ソロソロ、円山の桜も蕾《つぼみ》が色附いて参る頃じゃが、おぬしがおしろい椿一輪を身代りにして、朝帰りした日のことが偲《しの》ばれる」

「一年の歳月は、流れるようでござんすなア」

「その思い出に、今年も円山の佐富へ行って、記念の一夜をすごすとしようか」

「円山では物足りませぬ」

「ではどこへ行きたいのじゃ」

「磐若院の叔父が、去年からのいたつき、鳥渡《ちよつと》見舞もしがてら、彦根の袋町へ行って、雪野太夫にも会いたいと思いますが、でも、旦那様につれて行って戴くなら、思いきって遠出がしてみたい」

「遠出とは？」

「第一が、江戸じゃ」

「なるほど、夫婦揃って、はるばる江戸見物か」

「女の道中も、近頃は昔とちがって、大分、自由となったそうな。もう一々、お関所で、乳房を取ってあらためるような、気違沙汰はありますまい」

「いや、女の隠密《おんみつ》の往来が劇《はげ》しいので、お関所の乳房あらためは、今も厳しく行われているそうじゃが、おぬしの場合は、身共がついているから、その心配はない。たとえ天下の関所役人でも、良人たる身共の許しなくては、おぬしの乳房に、指一ッ触れてよいわけがない」

「では、桜の咲きそめる頃、江戸へお供が叶いますかいな」

「道すがら、伊豆、箱根の温泉《いでゆ》にて、湯治をなすも一興じゃ」

「あの——伊豆や箱根の——まア嬉しい。旦那様と夫婦になったお蔭さまで、天下の名湯へも入れまする」

と、あでやかにニッコリ笑うその目もとは、まさしく男ごころを狂わすにも足りる。多田はゴクリと唾をのんでから、

「時に隠密と云えば、井伊家の重臣長野とやらが、身を窶《やつ》し名を変えて、京の町へ入りこんだとやらいうことじゃが——」

「長野様とな——」

たか女の瞳が、一瞬、異様に光るとも思われた。

「おぬし、御存じか」

「いえ、磐若院の叔父に、その人の話はきいたことはございます。国学の造詣深く、直弼公にも、信任厚き御家来とやら」

「国文を愛好する傍ら、漁色の技《わざ》にも長《た》けているとのことじゃ」

「よく知って居られますなア」

たか女は、然し、ひやりと首筋に冷風のすぎるのを覚える。まさかに、多田が逐一を知っているとも思われぬが、或はどんなところで、主膳とたか女の古疵《ふるきず》をききこみ、しらばっくれて、こんな口をきいているのかもしれぬではないか。

「いやいや。京都は広うても狭いでな。祇園の芸子に、萩栄《はぎえ》という美人が居る。井上流立方の名取じゃ。長野主膳とやらは、藩命を負うて、京へ入りこみ、諸国浪士の内情を密偵する大任にありながら、その芸子に馴染を重ね、連日連夜の酒びたりじゃという噂だ」

多田は、諸所方々歩き廻って、流言や艶種を拾うのが趣味でもあるから、こういう話には、消息通と云ってもよい位だ。

祇園新地に萩栄という売出しの美妓のいることは、たか女も知っている。人の話だと、自分によく似ているということで、機会あらば一度は会いたいと思っていた。主膳が今、萩栄に、うつつをぬかしているという話をきくと、妬心もおこるが、萩栄が自分の身代りになっているのだという自負もある。

「七段目の大星が、策略で祇園の色にふけるということもありますから、長野様とて、どこまでが本心で、どこまでが放埒か、よそ目にはわかりませぬなア」

このとき多田は、漸く、女の足を揉み終り、

「さア、これで、上下十六文。お次ぎは何ンじゃ」

「久しぶりに、一力へ連れて行って下さりませ」

「何に、一力へとな」

「夫婦になってこのかた、まだ一度も、京の色町の晴れやかな景色を見ませぬ。話の出たのを幸い、萩栄さんとやら、井上流の舞ぶりが見とうてなりませぬ」

「今宵は炬燵の差向いで、チリでも焚こうと存じたに」

「差向いは毎度のこと。行くなら、すぐに髪を結いましょう」

「云い出したら、後へ引かぬおぬしの所望。然らば散財と出かけようか」

「いっそのこと、帯刀さんも御相伴に――」

「何に、帯刀? あれはまだ、子供同様。前髪もおろしたばかりというに、祇園の妓などに熱うなられては、迷惑千万じゃ」

近衛菱

主膳は、その頃、一年に幾度となく、江戸京都間の往復に時を費しているが、時には、自分の代りに、京都から江戸へ旅立たせたり、或は又、自分が江戸にいて、京都の情報をさぐらせたりする腹心の部下が必要であった。主膳はその役に、年若い一門人を当てている。即ち、後年、『阿利能麻々《ありのまま》』と題する稿本の筆者たる中村長平が、これである。

今日、主膳について知るためには、この一門人の一著を便りとする外はない。

長平は、もと彦根町人の出である。屋号を油屋といって、郷宿を家業としていたそうだが、安政元年、十九歳にして、はじめて主膳の門に入ったという。

従って、主膳が直弼の命をうけて屢々《しばしば》京都へのりこんだのが、やはり安政元年から二年にかけてのことであるから、当時長平は、まだ入門ホヤホヤの頃であったろう。

今一人は江戸に於ける主膳門人で、星野新蔵なる男である。彼また、度々、主膳の身辺に従って、江戸と京都を往復しているが、彼には疥癬《かいせん》という皮膚病があったので、同門の学友も、敬遠して、彼の傍には近寄らなかったという。然るに、長平だけは、これを厭《いと》わずに交際したので、長平と新蔵は、特に親交を結ぶようになった。主膳にとっては、長平が手なら、新蔵は足であり、両人とも、蔭《かげ》になり陽《ひなた》になって、よく主膳を援けている。

主膳もこの両人は、よほど可愛がっていたらしく、遊里へ出かけるときも、必ず連れて歩いている。

今、『阿利能麻々』の一節をひもとくと、

『或る時、師（主膳のこと）が、京都麩屋町通り姉小路上る俵屋こと、岡崎和助方に滞留ありし時、おのれ上京せしついでに、たづねたれば、師はこれより祇園社へ参詣せましやと云はれて同伴なしたり。

その途中にて云はれしに、今夜は高畑式部女方の月次会にて、千種有文卿も御臨席にてある筈。依て其方へ参りてもよろしけれど、先づこゝまで来たりしこと故、祇園社へ参るべしとて、連れ行かれたり。

その帰途、川東にて新橋通りの大幾こと大和屋いくと云ふ青楼へ寄りて、宴を催され、芸妓を呼ぶに、萩栄の仮妹某、及び、その楼の抱女、小色といふ舞妓二人来たり。暫時すると師は席を退いて、何れへか行かれ、楼主へは二人を遊ばしておけと託されし由。実に師の門人を愛するの情の深きにてあり。おのれら夜更くるまで遊び居て、新蔵は俵屋方へ、おのれは旅宿へと別れ帰りぬ——』

この文中にも、萩栄なる芸妓の名前が記されてある。

萩栄は、娼家の生れではない。彼女の父は、京都施薬院三雲中務宗孝の長男宗慶で、のち隠棲して嵯峨大覚寺の井関家に入り、井関法師と云われた人だ。萩栄はその長女で、幼名をひで。のち、松子と改めた。そこで本名は三雲松子である。

　こういう由緒正しい婦人が、芸妓となって立つようになった理由は、詳しくはわからないが、宗慶が相場で失敗したためとも云われている。
その言訳に、宗慶は頭を剃って法印になり、長女は幼くして、京都北野五番町の廓に身を沈めた。

　松子は更に二条新地に住み替えとなり、その頃から嬌名をうたわれたが、ついで祇園新地に移って、萩栄と名乗る。前にも述べた如く、井上流立方の名手でもあり、又、和歌の道にも堪能だったと伝えられる。

　生れは文政八年というから、安政の初めは三十歳を出た年頃で、貫禄も押出しも十分な、云わば女ざかりの若年増芸者だったに違いない。

　すると、この物語のはじめに出てきた秋山志津が、文政七年の生れ。またその侍女から出世した西村里和は、文政九年の生れだから、萩栄の生れた年は丁度、その間に位していて、ほゞ同時代と云える。たか女だけが、やゝ年上であったが、生来の美貌の上に、才智に長《た》けているので、却て年下の志津や里和よりも、若く見えた位であったという。殊に、萩栄とたか女は、よく似ていると云われたそうだが、実際はたか女のほうが大分姉さんであった。然し、祇園の名妓といわれる萩栄は、どちらかと云えば地味づくりだし、たか女のほうは、年におかまいなく若づくりであったから、どっちがどっちとも云えなかったであろう。

それに、たか女は自分の年を、その場限りで、勝手に云っていたから、まだ、二十代だと思っている人もあれば、三十すぎと思っている人もあった。正直な話、誰もたか女のほんとうの年齢を知っているものはないのだった。直弼も知らず、主膳も知らず、況《ま》して良人たる多田一郎やその子帯刀などは、いゝ加減な年を云われて、そう信じていたものらしい。

然し、たか女は、一力のおもゝ座敷で、はじめて萩栄の舞う「八島」を見たとき、つくりは地味でも、肌の色や目の輝きに、自分よりも、年若い女の溢れるような艶々しさを認めないわけにはいかない。

（自分によく似て、しかも自分より、艶々と若い肌をもつ女――）

たか女は、それに云い知れぬ妬心を覚えた。

舞も頗《すこぶ》る上手である。髪は水のたれそうな島田に結い、思いきって衣紋をぬいた立ち姿は、女でさえ、惚れぼれする程だから、さぞや、主膳が、情熱をたぎらせているのだろうと想像した。「八島」がすむと、萩栄はたか女の傍へ来てニッコリした。

京舞には、当時（安政のはじめ）篠塚流と井上流の二流が存在した。篠塚流は、初代文三郎（梅扇）によって創《はじ》められ、二世三世と直系で継承されて来た。今日でこそ、京舞は井上流の万能時代となって、篠塚流などと云っても、その名前すら忘れられている始末であるが、当時は、寧《むし》ろ、篠塚流のほうが、祇園新地、先斗町《ぽんとちょう》、宮川町などの遊廓、並びに、南座その他の劇場の振付師として、井上流を圧倒して居ったのである。然るに三世文三郎の歿後、バタバタと勢力を失って、井上流が取って代ることになったのだが、萩栄などども、はじめは無理に篠塚流の稽古をさせられた一人で、その後、井上流に転じたのを、寝返りをうったように云う者もあったという。

井上流は、初代八千代（明和四年の生れ。本名はさと）が、仙洞御所のお局や、近衛家の御殿女中に舞の指南をしたのがはじまりである。篠塚文三郎が町方の、芝居小屋から発足して漸次、遊廓内に地盤を拡げて行ったのと、まことに対照的である。

八千代の名は、近衛家から命名されたもので、舞扇の紋に、近衛菱を用いたのも、そのせいである。初代の頃は、井上流といえば、禁裡か摂家に於ける所謂堂上舞のことだったので、地《じ》は胡弓、小鼓、太鼓、笛のみで、三味線は用いなかったと云われている。この初代八千代が亡くなったのが、安政元年で、享年が八十八歳。二世八千代があとを襲ったが、実際はその以前から、師匠の座に直っていた。萩栄が、篠塚流を退いて、師事したのは、二代目である。むろん二世八千代も、近衛、一条家の舞の指南をし、初代の堂上風を伝承したが、更に、能楽金剛流に私淑して、これを取り入れ、所謂本行舞を按舞したり、又、操りや歌舞伎からの交流もはかったので、井上流は二世に至って、大いにその間口をひろげた感があったのだそうだ。

萩栄なども、そこに魅力を覚えて、且つ篠塚流の町方芸風にあき足りないところから、勇を鼓して井上流へ走ったのであろうが、彼女自身の生立が、前にのべた如く、三雲中務宗慶の出であるというお家柄をも見のがすわけにはいかない。

この二代目八千代は、明治元年七十八歳で歿するが、そのあとの三世八千代は、萩栄よりは、一まわり年下で、大阪住吉の生れ、二世の養女となって、祇園万亭の主人先代杉浦と手を握り、井上流を祇園新地の中心的な流派として押出すに至った。その間、篠塚流との鎬《しのぎ》を削るような競争、角逐《かくちく》があったことは、想像するに難くないが、率先して井上流に転向した芸妓萩栄の向背も亦、京舞盛衰の歴史に、一役買っているものと云わなければならないだろう。

井上流の家元はいずれも長命に恵まれたが、就中《なかんずく》三世八千代は、昭和十二年まで生きたのであるから、百一歳の高寿を保つことが出来たのであった。

傍へ来た萩栄に、

「お見事でしたよ。こんなりっぱな格調のある、そして激しい舞が、お座敷で舞えるとは思いもよりませんでした」

と、たか女は、盃をさして、ねぎらうのだった。

「八島」は、地唄もので、能の「八島」から出ている。前シテは、漁夫の拵《こしら》えで、釣竿を持ち、後シテも能の拵えに準じて、扇子と長刀をもつ。もっとも着流し舞は、

〽西行法師のなげけとて

から出て、二枚扇を用いることもある。

「お恥かしゅうございます。未熟な芸で、加寿江様のようなお方のお目にとめて戴けるものではありませぬ」

「あなたが、井上流へ入門されたのに就いて、評判が高うございますね」

「悪口でございましょう。でも――」

「今の八島のような、上品な舞を見せて戴いたので、実は安心いたしました。萩栄さんが、篠塚流に飽き足りず、堂上舞を取り入れようとなさる気持が、わかります。あなたと私が、よく似ているという人もありますので、一度、お目もじがしたいと思って居りましたよ」

「似ているどころか、とても及びもつきませぬ私風情を――」

と、萩栄はどこまでも下手《したて》に出て、返盃した。

こんどは、萩栄の妹分の、園というのが、やはり地唄の「小簾《こす》の戸《と》」を舞い出した。扇子一本、着流しで舞う。

たか女もこれはよく弾くので、興味深く見物する。いつか主膳にも、唄ってきかせたこ

とがあった。もっとも、この歌詞の作者が、享和頃の祇園の芸者で、本名をおのぶと呼び、俠気に富み、才色にすぐれ、暫《しばら》く伊勢松坂に遊んで、本居宣長に師事したことがあったという話は、逆に、主膳から教わったのであるが。

それがすむと、多田が大分酩酊したらしい声をはり上げて、

「サア、サア。こんどは、加寿江の番じゃ。何ンぞ粋《いき》な音締をききたい。所望、所望」

と促す。

「何を仰有りますぞえ。名だたる祇園の芸子はんの前で、拙《つたな》い私の三味などを――」

「とは云うまいぞ。おぬしの三味は、駿河のお局も当代一と折紙をつけられた。関白殿でさえ、感心して聞かれたそうな。端唄よし、江戸唄よし。祇園の芸子共も、後学のために、聞きなさい」

「そのようなことを、仰有ってはなりませぬ。みなさんが笑いますわいな」

すると、萩栄や園までが、一緒になってすゝめるので、たか女は、とうとうことわり切れず、三味線を借りて、先ず調子をかき合せた。

たか女は、江戸唄の「部屋見舞」を一曲ひいた。

これは、御所女中風と腰元風の二人の女が部屋見舞する小品で、その後、井上流でも振付をした。

ところが、合の手をひきながら、ふと、見ると、多田は脇息に靠《もた》れて、コクリ、コクリ

居眠りをしている。たか女は、はじめはおのれの目をいぶかった程だ。まさかと思って、もういちど見直すと、やはり、コクリ、コクリやっている。

さっきは、あんなに、所望、所望と云っておきながら、こっちがいよいよ弾き出すと、居眠りをはじめたには驚いた。

そのうちに、多田はズルズルと脇息から肘をはずして、その拍子にバタンと、脇息を押倒し、それではじめて気がついたか、あわてて口辺を拭うているのは、さぞかし、涎《よだれ》でも垂らしたのであろう。

たか女は、ひどく興ざめした思いで、三味線の棹まで、重たく感じられた。又、居並ぶ芸子たちの手前も恥かしかった。

萩栄が気をきかして、小枕を運んできた。多田はそれに頭をのせ、「部屋見舞」がすむ頃には、寝息さえ立てる始末に、

「ほんにまア、仕様のないお人じゃなア。酔うとすぐ、眠とうなるが悪い癖じゃ」

と、たか女は眉をひそめる。

「機嫌ようお休みになるは、いゝお酒と云うもの。播巻など持て来ようかいな」

萩栄が立って行こうとするので、たか女は、その袂をとらえた。

「ちと、御意得たいことがあります。鳥渡、あちらの間へ――お暇は取らせませぬ」

「あい。そんなら園さん――お播巻を旦那様へ」

と、萩栄は妹分の園へ云いつけて、たか女と共に、重い戸襖のある隣りの間へ入って行った。そこは大石ら四十七人の像をまつってある小さい仏間だ。雪洞《ぼんぼり》が一つ、またゝいている。

「彦根藩士、長野主膳義言《よしとき》様と、お近しいとのことでございますなア」

と、たか女は単刀直入に云った。萩栄はギョッとする風で、

「どうして御存じでございますか」

「京の噂は、すぐ伝わって参ります。あなたが、篠塚流から、井上流へ移られたのも、長野様の助言があったからでござンしょう」

「何から何まで、――」

と、萩栄は目をまるくしたが、さすがに悪怯《わるび》れず、

「あいなア。もう懇ろォにして戴いて居ります。私も、幼年から、父に和歌の手ほどきをして貰いましたので、近頃は、長野さまに添削をして戴き、また歌学国学の入門も、少し宛、教えて戴いて居りまする」

「大幾へは、主膳様お一人で見えられますかいな」

「いいえ、星野さん、中村さんなど、よく御一緒に参られます」

星野の名ははじめてきくが、中村長平のほうは、一度、俵屋の二階で顔を見たことがある。目の澄んだ紅顔の青年であった。

たか女は、障子の外へ気を配ってから、

「実はな、——これは密々のことなれど、貴いお方様から、長野様にソッとお渡しするものをお預りしていますのじゃ」

そう云って、萩栄の手を執《と》った。やわらかい、温い手触りであった。この手のひらが、主膳の首や胸にからみつくのかと思った途端、たか女は五体の血が、高鳴り騒ぐのを覚えた。自分の手のひらにも自信がある。いくら、顔立ちのすぐれた女でも、手のひらが堅いようでは、女の値打ちがさがるものと思っている。女の肌の柔かさも、温さも、すべては手のひらにあらわれる。然し、柔い自分の手のひらも、萩栄のそれには及ばないと思われた。

——たか女が主膳に渡したいものというのは、主膳から貰った最後の手紙に書いてあった用件の一つである。

不測のことで、皇居が炎上したのは安政元年四月六日のことであるが、火元は後宮北殿のお湯殿からであった。お湯殿の傍らに、梅樹一株があり、年々よく紅梅花をつけたが、枝葉に夥《おびただ》しく毛虫を生じ、うっかり傍へも寄れないので、年若い女官が、竹の先きに藁《わら》をつけ、これを炎やして毛虫を焼いていたところが、折柄の西風に、火のついた藁が飛んで、お湯殿の屋根へ炎え付き、それから大火となって、内裏を全焼し、諸門殿舎悉《ことごと》く烏有《うゆう》に帰したのみならず、火災は市中に及び、寺社二十四、堂上十四家、地下《じげ》官人以下八十二戸、藩邸十五所、町家五千七十八戸を焼亡した。

そのため、主上お手許の御書物も、俄かに乏しくあらせられたに違いないので、直弼は長野を以て、御書物献納の御内意を伺わしめたことがある。

長野はそれを、たか女に打ちあけ、たか女をして、駿河のお局から、叡聞《えいぶん》に達するよう取りはからって貰うことにした。

そこで、駿河のお局は、更に、今城定章に頼み、その娘である少将内侍を通じて、密かに奏上したところ、主上は大いに喜ばせ給うて、御宸筆《しんぴつ》を以て、八十部の書目をあげ給うたのであった。

もっとも、直弼は、この献納は別して名利を願うものではなく、唯、叡慮を慰めまいらせんとするものだから、我名を出さず、また誰からということではなくて、たゞ主上御愛読の書目をお洩らし下されば、早速にも取揃えて奉りたいという趣意であった。

その御宸筆が、漸く、少将内侍から、駿河のお局へ下り、そこからたか女の手に届いたのが、二月はじめのことであった。たか女とすれば一日も早くこれを長野に渡し、更に長野から直弼の手へ伝達しなければならないのである。

「貴いお方様とは？」

萩栄が問い返した。たか女は、袖屛風しながら、

「お耳を――」

「あい」

聞きとれぬ程低く、囁いた。

「ま――畏い極み」

「されば、あなたの才覚で、是非、長野様にお目もじさせて下さんせいなア」

「そういう大事な御用とあれば、何を措いても――明日とも云わず、今宵直ちに」

「旦那様がたべ酔うてのうたゝねの間に、丁度よい故、ぬけ出して――」

「ほんに、それがようございます」

「萩栄さん――恩に着るぞえ」

と、たか女は胸のへに白い手を組合せた。

萩栄は妹分の園を呼び出して、

「鳥渡、お見せしたいものがあって、私は奥様と屋形へ行き、すぐ又戻って来ます程に、お前様はな、旦那様のおやすみになっている間、お傍へ附いていて、お目ざめになったら、これこれと申上げ、暫くお相手をして、時をすごして下されな」

「必ず戻ってお出でなさるか」

「或るものを、奥様にごらんに入れればそれでいゝのじゃ。長く暇はとりませぬ故、旦那様にようおことわりするのじゃ。よいかえ」

「あい――」

とは答えるが、何ンじゃやら、園は心もとなさそうで。

やがて、二人は一力の裏門口の萌黄《もえぎ》染めの暖簾を出た。

チラチラ、白いものが舞っていた。八坂の表大路を横切り、新橋通りまで、二町程急いで歩くと、雪催《もよ》いの夜寒なのに、腋下がうすく汗ばむ程だった。

大幾の、二階座敷で、主膳はチビチビやりながら待っていた。萩栄が先きに入り、たか女は白い障子の外で、息を殺した。

「おそい、おそい。一力では、誰様にくどかれた？　先ず、一杯」

と、盃をさす。

「こりゃいゝ御機嫌と見えますな。おそくなったには、わけがござんす」

「何ンのわけか」

「多田さんの奥様が、あなたに会いたいと仰有るので、お連れしました」

「何に、多田さんの奥——ど、どこに居る」

生酔いの本性ゆるまず、主膳はキッと居構える。そのとき、たか女は、音もなく、障子の間からすべり入った。

「長野さま——」

「おゝ——おぬしは——一度、対面して、思うさま、寝返りの礼が云いたいと思って居たが——それにしても、よくヌケヌケ、会いに来られたものじゃな」

主膳は又、顔面蒼白色を帯び、声もなゝくが、中に立って、萩栄こそ当惑げだ。

「帰れ――」

と、主膳は大喝した。

「帰りませぬ」

「そちが帰らねば、拙者が帰るわ」

主膳は、床脇においてあった刀を取ると、畳を蹴って立上った。一思いに、斬り捨てたい衝動が、胸にうずいた。あとにも先きにも主膳が、女に対して、殺意を感じたのは、たか女一人であった。

この激しい怒りと憎しみは、主膳の思想も理智も精進も、すべてを、一瞬に吹き飛ばすかと思われた。

たか女のほうでも、男の目にありありと殺意を見た。殺されても仕方がないと思った。こゝへ、来る以上、半ばそれを予感しない筈はない。然し又、主膳がこんなにも、嫉妬と憎悪に炎えているとは思わなかった。この人は、こんなにも、自分を愛していたのかと気がついたのは、女の仕合せでもあるようだった。愛なくして、この憎しみがうまれようとは思われないからだ。

萩栄が、たか女と彼の間へ、分け入ってきた。

「長野さん――何をなさるおつもりでございますか」

「帰るのだ。帰ると云っているのだ。この売女奴《ばいた》を、斬り殺した上でな――」

「なりませぬ、なりませぬ」

「うるさい。おぬしも退《の》け」

「加寿江さんには、もっと大事な御用がおありなさるのです」

と必死になって、主膳の胸にすがりつく。

「寺侍のかゝいに、長野主膳、何ンの用もありはせぬわ」

「それにしても、一度、加寿江さんの話をきいてあげて下さんせいなア。その上で、あなたの好きになされませ」

と、声をふるわせて、かきくどくので、主膳も流石に萩栄の言葉には耳を藉《か》さなければならなかった。

「サア、その物騒な刀を、お渡しなされませいなア」

と、萩栄は、無理矢理に、主膳の手から鞘ごと刀を奪ってしまう。

「して、何用じゃ」

主膳は尚、冷然自若として、坐っているたか女を、憎々しく見下ろしながら云った。

が、たか女は、臆するところなく、

「多田さんと、夫婦になったのを、お詫びに来たのではありませんよ」

「こいつ――何ンたる言草だ」

主膳は、又もや全身の血が波立つように覚えたが、女のその大胆不敵な様子には、正直なところ、肝を奪われた。

「そのような私事なら、何もこんな危い思いをして、会いに来ようとは思いませぬ。不義理も忘れ、恥も捨て、今ではあなたの、いっち大好きな萩栄さんにわざわざ手引して貰ったその御用はな――」

萩栄は、両袖を羽交いにしてその中へ刀をくるんで、

「主膳さま。これは私が悪かった。いきなり、加寿江さんをお連れしたので、お腹の虫のおさまらぬも、ご尤《もっと》も。実は、その御用というのが、たゞの御用ではありませぬ。畏い御方様からの、直々の御申渡しじゃ」

「何に、畏いあたりの――」

主膳は流石に、身を硬くした。畏いあたりからの御用とあれば、勅使も同様である。滅多なことで、追立てるわけにはいかぬ。

「直弼公御献納の御書目、八十冊につき、御宸筆を賜わったのでございます」

と、たか女は凜《りん》として云った。そして、手にした袱紗《ふくさ》包の中から、御墨附の目録を、主膳の前にさし出した。主膳は、はるか下座へ、すり退って、平伏しなければならなかった。

「これさえ、お渡し致したら、直弼公にお頼まれした御用は総て相済みました。一力で、多田さんが待って居りますから、私は先きへ戻ります。あとは萩栄さんに、おまかせしますわいな」

「では、私は一緒に戻らずとも、よいのかいな」

「大幾の仲居さんに送って貰いましょう」

と、たか女が、一礼して立上ったとき、主膳は、はじめて、顔を上げた。

「お待ちやれ、――」

「何ンじゃぞいの」

「献納御書目の御宸筆は、有難くも畏き聖旨の程と、主膳、心から感佩《かんぱい》いたす。おぬしの働きも格別の儀じゃ。厚く礼を申さねばなるまい。したが、これだけは申し添うるぞ――」

「…………」

たか女は、敷居際に、再び、膝をついた。

「拙者は、おぬしを一刀両断なすべしと、かねて、存慮致し居ったが、藩公の御所存は、さにあらず。おぬしは、普通の定規では推しはかれぬ女故、ゆるしおけとの御言葉があった。今更ながら、藩公の鋭い御眼力に敬服する外はない。但し、公私は自ら、別々だ。このたびおぬしの大功を喜ぶと共に、拙者の受けた心の深傷までが癒《い》ゆるとは思えぬぞ。殊勲は殊勲、恨みは恨みじゃ。いずれは、この恨みを、晴らさずにはおかぬぞよ――」

「とっくに、覚悟して居りますわいな」

「よい度胸じゃ」

「萩栄さん。そんなら、おいとまいたしますぞえ」

障子に白い影が立つと見えたが、すばやく、袂をかえして消えるように――。

萩栄が送って出ようとするのを、主膳がとめた。

「酒を――早う。ギヤマンの大盃につげ」

「――あい」


父と加寿江が、またしても激しく云い争う声が、やゝ隔っている帯刀《たてわき》の部屋まで、聞えてくる。

この頃では、殆ど毎日のようである。父の煩悩も哀れだが、それに手足を搦《から》まれて、逃げ出すにも逃げ出せない加寿江の身のうえも気の毒である。こんなことなら、いっそ、夫婦なぞにならなければよかったのにと、傍で聞いている帯刀まで、つらくてたまらない。どこで聞いてくるのか、多田は、加寿江の前歴に就いても、段々にわかってきたらしい。

以前は村山たかと云って、彦根の直弼の寵を受けたこと。然るに生来の淫奔とて、家臣長野とも密通して、追放になったこと。そればかりか、人によっては、直弼の前に、直亮の手もついたことがあるなどと、云いふらす。そうかと思うと、彦根の袋町で、端女郎を勤めたことがあると、まことしやかに云う者もあった。
多田は、それを聞いてくるたびに、くどくどしく、責め立てる。時には、一晩中、云い争いのつゞくこともある。しまいには、恐ろしい悲劇がおこるのではないかという不安がわいてくる程だ。帯刀は、そのお相伴で、眠られない。若し、多田が、加寿江を殺すような場面が生じたとしたら、帯刀は、その刃の下をくゞってでも、加寿江を助けなければならぬ義理がある。
ところが、云い争いのつゞいた次の日、ケロリとして、仲よく唄稽古などしているので、帯刀は一杯、かつがれたような気のすることもある。
多田は、癇《かん》を立てると、手あたり次第、すぐ、物を取って、壁や障子へ投げつける癖がある。加寿江との口論が、少しでも自分にとって不利になると、
ガチャン
ドタン
と、文鎮がとんだり、香炉が投げつけられたりする。
帯刀は、
(又、やっている)

と思うと、耳を塞ぎたい思いだが、そのあとで、二人が揃って河原へ涼みに出かけたりするので、よけい、やりきれない。そうかと思うと、連れ立って呑みに出かけて、大層、今日は仲がいいと思っていると、帰ってくるなり、父の罵声が、聞えてくることもある。父は加寿江のためには、千金万金をも惜しまない。すべてを彼女に投じているが、加寿江のほうは、まだ、全部を許そうとはしていないのか。帯刀が冷静に観察しても、加寿江という女は、時に応じて性格が二色にも三色にも変色するように思われる。

父はこの頃、加寿江の部屋を西側の植込みを移して、そこへ新しく建てようとしている。また総檜の風呂場も、近く出来上る筈である。

こうしてたか女は、一人二役の仕事を、ともかくも、仕畢《しおお》せている。片面は多田加寿江である。又、片面は村山たかである。直弼献納の八十部の書冊も、直弼から主膳、主膳から中村長平の手を通して、たか女に渡され、たか女はこれを駿河のお局へ持参して、少将内侍を以て、畏きあたりへ献上するという、幾段階かの手順をふみながら、ともかくも、揃ったものから、既に五十部ほどは叡覧に供えることが出来た。

夏がすぎ、安政二年もすでに仲秋がおとずれた。

多田の邸では、たか女の部屋が落成し、又、総檜の風呂場も新築された。その風呂開きには、金閣寺の真光法師を呼んで、新湯へ入って貰ったりもした。

風呂焚きは、帯刀の役である。

多田は、昔、法師たちのために、風呂焚きをした経験があるので、帯刀に対しても、要求が多いようだ。そこへもってきて、たか女はぬる湯好きだが、多田は熱すぎる位でないと気に入らない。

「帯刀、帯刀——」

と、呼び立てられ、飛んで行くと、ふんどし一つの多田が、簀《す》の子の上に立ったまゝ、

「もっと、薪をくべい。こんな、ぬるい湯に入れるか——」

と、呶鳴《どな》りつけられる。

今までは、上方風のせまい釜風呂なので、燃料も甚だ経済であったが、こんどは、そのつもりでやると、この通り、縮尻《しくじ》るのである。

「いゝ年をして、風呂加減も見られぬようでは、一人前とは云わせぬぞ」

と、多田は、プリプリ、怒っている。帯刀は口惜しまぎれに、思いきって、薪をくべた。俄かに火勢が強く、メラメラと、赤い炎が釜の外まで、はみ出している。

「やっと、熱うなって参った——。もうよろしい。加寿江にも来るように云いなさい」

「…………」

帯刀は仏頂面して、加寿江の部屋へ入って行く。

「風呂が出来ました」

「はい。御苦労さまですね」

たか女は、熱心に何か書写をしている。

「すぐお入り下さい。でないと、身共がまた叱られます」

「はい。はい――でも、旦那様は、熱湯好き、私はぬる湯好き故、とても一緒には入れませぬ」

「何を書写していらっしゃるのですか」

「少将内侍から、直弼公への密書でございますのさ」

と、二人が瞳を合わすとき、風呂場からは、癇癖《かんぺき》な多田の声で、

「加寿江、加寿江――何をしているのだ」

と、わめき立てる。この頃、多田は以前より、更に気が短くなったようである。

たか女は、少将内侍の密書を、文箱の奥へしまいこんでから、

「それじゃあ、お風呂へ入るとしましょうか。若し、熱かったら、水をうめに来て下さいよ」

と云いのこして、帯だけとき、紅いしごきをまいた腰つきもなまめかしく、新しい風呂場まで、庭石づたいに歩いて行くのだった。帯刀は、そのうしろ姿を茫然と見送った。茫然というより云いようがない。真実帯刀には、この継《まま》しき人を、憎んでよいのやら、慕ってよいのやら、自分にもわからないからである。

唯々諾々。熱いと云われれば水をうめ、ぬるしと云えば、薪をくべなければならぬのだ。時には、うめすぎて叱られ、焚きすぎて叱言を食う。然し、ふしぎなもので、どんなたか女の我儘も、帯刀は一向に苦にならないのである。

「御免下さい――薬売りでございます」

と、厨《くりや》のほうで声がした。いつも、薬の行商人にやつしては、秘密連絡をしにくる中村長平に違いない。

帯刀は、我に返って、急いで厨へ出て見ると、案の定、長平が立っている。

「へい。御註文の胃の薬を持って参りましたよ」

「それは御苦労千万な――只今、風呂に入って居りますれば、身共がお預り致してもよいが――」

「いや、これには服用の加減がございますで、直々にお渡し申さねばなりませぬ」

「では、暫くこれにて、お待ちなさるか」

「へい。かしこまりました」

帯刀は、手桶二杯に水をくみ、両手にぶらさげて、風呂場の外まで運んで行った。

「お湯加減はいかゞでござるか」

「今、頼もうと思っていました。よく気のつくことじゃ」

「只今、入っても差閊《さしつかえ》ござらぬか」

「差閊ないどころか、早く、うめて貰わねば、うっかり、着物もぬげませぬ」

「然らば、ごめん」

と、帯刀は耳門《くぐり》を入って、ザーッと湯船の中へ手桶の水をうめながら、

「いつも来る薬売りが、又、廚口へ来て居ります」

と、小声で知らせる。

「では、帯刀さんが受取っておいて下さい」

「ところが、身共では渡さないと云って居ります」

「相変らず、物堅いお人じゃ——と云って、この恰好でも出られまい」

たか女はもう、籠の中へ下のものは全部ぬぎすて、裸の肩に、秋草模様の袷を一枚、着流した姿で、しかも片袖は着ものの下で抜いたまゝ、その手をかえして、褄下をたぐっている。国芳や豊国が好んで描きそうな好画材だ。

薬売りにやつした中村長平は、献納残部の二十冊を、風呂敷に包んで、密かに持参したのであった。直弼は、装するに主上お好みの有職《ゆうしき》表紙を以てし、更にこれを美しい桐函に納めて奉った。やがて数日の後、少将内侍からの書状にも、
くれぐれも献上の御書類は、御まんぞくの段、御前様より先かたへ、よろしく御あいさつ。かしこ

とあって、叡感斜ならぬ由が記された上に、その御礼として、御掛物、松に鷹。絹地は横三尺三寸五分、竪二尺七寸五分、表具は浅黄納戸雲州緞子《どんす》、風袋《ふうたい》は白地金襴、軸は象牙の一幅《ぷく》ものを、特に直弼へ下し賜われた。たか女はそれを駿河のお局から受取って、暫く、帯刀の手に託し、良人多田の要らざる詮索を避けなければならなかった。

そのうちに、安政二年十月二日の、江戸大地震の報が、京都へも伝わってきた。地震に火事はつきものであるから、江戸の大半は、焦土に帰したという話である。それをきいて、すぐ、たか女の胸をしめつけるのは、直弼と主膳の安否《あんぴ》であるが、二人とも、折柄、江戸にいたか、それとも、彦根へ帰っていたか、その消息すら判明しないので、一層気がもめた。

小石川の水戸屋敷で、死人五十三人が出た中に、藤田東湖、戸田忠太夫などの名前も、追々知れて来た。

「掃部頭は御無事そうな――」

と、或日、帯刀がたか女の耳に囁いた。直弼が恙《つつが》なしときくと、こんどは主膳のことばかり気になるが、これも四五日して、いつもの薬売りの長平が、彼の息災を知らせてきた。主膳は丁度、江戸へ下向の途中、三河路をすぎる頃、その異変をきいたので、夜を日についで江戸へ入り、震災火災の酸鼻をつくした被害状況から、その物質的損害の統計やら、人心の動向など、つぶさに取調べて、いち早く藩公へ報告したと云う。

更に長平の語るところによると、死んだ東湖は偶々《たまたま》来客と対談し、これを玄関まで送り出した時、大震の強襲に遭い、老母を扶《たす》けて一旦庭へ出たが、老母が、火鉢の火を消さずに出たのを心配して、再び屋内へかけ入ろうとするので、

「母上――危い」

とばかり東湖は母を庇おうとして一歩を踏み入れた途端、鴨居と棟梁の落下のために、一瞬、老母を庭へ投げ出したまゝ、自分は立上る暇もなく、無残なる圧死をとげたということである。

日頃、勤王でも佐幕でもない中間的存在を以て自任している多田でさえ、東湖惨死の飛報には、少からず、驚いた様子で、

「死者二十万と註せらるゝが、就中《なかんずく》、東湖先生を失ったは、ひとり水藩の損失のみでなく、天下万民のためにも莫大なる打撃じゃ」

と流涕《りゅうてい》した。

然るに尚余震のおさまらぬ十月九日という日、佐倉城主、堀田備中が、阿部勢州に代って、老中の首座に再任し、所謂内閣更迭が断行された。これは地震後一週間内に行われたのであるから、諸大名の中にも、意外の感にうたれた者が多かった。

当時、誰云うとなく、
〽阿部の中から、堀田さんが出たよ
と、口ずさんだそうであるが、これは、ふっきり飴《あめ》の飴屋が、
〽飴の中から、金太さんとおン太さんが飛んで出たよ
と、唄いながら売り歩くのを、もじって云ったものである。
そうかと思うと、
「阿部なくても、水ッ戸もなくても、井伊堀田て出い」
などという落首があらわれた。江戸には地震のために、取敢《とりあ》えず掘立小舎が数多《あまた》出来たので、「危なくても、みっともなくても、いゝ掘立小舎が出来て欲しい」という意味を寓し、阿部と水戸斉昭の退陣に対する井伊と堀田の組閣を歓迎する一般的な空気が、そこに看取されるのである。
堀田備中老中再勤についてのこうした巷の風説を綴って、御数寄屋坊主野村休成が、直弼に送った書状がある。
然し、従来の史家に優柔不断と折紙をつけられている阿部は、事実は、用意慎重な、見通しの利く政治家であったらしく、一面、水戸老公の機嫌も取っているが、近い将来に、国策の根本が開国に傾き、その時の責任者には、直弼以外に、幕府を代表すべき人物のいないことをとくに承知していた。そこで、御数寄屋坊主野村休成を以て、暗々裡に、彼の

出馬を促《うなが》したが、直弼は未だその時期に非ずとして、堀田を推挙したというのが、真相ではあるまいか。

もっとも、堀田が首班の地位に就いたということは、井伊の発言が、著しく増大したことに外ならず、従って、日本開国の機運が高まり、これに呼応するかの如く、やがて、ハリスの訪日となるので、アンチ井伊の勢力も各所に結集、頗る硬直症状を呈するに至ったのも、むりからぬ。

安政小唄

タウンゼンド・ハリスが、日本駐在総領事に任ぜられたのは、一八五五年（安政二年）八月四日である。

同十月ニューヨークを発したハリスは、ヨーロッパへ渡って、ロンドン、パリを見物したのち、マルセーユからエジプトへ赴き、更に、バンコック、ホンコンを経由して、日本下田に入港したのが、翌年の八月二十一日であるから、領事就任より約一ヵ年目であり、ニューヨークを出発してからでも、十カ月余の長い日月を要している。

これは、ペリーの来日に際して結ばれた神奈川条約の実践である以上、幕閣の首脳部は当然これを予期していたわけであるが、いよいよハリスが下田へ来航したとなると、細則に関しての取極めが面倒で、そのため連日の紛議がつゞいた。そして漸《ようや》くのことで、米国官吏滞留許可の覚書が、老中から下田奉行へ通達され、下田から程遠からぬ柿崎村の玉泉寺が、最初のアメリカ領事館に選ばれた。このとき、ハリスは五十二歳の男盛りであり、書記官兼通訳官として連行した和蘭生れのヒュースケンは、二十五歳の青年であった。

これに対して、同十月十七日、老中堀田は、将軍の直接下命の形で、外国事務取扱に任ぜられた。

史家に拠れば、老中首座たる堀田は、水戸斉昭が、ランペキとまで誹謗した通り、西洋通を以て目せられていた開国主義者の張本人であったが、その堀田を以てしても、ハリスの江戸出府の希望を、おいそれと許可することは、非常なる困難事であった。

然し、これはハリスが、ニューヨーク出発以前から、胸に蔵した希望であって、先輩ペリーのなし能《あた》わなかったことを、こんどは自分が実行し、どんな危険を冒しても、江戸城へのりこまなければならぬと、意を決して居たのである。

そこで堀田は、これを幕議にかけたが、拒絶を主張する一派と、受諾を是とする一派とは、互いにその利害を力説して、一向にきまらない。徒《いたず》らに、小田原評定のみがつゞけられた。

もっとも、今日から見ると、いかにも平凡な議題のように思われることでも、当時にすれば、一国の重大運命を賭する最高会議だったに違いない。

堀田がこのとき幕府有司に諮問した十二項目の第一は、

「外国御処置の大本旨は、隣国に交る道を以て致すべきや。又は、夷狄《いてき》を処する道を以て致すべきや」というような単純なものであった。

直弼は、二ヵ月程前から、彦根に帰城して、藩政の整備充実に当っていたが、定溜《じようだま》りの会津から、ハリスの来日につき、至急出府されたしとの、矢の催促がくるので、おちついては居られなかった。

里和との間には、長子愛麿をはじめ、智《とし》麻呂、重《しげ》麻呂、保《やす》麻呂などが生まれていた。ほかに、女の子もある。殊に、生まれたばかりの保麻呂は、愛嬌のある可愛らしい顔立ちなので、直弼はお城から槻《けやき》御殿へ帰ってくると、傍へおいたり、膝へ抱き上げたり、片時も離さない寵愛ぶりであった。

この頃になって、漸く直弼の意中から、たか女の幻が消え去ったようで、里和は自分を、はじめて、

（幸福な女！）

と思うようになった。直弼が目を細くして、保麻呂を抱き上げ、

「ヨウ、ヨウ。いゝ子だ。いゝ子だ。オックンなさい。オックンヨウ！」

とあやしているのを見ると、里和は自分自身が、直弼の膝へ抱き上げられているような気恥かしさと嬉しさに、胸が一杯になる。それにしても、どうして江戸の昌子の方《かた》には、赤ちゃんが生まれないのだろう。それをきくと、直弼は、うるさそうな顔をして、

「奥は、床の間の飾りものじゃ」

と、一言に云いすてるが、まさか、天下晴れての御夫婦で、毎晩御一緒にお寝みになるのに、いくら冷いお仲でも、そうそう、知らん顔は出来ない筈。里和の心を乱すまいとして、床の間の置物同然などと、うまいことを仰有《おつしや》ってはいるが、実際にこの目で見たというわけではないから、どこまでが本当で、どこからが胡麻化《ごまか》しかわからない。

或日、直弼がお城から帰るとすぐ、江戸からついたばかりの宇津木が、お目通りを願い出た。里和はどうせ碌《ろく》な御用ではあるまいと思った。少しも早く、江戸へ連れ戻ろうという算段の使者に違いない。その蔭で、きっと、昌子の方が、焼餅の角《つの》を立てているのだろうと思うと、いっそ宇津木までが憎くてならない。

「殿は、お頭《つむ》が痛うて、今宵は食事もおすゝみにならぬ。御目通りは、当分、お控えなされませ」

と、はねつけてしまった。

直弼は、頭が痛いどころか、悠々と風呂へ入って、それから、ギヤマンのワイン・グラ

スになみなみとつがれたフランスの赤葡萄酒をのんでいるところだった。

「里和。そろそろ、私も江戸へ立たねばならぬわ――タウンゼンド・ハリスを、江戸城へ案内したものかどうかで、大分老中が揉めて居る模様じゃ――」

「もう、御立ちでございますか。こんどは半歳《とし》は居ると仰せられたではございませんか」

里和は、はやくも涙ぐみ、そして忽《たちま》ち、

（自分はやっぱり不幸な女だ）

に舞い戻る。

「何ンだ。もうベソか。いゝ年をして」

と、直弼は微苦笑した。

「やっぱり彦根より江戸がお好きなのじゃ」

里和は泣声で云う。

「江戸は、徳川二百五十年に及ぶ政治、文化の首都であるから、彦根とは比較にならぬ。したが、故郷には故郷のよさがあろうというものではないか」

「江戸の奥方のおしこみで、お口ばかりお上手になられましたな」

「はしたない。慎しみなさい。女という者は、なぜ、そのような狭い量見のみで、事をはかろうとするのじゃ。昌子のほうでは、私が帰城するのを、たゞ、里和に会いたさとのみ気を廻す。然るに、里和は又、江戸出府を、昌子が呼び立つるとでも思うらしい。いずれも、想像をたくましゅうしているにすぎないのじゃ。自らの影に怯《おび》えて吠え立てる犬と申したら、怒るかな」

直弼は容赦なく云った。然し、たとえ、臆病犬に見立てられても、里和は云いたいことを云ってしまうと、あとがサッパリした。昔は何ンにも云えなかったので、たゞ、ジリジリしてきて、感情が内攻するばかりだったのであろう。

——そこへ、京都から長野主膳が着いたので、夜分ながら目通りを申出た。直弼は、

「直ちにこれへ」

と云う。主膳に会わして、宇津木をことわったのでは、角《かど》が立つので、里和はこれには閉口した。涙をふいて、

「殿様に申上げます」

「何ンじゃ」

「先程、宇津木六之丞、江戸より到着致しまして、さっそく、お目通りを願い出ましたが、今夜はゆっくりワインなど召し上るがよろしいと存じまして、私一存にておことわりしたのでございます」

「何に、宇津木が着いたを、ことわったか。そちは又、何ンという焼餅やきじゃ。然らば、両人揃って参るよう申せ」

と、直弼は近習に云い直した。

里和は、きびしいお叱りを受けるかと覚悟していると、直弼はしきりに、ワイン・グラスを上げながら、

「そちも、呑め――」

と、仰せがある。

「はい。でも、異国のお酒は悪酔いするそうでございますから」

「さに非ず。そちが呑むと、乳がよく出るようになるぞ。赤い葡萄酒《ざけ》はそのまゝ、赤い血をふやすと云われて居る」

「ほんに、この節は、乳の出が悪うて、難渋して居ります」

「それ見い。要らざる神経を消耗致すから、乳が出ないのじゃ。母の乳が出ないのでは、誰よりも保麻呂が可哀そうではないか」

それで里和は、はじめて赤い異国の酒を口へ運んだ。

一口のんで、肩で息をする。

「何ンじゃ。溜息吐《つ》き吐き、ワインを呑むとは面白いぞ」

「何やら、呑みつけぬ酒の味でございますなア。まるで、血潮を呑むような――」

「血潮など呑んだこともないくせに――然らば斯様《かよう》に致せ。粉砂糖をまぜ、熱い湯を注げば、女子の舌にまことに美味じゃ」

「そのように致しても、大事ござりませぬか」

「異国では、赤酒は気附けの薬じゃ。貧血などには、直ちに効験が著しい。毎日、朝夕に一杯呑めば、そちの顔色も昔日の若々しさを取り戻すことであろうぞ」

里和は云われた通り、粉砂糖をまぜ、これに熱湯を注いで呑むと、なるほど全身が熱くなって、血のめぐりが急によくなるように覚えた。

——やがて、長野と宇津木の両人が伺候した。

「殿には御不例の旨承り、憂慮いたしましたところ、御機嫌よくわたらせられ、まことに安堵つかまつりました」

と、宇津木が挨拶した。

直弼はそれには答えず、傍らの里和のほうを見て、微笑する。里和は、赤くなって、廊下づたいの保麻呂の部屋へ、逃げこんでしまった。

「どうなされたのでございます」

と、主膳が訊く。

「何に、こっちの話だ——ハハハ。そちたちも呑め——」と、ギヤマン盃をさす。

「これは、葡萄酒でござるな」

「いや、ウイスキーもあるぞ」

「恐れながら、ウイスキーが結構でござる」

「火酒はどうじゃ」

「火酒とは珍しい」

「オロシャ使節、プチャーチン伯爵からの贈与品の中に、ウォッカというのがあった。一度、試みたが少々、強すぎる。主膳なら、好むかも知れぬと思うて、取っておいた」

「長野氏には禁酒と承ったが」

と、宇津木が言葉を挿むと、主膳の代りに直弼が答えた。

「三日坊主の禁酒宣言ほど、あてにならぬものは世に無いわ」

主膳は面目なく、首を垂れたが、

「いつでも、命はさし上げますが、禁酒だけは、弱りました」

「いや、もう二度と禁酒は頼まぬから、安心せい」

と、直弼は置棚の中段にある酒瓶を取って、グラスに注いだ。

「献納書物の儀に就いては、村山たか格別の働きにございます。たかは今以て、殿のためには、粉骨砕身もいとわぬ所存と相見えまする。裏切られたは、拙者のみでござった」

そういう主膳の顔には、鼻白むような薄笑いがうかんでいる。

「さもあろうが、まア、古いことは水に流して、心の合う者は一人でも多いがましじゃ。近頃の、攘夷派のように、何ンでも敵に廻すのは、頭が悪い。つまらぬ小事を云い争えば、たちどころに、敵は何百人でも出来てしまうよ」

「全く攘夷開戦派の浪士らは、昨日までの堅き同志が、些細な口論から斬合いをやっては、お互いに生命を粗末に扱って居ります。京都はそれで、段々に血なまぐさくなるばかりでござる」

「江戸はどうじゃ」

と、直弼は宇津木のほうへ、話頭を転じた。

「江戸は今、ハリス登城の儀につき、ごった返して居ります。折から勢州公は御病気。備中さまお一人で、それこそ、四苦八苦の態と承ります」

「何故、ハリスの登城を拒絶するのじゃ」

「何しろ、毛唐人のこと故、平気でどこへでも、犬や猫を連れて歩きまするが、殊に、閨房にまで連れこむ由。そのような穢《けが》れ多きものを、江戸城中へ案内いたすは、まっ平との、大奥の御沙汰とやら――」

「かゝる小感情を以て、国家百年の計を誤るとは、あまりに情けないではないか」

「したが、下田玉泉寺なるアメリカ領事館の日常を見た者は、みな異口同音に申すのでございます」

「あちらから云えば、ハムやビーフの美味を知らず、漁《すなど》りし生魚や貝類を、煮焼きもせずに、刺身などにつくりて食うは、衛生の念に欠け、野蛮なる食生活を営むものと云うであろう。人情風習は、国によって異る以上、まア、おたがいさまと云うところじゃ」

そこで宇津木は一膝すゝめ、

「老中首座の御所存は、もはや、自分一人では、どうにも埒あかぬところまで参ったれば、この際、掃部頭様、火急御出府の上、ハリス登城の断を下したいとの御内意でござりました。また、ハリス領事に於ても、是非とも、会って緊迫した国際情勢を語り合いたいのは、堀田に非ず、阿部に非ず、彦根の井伊殿を措いてはないとさえ、申し居る由にございます」

直弼は、黙然として聞いている。

伊豆柿崎村玉泉寺本堂の前に、高さ十三間程の旗竿が立ち、その上にはじめて、星条旗のひるがえったのは、西暦一八五六年九月四日であるが、それ以来、ハリスの江戸出府に就いては、何らの確答のないまゝに、早くも半歳以上の日月が流れてしまった。

ハリスの書いた日記（ハリス日本滞在記）に拠ると、

○一八五六年九月四日。木曜日

興奮と蚊のために、非常に僅《わず》かしか眠らなかった。――蚊はひどく大きい。午前七時、水兵たちが旗竿を立てるために上陸した。

烈しい仕事。

遅々たる作業。

旗竿が立った。そしてこの日の午後二時、当帝国内で見ることの出来る最初のアメリカ国旗を掲げる。

厳しく反省して見る。これは変化の前兆である。疑いもなく、鎖国もこれで終りとなろう。試みに問う、（真に日本の幸福のためだろうか）

たしかに、変化は徐々に起りつゝあった。然し、出府の許可は未決定である。タウンゼンド・ハリスは、柿崎村に軟禁されているような恰好で、一日も早く、江戸へ赴く日を待ちかねていた。

玉泉寺の領事館は、外廻りに全部柵を廻し、事務室、応接間、食堂の外、浴室、便所等も、異人向きに、よく改造してある。そしてハリスは、本堂に向って左側、ヒュースケンは右側に、各々寝室を持ち、襖《ふすま》、障子等は、全部板戸に代えた。また部屋の中には、白き幕《カーテン》を引き廻し、更に、赤毛布をしいた寝台が、左側の入口近くに、一台宛あったという。

これはハリスの部屋ボーイだった寺川幸助が、玉泉寺へ通うときに、当時八歳程の孫娘あさの手を曳いて、時々連れて行くこともあったので、あさは子供心に、異人の家や生活に好奇心を持って、こまかくそれを記憶にのこしたものらしい。

そのように領事館は、異人向きに、出来ていたが、それでも異郷の空だから、すべてに不自由なことばかしである。

先ず、ミルクが手に入らない。

そこで、ハリスは奉行所の役人を呼んで、

「牛の乳を、食卓に供給しなさい」と、命じた。

役人は吃驚仰天《びっくり》したが、已むを得ず、柿崎村名主与平治、年寄忠右衛門を呼び出して、速刻、牛の乳をしぼるよう下命した。

玉泉寺境内の一部には、鳩の家や山羊小屋などを作って、山羊の乳はすぐしぼることが出来たが、ハリスはやはり、牛の乳のほうが、好物だったらしい。

また、その名主与平治の記した名主日記なるものを見ると、

月　日　今夕、異人掛様より、仰せられ候は、牛の乳少々、異人所望につき、近村へも相尋ね、至急調達申すべしとのことに就き、下役人二人、取敢えず、白浜村へつかわし候

月　日　昨晩、白浜村へ註文致し置き候牛の乳五六勺程、白浜村より送り来り候につき、玉泉寺へ差上げ候

月　日　尚又、異人掛様より、牛の乳五六勺にては、事足り申さず。これより、日々二合ばかり調えたき旨仰せられ候につき蓮台寺へも申しやり候。云々《うんぬん》。異人と申す者は、よくぞ、四足の肉を食らい候ものと存じ候いしが、このたび、牛の乳を大量に飲み候には、まことに肝を消し候。精々五六勺も差上げ候わば、一ヵ月もあるかと思いの外、一日二合宛との註文は、あきれかえったものに候。脂強き獣乳を、しかも大量にのんで、腹下しはいたさぬものに候や

月　日　白浜村、蓮台寺各村より、追々、牛の乳集り候につき、一同交替にて、玉泉寺へ差上候。但し誰一人、これを飲むもの、試みにもあるまじく候

と、ハリス下命の牛乳に関して、村の者が首をひねっている恰好が、目のあたりに見るようである。同時にタウンゼンド・ハリスが、草深い田舎の貧しい寺へ入ったものの、ミルク一合にすら不自由している様子が、偲《しの》ばれるではないか。

ハリスは又、玉泉寺へ駐劄《ちゅうさつ》して間もなく、彼の乗物たる駕籠一挺の製造方を下田奉行へ要求している。

というのが、玉泉寺のハリスの一番、閉口したものは、ミルクと乗物であった。下田奉行所から差し廻された駕籠は、あまり小さく、窮屈だったからだ。それに乗って下田まで

往復した次の日は、両踵が膨れ上ってしまったと云う。

むろん、下田ではその註文に応じられないので、老中へ届け、江戸の職人の手で作らせた。が、漸く出来上ったものは、ハリスの希望するような大きなものではなく、普通大名などの登城用に乗る駕籠より、稍々少し、大ぶりのものにすぎなかった。

ハリスは已むを得ず、これを使用して、玉泉寺と奉行所の間を度々、往復した。


ハリスが艦から連れてきた召使は、四名の支那人きりであった。彼らは庫裡《くり》のほうを宿舎にあてていた。

肝腎の部屋ボーイが居ないので、食事の際などは、ハリスもヒュースケンも、自分自身で給仕をしなければならなかったという。

それでも、非常に徐々に、戸棚や食卓やデスクが、備えつけられて行った。下田の大工も毎日やってきて、ハリスの註文に合うように、模様替えをした。然し大工には一々、役人風の男が附添っていた。

ハリスが、

「あなた方は、なぜ、附添ってくるのか」と訊くと、

「用心のためでござる」

と答えたが、大工たちが、盗みをするのを防ぐためであるか、それとも、ハリスたちが

大工を通じて、国情をさぐろうとするのを妨げるためか、よくわからなかった。

ハリスは又、家僕として二人の少年を雇いたいと、下田奉行へ申込んだが、この希望すら、すぐには実現出来なかった。江戸の役人森山が来ての話に、下田には適任者が一人もいないので、他の土地へ手紙を書かねばならず、そのために、時間がかゝると云うことだった。ハリスは怒った。

「何ンという不誠意。召使の少年位は、いくらでも下田で求められるではありませんか。私をいつまでも一人で給仕するまゝにさせておくのは、不都合な待遇です。この通り両手を負傷してしまいました」

彼は両手の生疵《なまきず》を森山に示したが、更に、

「時間がかゝるというのは、私の希望を拒絶するために、その嘘を考え出すのに必要なのでしょう」

森山は、閉口して、嘘でもなければ故意でもないことを弁解した。ハリスはやっと機嫌を直して、

「では、今週一杯、待とう」

と妥協した。そして、シャンペンを抜いてふるまった。

「この部屋には、蝙蝠《こうもり》や、大きな髑髏《どくろ》蜘蛛が居りますよ。この虫が立つと、四股は五吋《インチ》半にも及びますね。それから、夜中に家を走り廻る沢山の大鼠を発見しました。実に実

に、気味悪いことです」

シャンペン・グラスを傾けながら、ハリスは語った。然したしかに玉泉寺は荒廃した古寺には相違ないが、彼も亦、ホーム・シックにかゝっていることは、明かだった。

ハリスが、はじめて富士山を見たのは、秋晴れの輝かしい朝であった。

彼のその日の日記には、空はサファイアの如く青く、波は泡立って白い波頭を立て、寒暖計は午前八時に七十六度。景色はうっとりさせられるほどであったと書いている。

彼は、二千八百呎《フィート》ほどの高い丘にのぼったとき、日本に於ける最高の山、富士山の頂上を見ることが出来た。富士は四季を通じて白雪を戴いていると聞いていたが、伊豆の南端からでは、距離がへだたっているので、果して雪か雲か、判別が困難だったと記している。

こうして時々、玉泉寺を起点とする八哩《マイル》内外の散歩をするようになった。

そのうちに、江戸から一四の馬が届いたので、彼は、更に乗馬を利して、三、四哩遠くまで見聞して廻ることが出来るようになった。伊豆の野山の秋は、非常に美しい。

相模湾、太平洋、大島の眺めも、見飽きなかった。その道々に、桜、桃、梨、柿の木、葡萄の蔓《つる》、蜀葵、多くの羊歯《しだ》を見た。また、杉、はりもみ、樟《くす》の樹や椿。椿は伊豆では密林をなしている。そうかと思うと、薔薇の藪があり、花では、ホタルブクロ、風鈴草、スコットランド薊《あざみ》、すみれ菜、黄酢漿草、雛菊などを採集することが出来た。

そうした恵まれた四季の自然のさまざまに触れることで、ハリスのホーム・シックは、少し宛、快方に向っていたが、それでも、心の底に沈澱する独居の寂寥《せきりょう》は、医すすべもなかった。

散歩の途中で、すれ違ったものものしい僧形の男は、山伏という名で呼ばれることを知り、又森の中で、鹿や狼や兎や野猿を見出した間に、ふと、矢車菊の一輪を見て感動する。この粗末な花は、すばらしい芳香と共に、沢山の故国に関する聯想《れんそう》を呼びおこして、その日一日は、彼のホーム・シックが、ぶりっかえしてしまった位だ。

——そのうち、ハリスは日本語の勉強に精を出した。

ハリスは毎日、冷水を浴びる。それは、異人の風習としては当り前であったが、部屋ボーイの寺川は目をまるくして驚いた。寒暖計は、五十六度であった。

「日本人は、湯を愛します。みんな、湯へ入ります。伊豆は温泉地帯だから、地の底からドンドン、湯がわいています」

と、寺川は説明した。

「温泉？　温かい湯、自然湧出。下田にありますか」

「下田にもあります。峯にも、蓮台寺にも、谷津にもあります」

ハリスは瞳をかゞやかして、

「それ、行って見たい。案内して下さい」

（下巻に続く）

父の思い出

舟橋美香子《ふなはしみかこ》

この冬は、あたたかい日が多かった。

楽といえば楽だったがやはり朝晩の冷え込みは例年と同じで、むしろ一日の間に寒暖の差がはげしいのは、不快でもあった。

しかも、三月に入ってからの方が、ずっとさむいのはどうしたことなのか？……地球も気まぐれになったものだと、びっくりである。

そうはいっても、この冬が終われば間違いなく春が来るだろう。〝まだまだ地球も健在であるかな〟と思ってホッとしている。

気まぐれな気候のせいで、庭先の沈丁花《じんちょうげ》も戸惑ったかのように、いつになく早く芽をふいた。蕾《つぼみ》がふくらみはじめたと思ったら、早々に花が咲いた。

思えば例年より一ヶ月も早い開花だった。

甘い花の薫《かお》りは無尽にひろがって、風と共に庭中を走り流れる。

たまたま私の家は古い土地柄のせいか、樹木や草木が多いので、この自然からの贈物に無上の喜びと感謝がある。

ある日〝花〟が好きだった父の写真の前に、沈丁花の小枝を花びんにさして飾った。

「今年はこんなに早く咲いたのよ。今日はお線香の代りに、この薫りで御供養させていただくわね」

こんなふうに語りかけると、心なしか父の顔がうれしそうな表情に変わった。錯覚だとわかっていながら、心が通い合ったような一瞬であった。


折しも、祥伝社の加藤編集長から御連絡があって、「『花の生涯』の文庫版を発行したいと思いまして……」

というお知らせだった。

『花の生涯』が、文庫で出るのは久し振りの事だったので、とてもうれしかった。のではあったが、一番不得手とする「父上との思い出でも書いていただけないでしょうか？」と附録のような依頼があった私にとって、父との思い出を書くのはすごく苦手な事なのである。

何故《なぜ》かというと、私はオギャーと生まれてから父が亡くなる時まで一度として別にくらした事はなく、常に生活を共にして来たから、毎日の事がすべて思い出となっているわけで、改めて思い出をと言われても、私の思い出のポケットから何を選ぶかが問題であり、適切なテーマを探すのが更なる苦痛になってしまう。

今回も思案の末、やはり『花の生涯』にちなんだ思い出が良いのでないかとポケットからひっぱり出してみたのだが、とても多くて詳しく書ききれそうもない。こうなったら、ところどころにライトをあてて書いてゆくしかないだろう。

したがって前後のいきさつなどにわかりにくい場合があるかも知れないが、御容赦いただきたい。


毎日新聞から連載の依頼があったのは、たしか昭和二十七年のはじめの頃だったように記憶しているが、何しろ五十年以上前の事なので多少あいまいかも知れない。

その時点で作品の構想などについて新聞社との間でどの程度話し合ったのかはわからないが、多分井伊直弼《いいなおすけ》に対する興味と安政の大獄・桜田門外の変等をテーマとしてやってみたいという意向は新聞社にも父は伝えた筈《はず》である。

父が人間井伊直弼に対する興味と安政の大獄への関心を胸の中であたため、じっくりと構想をねっていたのは、実をいうと太平洋戦争のはじまる前からだと私は思っている。

彦根《ひこね》に取材に出かける事もしばしばだったし、書架にはそれらしき古書のようなものが次々と収められていた。

大作に取り組む時は、襟《えり》を正し、正座をしてというような気配があり、ただならぬ意気込みのようなものを私は察知していた。

折も折、太平洋戦争が起こった。日本中が軍国主義一色となり、国策にそわぬ者は、非国民と言われ罰を受けた。そして言論の自由も奪われてしまった。

文士というものは、書く事しゃべる事が仕事なんだ。言論を制約されたんじゃ仕事にならない。何が起ころうと文士としての姿勢はくずさないと言っていたのだが、政権に反逆して命を落とす事にでもなったら馬鹿馬鹿しいと言い、これをチャンスに国文学の研究に熱を入れる事になった。それでも食べて行くには勉強しているだけでは生活が苦しく、『巌』とか『男』とかいうタイトルの作品を新聞に連載して生計をたてる事になった。『男』というのは後に映画にもなったが、〃丹那《たんな》トンネル貫通〃の話でドラマとしては非常に感動的でもあったし、軍部からも絶賛された。父としてはラッキーな道を選んだわけである。殆《ほとん》どの文士が徴用に狩り出されたが、父はこの作品を書いた事で国に対する貢献度が高く評価され、徴用も免除になったのである。

私はまだ中学生で戦争の事はよく理解出来なかったが、ミッドウェー海戦で敗れた時、この戦争は負けいくさだと、父と話した記憶がある。案の定、サイパンや硫黄島《いおうじま》の全滅、ひいては沖縄、広島と凄惨な最期を以《もっ》て戦争は終わった。この戦争は日本ばかりでなく国外に於てもムッソリーニの射殺、ヒトラーの自殺など世界中が惨憺《さんたん》たるものだった。

戦争が終わると、そのあと戦後の動乱期が続いた。

こういう情況の中では作家活動もままならなかった。まして安政の大獄が舞台になるような作品を手がけるには、もうしばらくの年月が必要だと、父は考えていた。

父は忙しい仕事の間をぬって更なる取材を重ね、正しい歴史の史実を知るために井伊家を訪れたり、それまでに出来なかった事、疑問に思った事などを着々と調べはじめた。

毎日新聞から依頼があったあとの或る夜、母と我々夫婦が父の書斎に呼ばれた。

「皆、疲れているところすまないんだが、ちょいと相談したい事があってね」

と父が話を切り出した。それは毎日新聞連載の話だった。

「おやじさん、そりゃ、面白いものが書けそうですね」

と一番先に賛成したのは夫だった。

「何だか怖いわね、水戸の方《カタ》だっておいでだし、貴方は水戸校出身で水戸が大好きなのに……」

と母が不安そうに言うと、父も「ウーム」。

「そこが僕としてもつらいところだがね」

と机にほおづえをついて考え込んでいた。

「でも前から書きたいと思っていらっしゃったんだから、結局は書きたいんでしょ？」

と私が言うと、すんなり返事が返って来た。

「よし、命がけの仕事だ」

何となく全員が納得したような感じで書く事が決まった。

私が小学生の頃は、井伊大老というのは、悪い人で逆賊と言われたと歴史で習っていたし、父がこの題材を以て何を書こうとしているのか関心は大きかった。

色々な意味で波乱を呼ぶ可能性を秘めているから、書く父にとってみれば、面白い半面不安も多かったであろうと今にして思うのである。

「それから、ちょっと見てもらいたいものがあるんだよ」

と言って卓上に一冊の分厚いノートを差し出した。

娘というものは、こういう時誰よりも一番先にノートをひろげる事をためらわないものだ。

「何でしょ、お父さまが見せて下さらないうちに、勝手に開いたりして……」

と母にたしなめられても平気な顔して肩をすくめた。

「まあいいよ。皆に見て貰いたくて出して来たんだから」

これが父のタイトルノートと称するもので、ノートの厚さは五センチ位、今のサイズでいうとB5判である。ノートそのものは全く白紙のものでそこに大きな字が、ぎっしりと書かれていた。いくつか目に留まった中にこんなのがあった。

〝雪に死す〟

〝花の命〟〝たか女……？〟

「連載の前に作者の言葉があるんでね、それまでにタイトルだけは決めなきゃならないから、いろいろ考えてはみたものの、迷っちゃってね……なんだかわけわかんなくなっちゃったんだよ」

と頭を一なで手のひらでなで廻しながらそう言った。その仕草がこっけいでおかしかった。

「皆の知恵を借りたくてね」

という父の希望なので、我々は頁《ページ》をあれこれめくって頭をひねっている。突然父が言った。

「僕のとっておきのタイトルが一つあるんだがねぇ」

ともったいをつけたように、ある頁を開いた。

ノートの中央に、

〝花の生涯〟

と書いてあった。

「これは、素晴らしい」

また夫が、一番先に口を出した。

「ずるいわ。美香子もこれがすごく良いと思ったのに」

「まあまあ。本当に良いタイトルね、これになさいませよ。貴方が気に入っていらっしゃるんだったら、これにきまりでしょ」

母も少しトーンの高い声で、うれしそうに賛成した。

「やっぱり良いかい？」

と父が念を押した。

「絶対よ」

夫が何か言う前に今度は私が決めつけるように言った。

「よし、決まりだ」と夫。

「よしきた、書くぞ」と父。

しばらくして作者の言葉が載ると、追いかけるように連載がはじまった。

小説『花の生涯』は、昭和二十七年七月十日から毎日新聞に連載され、昭和二十八年八月二十三日を以て完結したが、回数にして四百八回という長編歴史小説が誕生したのであった。

この作品を通して古い歴史は変わったと言うべきである。

最後になりましたが、祥伝社の社長はじめ関係者の皆様に対しまして『花の生涯』刊行の御礼を改めて申し上げる次第でございます。

また解説を書いて下さいました先生、装幀をしていただきました先生にも厚く御礼申し上げます。

（この作品『花の生涯』は、昭和三十六年七月、新潮文庫
より刊行されたものを底本とし、二分冊にいたしました）

一〇〇字書評

切・り・取・り・線

購買動機（新聞、雑誌名を記入するか、あるいは○をつけてください）

- □（　　　　　　　　　　　　　　）の広告を見て
- □（　　　　　　　　　　　　　　）の書評を見て
- □ 知人のすすめで
- □ タイトルに惹かれて
- □ カバーが良かったから
- □ 内容が面白そうだから
- □ 好きな作家だから
- □ 好きな分野の本だから

・最近、最も感銘を受けた作品名をお書き下さい

・あなたのお好きな作家名をお書き下さい

・その他、ご要望がありましたらお書き下さい

住所	〒				
氏名		職業		年齢	
Eメール	※携帯には配信できません	新刊情報等のメール配信を　希望する・しない			

この本の感想を、編集部までお寄せいただけたらありがたく存じます。今後の企画の参考にさせていただきます。Eメールでも結構です。

いただいた「一〇〇字書評」は、新聞・雑誌等に紹介させていただくことがあります。その場合はお礼として特製図書カードを差し上げます。

前ページの原稿用紙に書評をお書きの上、切り取り、左記までお送り下さい。宛先の住所は不要です。

なお、ご記入いただいたお名前、ご住所等は、書評紹介の事前了解、謝礼のお届けのためだけに利用し、そのほかの目的のために利用することはありません。

〒一〇一－八七〇一
祥伝社文庫編集長　坂口芳和
電話　〇三（三二六五）二〇八〇

祥伝社ホームページの「ブックレビュー」からも、書き込めます。

http://www.shodensha.co.jp/bookreview/

祥伝社文庫

新装版 花《はな》の生涯《しょうがい》(上)

平成19年 4 月20日 初版第 1 刷発行
平成29年 4 月10日 第 3 刷発行

著 者 舟橋聖一《ふなはしせいいち》
発行者 辻 浩明
発行所 祥伝社《しょうでんしゃ》
東京都千代田区神田神保町 3-3
〒101-8701
電話 03(3265)2081(販売部)
電話 03(3265)2080(編集部)
電話 03(3265)3622(業務部)
http://www.shodensha.co.jp/

印刷所 堀内印刷
製本所 ナショナル製本

Printed in Japan ©2007, Mikako Funahashi ISBN978-4-396-33351-5 C0193

祥伝社文庫の好評既刊

舟橋聖一 訳

源氏物語【上巻】

恋に傷つき悩む光源氏《ひかるげんじ》……古典の名作を読みやすくわかりやすく訳した不朽の名作。

舟橋聖一 訳

源氏物語【下巻】

とっつきにくかった『源氏物語』が楽に読める！　源氏と女たちが織りなす華麗な宮廷絵巻が今、蘇《よみがえ》る

山本一力

大川わたり

「二十両をけえし終わるまでは、大川を渡るんじゃねえ……」博徒親分と約束した銀次。ところが……。

山本一力

深川駕籠

駕籠《かご》舁《か》き・新太郎は飛脚《ひきゃく》、鳶《とび》といった三人の男と深川から高輪の往復で足の速さを競うことに――道中には色々な難関が……。

山本一力

深川駕籠 お神酒《みき》徳利

涙と笑いを運ぶ、深川の新太郎と尚平。若き駕籠舁《か》きの活躍を描く好評「深川駕籠」シリーズ、待望の第二弾！

佐伯泰英

遠謀 密命⑭血の絆

惣三郎の次女結衣が旅芸人一座と共に尾張に出奔。〝またしても尾張徳川家の陰謀か〟と胸騒ぎを覚える……。

祥伝社文庫の好評既刊

佐伯泰英
無刀
密命⑮父子鷹《おやこだか》
柳生新陰流ゆかりの地にて金杉父子を迎え、柳生大稽古開催。惣三郎が至った「無刀」の境地とは？

佐伯泰英
烏鷺《うろ》
密命⑯飛鳥山黒白《こくびやく》
剣者の宿命か、惣三郎の怒りが炸裂、吉宗公拝領の剛剣が唸る！ 円熟の剣、そして家族愛。これぞ真骨頂。

佐伯泰英
初心
密命⑰闇参籠《やみさんろう》
武術者としての悟りを求め、荒行に挑む清之助が闇中に聞いた声とは？ 剣者の悟り、そして〝初心〟に返る！

佐伯泰英
遺髪
密命⑱加賀の変
回国修行に金沢を訪れた清之助を襲撃する一団。刺客を差し向けた黒幕は、加賀藩重鎮か？「密命」円熟の第18弾！

佐伯泰英
意地
密命⑲具足武者の怪
金杉惣三郎に、襲いかかる具足武者の正体、そして新たな密命とは？ 江戸と佐渡、必殺剣が冴える！

佐伯泰英
宣告
密命⑳雪中行
剣術大試合に向け、雪深い越後で修行に励む清之助。一方、江戸では父・惣三郎が驚くべき決断を下していた！

祥伝社文庫の好評既刊

佐伯泰英　相剋《そうこく》

密命㉑陸奥巴波《ともえなみ》

仙台藩でさらなる修行に励む清之助。その頃、惣三郎と桂次郎も同地へと向かっていた！　緊迫の第二十一弾。

佐伯泰英　再生

密命㉒恐山地吹雪

清之助は、恐山へと向かっていた。索漠とした北辺の地で、清之助を待ち受ける死と再生の試練とは？

佐伯泰英　仇敵《きゅうてき》

密命㉓決戦前夜

惣三郎と桂次郎は、積年の仇敵である尾張の柳生新陰流道場に！　上覧剣術大試合は目前、急展開の二十三弾。

佐伯泰英　切羽《せっぱ》

密命㉔潰し合い中山道

上覧剣術大試合出場を賭け、惣三郎、桂次郎は雪の中山道をひた走る！　極限状態で師弟が見出す光明とは？

佐伯泰英　覇者

密命㉕上覧剣術大試合

大試合当日、武芸者の矜持と命をも賭《と》した戦いがついに始まった！　金杉父子と神保桂次郎の命運やいかに……!?

佐伯泰英　晩節

密命㉖終《つい》の一刀

上覧剣術大試合から五年。惣三郎が再び尾張の陰謀に立ち向かう！　そして江戸の家族は…。大河巨編、圧巻の終局《クライマックス》！